万事都从缺陷好

李叔同 著

一部值得用一生的时间
去静静领悟的文字

团结出版社

图书在版编目（CIP）数据

万事都从缺陷好 / 李叔同著 . -- 北京 : 团结出版社 , 2024.7

ISBN 978-7-5234-0815-5

Ⅰ.①万… Ⅱ.①李… Ⅲ.①散文集—中国—现代 Ⅳ.① I266

中国国家版本馆 CIP 数据核字 (2024) 第 041399 号

出版：团结出版社
　　（北京市东城区东皇城根南街 84 号　邮编：100006）
电话：(010) 65228880　　65244790　（传真）
网址：www.tjpress.com
Email: zb65244790@vip.163.com
经销：全国新华书店
印刷：天宇万达印刷有限公司
开本：145×210　1/32
印张：12.25
字数：257 千字
版次：2024 年 7 月　第 1 版
印次：2024 年 7 月　第 1 次印刷
书号：978-7-5234-0815-5
定价：68.00 元

目录

01 万事都从缺陷好

我在西湖出家的经过	2
南闽十年之梦影	9
最后之□□	18
泉州开元慈儿院讲录	22
弘一大师最后一言	26

02 改过自新 常随佛学

改习惯	38
改过实验谈	41
青年佛徒应注意的四项	45
常随佛学	52
敬三宝	55
佛法大意	58
佛法十疑略释	61
佛法宗派大概	67
佛法学习初步	71
放生与杀生之果报	76
普劝发心印造经像文	79
慈说	95

03 佛法因缘与戒律精要

余弘律之因缘	98
授三皈依大意	101
《新集受三皈、五戒、八戒法式》凡例	104
在家律要开示	109
受十善戒法	111
受八关斋戒法	113
《菩萨璎珞经》自誓受菩萨五重戒法	115
《随分自誓受菩萨戒文》析疑	117
律学要略	120
《佛说优婆塞五戒相经》笺要	134
弘律愿文	170
南山律苑住众学律发愿文	171
学南山律誓愿文	173

04 誓做地藏真子

地藏菩萨之灵感	176
普劝净宗道侣兼持诵《地藏经》	180
与李圆净居士书	183
《地藏菩萨本愿经白话解释》序	186
地藏菩萨《九华垂迹图》赞	187
地藏菩萨圣德大观	191
占察法	241

05 药师法门

药师如来法门略录	244
药师如来法门一斑	247
药师法门修持课仪略录	251
《药师琉璃光如来功德经》讲录	255
《药师经》析疑	261

06 深入经藏 智慧如海

《华严经》读诵研习入门次第	298
随笔四则	301
《般若波罗蜜多心经》讲录	305
佛说《无常经》叙	319
《八大人觉经》释要	330

07 发菩提心 一向专念

净土法门大意	340
佛教之简易修持法	343
劝念佛菩萨求生西方	347
人生之最后	350
劝人听钟念佛文	355
万寿岩念佛堂开堂演词	358
略述印光大师之盛德	361
为性常法师掩关笔示法则	364
苦乐对览表	366

08 弘法日记

行脚散记	370
惠安弘法日记	371
壬丙南闽弘法略志	374
泉州弘法记	377

01 万事都从缺陷好

我在西湖出家的经过

杭州这个地方，实堪称为佛地，因为那边寺庙之多，约有两千馀所，可想见杭州佛法之盛了。

最近"越风社"要出关于西湖的《增刊》，由黄居士来函，要我做一篇《西湖与佛教之因缘》，我觉得这个题目的范围太广泛了，而且又无参考书在手，短期间内是不能做成的。所以现在就将我从前在西湖居住时，把那些值得追味的几件零碎的事情来说一说，也算是纪念我出家的经过。

我第一次到杭州，是光绪二十八年（1902）七月。（本篇所记年月皆依旧历）在杭州住了约莫一个月光景，但是并没有到寺院里去过。只记得有一次到涌金门外去吃过一回茶而已，同时也就把西湖的风景，稍微看了一下子。

第二次到杭州时，那是民国元年的七月里。这回到杭州倒住得很久，一直住了近十年，可以说是很久的了。

  我的住处在钱塘门内，离西湖很近，只两里路光景。在钱塘门外，靠西湖边有一所小茶馆，名"景春园"，我常常一个人出门，独自到景春园的楼上去吃茶。当民国初年的时候，西湖那边的情形，完全与现在两样。那时候还有城墙及很多柳树，都是很好看的。除了春秋两季的香会之外，西湖边的人总是很少，而钱塘门外，更是冷静了。

  在景春园的楼下，有许多的茶客，都是那些摇船抬轿的劳动者居多。而在楼上吃茶的就只有我一个人了。所以我常常一个人在上面吃茶，同时还凭栏看看西湖的风景。

  在茶馆的附近，就是那有名的大寺院——昭庆寺了。我吃茶之后，也常常顺便地到那里去看一看。

  当民国二年夏天的时候，我曾在西湖的广化寺里面住了好几天，但是住的地方，却不是在出家人的范围之内，那是在该寺的旁边，有一所叫作"痘神祠"的楼上。痘神祠是广化寺专门为着要给那些在家的客人住的。当时我住在里面的时候，有时也曾到出家人所住的地方去看看，心里却感觉很有意思呢！

  记得那时我亦常常坐船到湖心亭去吃茶。

  曾有一次，学校里有一位名人来演讲。那时，我和夏丏尊居士两人，却出门躲避而到湖心亭上去吃茶了。当时夏丏尊曾对我说："像我们这种人，出家做和尚倒是很好的。"那时候我听到这句话，就觉得很有意思，这可以说是我后来出家的一个原因了。

到了民国五年的夏天,我因为看到日本杂志中,有说及关于断食方法的,谓断食可以治疗各种疾病。当时我就起了一种好奇心,想来断食一下。因为我那个时候患有神经衰弱症,若实行断食后,或者可以痊愈亦未可知。要行断食时,须于寒冷的季候方宜,所以我便预定十一月来作断食的时间。

至于断食的地点呢?总须先想一想,考虑一下,似觉总要有个很幽静的地方才好。当时我就和西泠印社的叶品三君来商量,结果他说在西湖附近的地方,有一所虎跑寺,可作为断食的地点。那么,我就问他,既要到虎跑寺去,总要有人来介绍才对,究竟要请谁呢?他说有一位丁辅之,是虎跑寺的大护法,可以请他去说一说。于是他便写信请丁辅之代为介绍了。因为从前那个时候的虎跑,不是像现在这样热闹的,而是游客很少,且是个十分冷静的地方啊。若用来作我断食的地点,可以说是最相宜的了。

到了十一月的时候,我还不曾亲自到过,于是我便托人到虎跑寺那边去走一趟,看看在哪一间房里住好。看的人回来说,在方丈楼下的地方,倒很幽静,因为那边的房子很多,且平常的时候都是关起来,游客是不能走进去的。而在方丈楼上,则只有一位出家人住着而已。此外并没有什么人居住。等到十一月底,我到了虎跑寺,就住在方丈楼下的那间屋子里了。

我住进去以后,常常看见一位出家人在我的窗前经过,即是住在楼上的那一位,我看到他却十分欢喜呢!因此就时常和他来谈话,同时他也拿佛经来给我看。

我以前虽然从五岁时，即时常和出家人见面，时常看见出家人到我的家里念经及拜忏。而于十二、三岁时，也曾学了放焰口。可是并没有和有道的出家人住在一起，同时也不知道寺院中的内容是怎样，以及出家人的生活又是如何。这回到虎跑寺去住，看到他们那种生活，却很欢喜而且羡慕起来了。

　　我虽然在那边只住了半个多月，但心里头却十分愉快，而且对于他们所吃的菜蔬，更是欢喜吃。及回到了学校以后，我就请佣人依照他们那种样的菜煮来吃。

　　这一次，我之到虎跑寺去断食，可以说是我出家的近因了。及到民国六年的下半年，我就发心吃素了。

　　在冬天的时候，我即请了许多经，如《普贤行愿品》《楞严经》《大乘起信论》等很多的佛经，而于自己的房里，也供起佛像来，如地藏菩萨、观世音菩萨等等的像，于是亦天天烧香了。

　　到了这一年放年假的时候，我并没有回家去，而是到虎跑寺里面去过年了。我仍旧住在方丈楼下，那个时候，则更感觉得有兴味了。于是就发心出家，同时就想拜那位住在方丈楼上的出家人做师父。他的名字是弘祥师，可是他不肯我去拜他，而介绍我拜他的师父。他的师父是在松木场护国寺里面居住的。于是他就请他的师父回到虎跑寺来，而我也就于民国七年正月十五日受三皈依了。

　　我打算于此年的暑假入山。而预先在寺里面住了一年后，然后再实行出家的。当这个时候，我就做了一件海青，及学习两堂功课。在二月初五日那天，是我的母亲的忌日，于是我就先于两天以前到虎跑去，在那边诵了三天的《地藏经》，为我的母亲回向。到了五月底的时候，我就提前先考试，而于考试之后，即到虎跑寺入山了。

到了寺中一日以后，即穿出家人的衣裳，而预备转年再剃度的。及至七月初的时候，夏丏尊居士来，他看到我穿出家人的衣裳但还未出家，他就对我说："既住在寺里面，并且穿了出家人的衣裳，而不即出家，那是没有什么意思的，所以还是赶紧剃度好。"

我本来是想转年再出家的，但是承他的劝，于是就赶紧出家了。便于七月十三日那一天，相传是大势至菩萨的圣诞，所以就在那天落发。

落发以后，仍须受戒的。于是由林同庄君的介绍，而到灵隐寺去受戒了。

灵隐寺是杭州规模最大的寺院，我一向对它是很欢喜的。我出家以后，曾到各处的大寺院去看过，但是总没有像灵隐寺那么的好。八月底，我就到灵隐寺去。寺中的方丈和尚却很客气，叫我住在客堂后面芸香阁的楼上。

当时是由慧明法师做大师父的。有一天，我在客堂里遇到这位法师了，他看到我时，就说起："既是来受戒的，为什么不进戒堂呢？虽然你在家的时候是读书人，但是读书人就能这样地随便吗？就是在家时是一个皇帝，我也是一样看待的。"那时方丈和尚仍是要我住在客堂楼上，而于戒堂里面有了紧要的佛事时，方命我去参加一两回的。

那时候，我虽然不能和慧明法师时常见面，但是看到他忠厚笃实的容色，却是令我佩服不已的。

受戒以后，我仍回到虎跑寺居住。到了十二月底，即搬到玉泉寺去住。此后即常常到别处去，没有久住在西湖了。

曾记得在民国十二年夏天的时候，我曾到杭州去过一回。那时正是慧明法师在灵隐寺讲《楞严经》的时候。开讲的那一天，我去听他说法。因为好几年没有看到他，觉得他已苍老了不少，头发且已斑白，牙齿也大半脱落。我当时大为感动，于拜他的时候，不由泪落不止。听说以后没有经过几年工夫，慧明法师就圆寂了。

关于慧明法师一生的事迹，出家人中晓得的很多，现在我且举几样事情，来说一说。

慧明法师是福建汀州人。他穿的衣服毫不考究，看起来很不像大寺院法师的样子，但他待人是很平等的。无论你是大好佬或是苦恼子，他都是一样地看待。所以凡是出家、在家的上中下各色各样的人物，对于慧明法师是没有一个不佩服的。

他老人家一生所做的事固然很多，但是最奇特的，就是能教化"马溜子"（马溜子是出家流氓的称呼）了。寺院里是不准这班马溜子居住的。他们总是住在凉亭里的时候为多，听到各处的寺院有人打斋的时候，他们就会集了赶斋去（吃白饭）。在杭州这一带地方，马溜子是特别来得多。一般人总不把他们当人看待，而他们亦自暴自弃，无所不为的。但是慧明法师却能够教化马溜子呢！

那些马溜子常到灵隐寺去看慧明法师，而他老人家却待他们很客气，并且布施他们种种好饭食、好衣服等。他们要什么就给什么。而慧明法师有时也对他们说几句佛法，以资感化。

慧明法师的腿是有毛病的。出来入去的时候，总是坐轿子居多。有一次他从外面坐轿回灵隐时，下了轿后，旁人看到慧明法师是没有穿裤子的。他们都觉得很奇怪，于是就问他道："法师为什么不穿裤子呢？"他说他在外面碰到了马溜子，因为向他要裤子，所以他连忙把裤子脱给他了。

关于慧明法师教化马溜子的事，外边的传说很多很多，我不过略举了这几样而已。不单那些马溜子对于慧明法师有很深的钦佩和信仰，即其他一般出家人，亦无不佩服的。

因为多年没有到杭州去了。西湖边上的马路、洋房也渐渐修筑得很多，而汽车也一天比一天地增加。回想到我以前在西湖边上居住时，那种闲静幽雅的生活，真是如同隔世，现在只能托之于梦想了。

丙子（1936年）春述于厦门南普陀寺 高文显记录

南闽十年之梦影

我一到南普陀寺,就想来养正院和诸位法师讲谈讲谈,原定的题目是"余之忏悔",说来话长,非十几小时不能讲完;近来因为讲律,须得把讲稿写好,总抽不出一个时间来,心里又怕负了自己的初愿,只好抽出很短的时间,来和诸位谈谈,谈我在南闽十年中的几件事情!

我第一回到南闽,在明国十七年的十一月,是从上海来的。起初还是在温州,我在温州住得很久,差不多有十年光景。

由温州到上海,是为着编辑《护生画集》的事,和朋友商量一切;到十一月底,才把《护生画集》编好。

那时我听人说尤惜阴居士也在上海。他是我旧时很要好的朋友,我就想去看一看他。一天下午,我去看尤居士,居士说要到暹罗国(泰国)去,第二天一早就要动身的。我听了觉得很喜欢，于是也想和他一道去。

我就在十几小时中，急急地预备着。第二天早晨，天还没大亮，就赶到轮船码头，和尤居士一起动身到暹罗国去了。从上海到暹罗，是要经过厦门的，料不到这就成了我来厦门的因缘。十二月初，到了厦门，承陈敬贤居士的招待，也在他们的楼上吃过午饭，后来陈居士就介绍我到南普陀寺来。那时的南普陀，和现在不同，马路还没有建筑，我是坐着轿子到寺里来的。

到了南普陀寺，就在方丈楼上住了几天。时常来谈天的，有性愿老法师、芝峰法师等。芝峰法师和我同在温州，虽不曾见过面，却是很相契的。现在突然在南普陀寺晤见了，真是说不出的高兴。

我本来是要到暹罗去的，因着诸位法师的挽留，就留滞在厦门，不想到暹罗国去了。

在厦门住了几天，又到小雪峰那边去过年。一直到正月半以后才回到厦门，住在闽南佛学院的小楼上，约莫住了三个月工夫。看到院里面的学僧虽然只有二十几位，他们的态度都很文雅，而且很有礼貌，和教职员的感情也很不差，我当时很赞美他们。

这时芝峰法师就谈起佛学院里的课程来。他说："门类分得很多，时间的分配却很少，这样下去，怕没有什么成绩吧？"因此，我表示了一点意见，大约是说："把英文和算术等删掉，佛学却不可减少，而且还得增加，就把腾出来的时间教佛学吧？"他们都很赞成。听说从此以后，学生们的成绩，确比以前好得多了！

我在佛学院的小楼上，一直住到四月间，怕将来的天气更会热起来，于是又回到温州去。

第二回到南闽，是在明国十八年十月。起初在南普陀寺住了几天，以后因为寺里要做水陆，又搬到太平岩去住。等到水陆圆满，又回到寺里，在前面的老功德楼住着。

当时闽南佛学院的学生，忽然增加了两倍多，约有六十多位，管理方面不免感到困难。虽然竭力的整顿，终不能恢复以前的样子。不久，我又到小雪峰去过年，正月半才到承天寺来。那时性愿老法师也在承天寺，在起草章程，说是想办什么研究社。

不久，研究社成立了，景象很好，真所谓"人才济济"，很有一种难以形容的盛况。现在妙释寺的善契师，南山寺的传证师，以及已故南普陀寺的广究师等等，都是那时候的学僧哩！

研究社初办的几个月间，常住的经忏很少，每天有工夫上课，所以成绩卓著，为别处所少有。

当时我也在那边教了两回写字的方法，遇有闲空，又拿寺里那些古版的藏经来整理整理，后来还编成目录，至今留在那边。这样在寺里约莫住了三个月，到四月，怕天气要热起来，又回到温州去。

民国二十年（1931）九月，广洽法师写信来，说很盼望我到厦门去。当时我就从温州动身到上海，预备再到厦门；但许多朋友都说：时局不大安定，远行颇不相宜，于是我只好仍回温州。直到转年（即民国二十一年）十月，到了厦门，计算起来，已是第三回了!

到厦门之后,由性愿老法师介绍,到山边岩去住;但其间妙释寺也去住了几天。那时我虽然没有到南普陀来住;但佛学院的学僧和教职员,却是常常来妙释寺谈天的。

民国二十二年正月廿一日,我开始在妙释寺讲律。

这年五月,又移到开元寺去。

当时许多学律的僧众,都能勇猛精进,一天到晚的用功,从没有空过的工夫;就是秩序方面也很好,大家都啧啧的称赞着。

有一天,已是黄昏时候了!我在学僧们宿舍前面的大树下立着,各房灯火发出很亮的光;诵经之声,又复朗朗入耳,一时心中觉得有无限的欢慰!可是这种良好的景象,不能长久的继续下去,恍如昙花一现,不久就消失了。但是当时的景象,却很深的印在我的脑中,现在回想起来,还如在大树底下目睹一般。这是永远不会消灭,永远不会忘记的啊!

十一月,我搬到草庵来过年。

民国二十三年(1934)二月,又回到南普陀。

当时旧友大半散了;佛学院中的教职员和学僧,也没有一位认识的!

我这一回到南普陀寺来,是准了常惺法师的约,来整顿僧教育的。后来我观察情形,觉得因缘还没有成熟,要想整顿,一时也无从着手,所以就作罢了。此后并没有到闽南佛学院去。

讲到这里,我顺便将我个人对于僧教育的意见,说明一下:

我平时对于佛教是不愿意去分别哪一宗、哪一派的,因为我觉得各宗各派，都各有各的长处。但是有一点，我以为无论哪一宗哪一派的学僧，却非深信不可，那就是佛教的基本原则，就是深信善恶因果报应的道理。——善有善报，恶有恶报；同时还须深信佛菩萨的灵感！这不仅初级的学僧应该这样，就是升到佛教大学也要这样！

善恶因果报应和佛菩萨的灵感道理，虽然很容易懂；可是能彻底相信的却不多。这所谓信，不是口头说说的信，是要内心切切实实去信的呀！

咳！这很容易明白的道理，若要切切实实地去信，却不容易啊！

我以为无论如何，必须深信善恶因果报应和诸佛菩萨灵感的道理，才有做佛教徒的资格！

须知善有善报，恶有恶报，这种因果报应，是丝毫不爽的！又须知我们一个人所有的行为，一举一动，以至起心动念，诸佛菩萨都看得清清楚楚！

一个人若能这样十分决定地信着，他的品行道德，自然会一天比一天地高起来！

要晓得我们出家人，就所谓"僧宝"，在俗家人之上，地位是很高的，所以品行道德，也要在俗家人之上才行！

倘品行道德仅能和俗家人相等，那已经难为情了！何况不如？又何况十分的不如呢？……咳！……这样他们看出家人就要十分的轻慢，十分的鄙视，种种讥笑的话，也接连地来了。……

记得我将要出家的时候，有一位在北京的老朋友写信来劝告我，你知道他劝告的是什么，他说："听到你要不做人，要做僧去。……"

咳！……我们听到了这话，该是怎样的痛心啊！他以为做僧的，都不是人，简直把僧不当人看了！你想，这句话多么厉害呀！

出家人何以不是人？为什么被人轻慢到这地步？我们都得自己反省一下！我想这原因都由于我们出家人做人太随便的缘故；种种太随便了，就闹出这样的话柄来了。

至于为什么会随便呢？那就是由于不能深信善恶因果报应和诸佛菩萨灵感的道理的缘故。倘若我们能够真正生信，十分决定的信，我想就是把你的脑袋斫掉，也不肯随便的了！

以上所说，并不是单单养正院的学僧应该牢记，就是佛教大学的学僧也应该牢记，相信善恶因果报应和诸佛菩萨灵感不爽的道理！

就我个人而论，已经是将近六十的人了，出家已有二十年，但我依旧喜欢看这类的书——记载善恶因果报应和佛菩萨灵感的书。

我近来省察自己，觉得自己越弄越不像了！所以我要常常研究这一类的书，希望我的品行道德，一天高尚一天。希望能够改过迁善，做一个好人。又因为我想做一个好人，同时我也希望诸位都做好人！

这一段话，虽然是我勉励我自己的，但我很希望诸位也能照样去实行！

关于善恶因果报应和佛菩萨灵感的书，印光老法师在苏州所办的弘化社那边印得很多，定价也很低廉，诸位若要看的话，可托广洽法师写信去购请，或者他们会赠送也未可知。

以上是我个人对于僧教育的一点意见。下面我再来说几样事情：

我于民国二十四年到惠安净峰寺去住。到十一月，忽然生了一场大病，所以我就搬到草庵来养病。

这一回的大病，可以说是我一生的大纪念！

我于民国二十五年的正月，扶病到南普陀寺来。在病床上有一只钟，比其他的钟总要慢两刻，别人看到了，总是说这个钟不准，我说："这是草庵钟。"

别人听了"草庵钟"三字还是不懂，难道天下的钟也有许多不同的么？现在就让我详详细细地来说个明白：

我那一回大病，在草庵住了一个多月。摆在病床上的钟，是以草庵的钟为标准的。而草庵的钟，总比一般的钟要慢半点。

我以后虽然移到南普陀，但我的钟还是那个样子，比平常的钟慢两刻，所以"草庵钟"就成了一个名词了。这件事由别人看来，也许以为是很好笑的吧！但我觉得很有意思！因为我看到这个钟，就想到我在草庵生大病的情形了，往往使我发大惭愧，惭愧我德薄业重。

我要自己时时发大惭愧，我总是故意地把钟改慢两刻，照草庵那钟的样子，不止当时如此，到现在还是如此，而且愿尽形寿，常常如此。

以后在南普陀住了几个月，于五月间，才到鼓浪屿日光岩去。

◆ 万事都从缺陷好

十二月仍回南普陀。

到今年民国二十六年,我在闽南居住,算起来,首尾已是十年了。

回想我在这十年之中,在闽南所做的事情,成功的却是很少很少,残缺破碎的居其大半,所以我常常自己反省,觉得自己的德行,实在十分欠缺!

因此近来我自己起了一个名字,叫"二一老人"。什么叫"二一老人"呢?这有我自己的根据。

记得古人有句诗:"一事无成人渐老。"

清初吴梅村(伟业)临终的绝命词有:"一钱不值何消说。"

这两句诗的开头都是"一"字,所以我用来做自己的名字,叫作"二一老人"。

因此我十年来在闽南所做的事,虽然不完满,而我也不怎样地去求他完满了!

诸位要晓得:我的性情是很特别的,我只希望我的事情失败,因为事情失败、不完满,这才使我常常发大惭愧!能够晓得自己的德行欠缺,自己的修善不足,那我才可努力用功,努力改过迁善!

一个人如果事情做完满了,那么这个人就会心满意足,洋洋得意,反而增长他贡高我慢的念头,生出种种的过失来!所以还是不去希望完满的好!

不论什么事,总希望他失败,失败才会发大惭愧!倘若因成功而得意,那就不得了啦!

我近来,每每想到"二一老人"这个名字,觉得很有意味!

这"二一老人"的名字,也可以算是我在闽南居住了十年的一个最好的纪念!

丁丑(1937年)2月16日讲于厦门南普院寺佛教养正院

◆ 万事都从缺陷好

最后之□□

按：本文标题后二字空缺，根据弘一大师本意及通篇主旨，这两个字当作"忏悔"为是，意在表明其"悔过自新"之意。

佛教养正院已办有四年了。诸位同学初来的时候，身体很小，经过四年之久，身体皆大起来了，有的和我也差不多。啊！光阴很快。人生在世，自幼年至中年，自中年至老年，虽然经过几十年之光景，实与一会儿差不多。就我自己而论，我的年纪将到六十了，回想从小孩子的时候起到现在，种种经过如在目前。啊！我想我以往经过的情形，只有一句话可以对诸位说，就是"不堪回首"而已。

我常自来想，啊！我是一个禽兽吗？好像不是，因为我还是一个人身。我的天良丧尽了吗？好像还没有，因为我尚有一线天良常常想念自己的过失。我从小孩子起一直到现在都埋头造恶吗？好像也不是，因为我小孩子的时候，常行袁了凡的功过格；三十岁以后，很注意于修养；初出家时，也不是没有道心。虽然如此，但出家以后一直到现在，便大不同了。因为出家以后二十年之中，一天比一天堕落，身体虽然不是禽兽，而心则与禽兽差不多。天良虽然没有完全丧尽，但是惛愦糊涂，一天比一天利害，抑或与天良丧尽也差不多了。讲到埋头造恶的一句话，我自从出家以后，恶念一天比一天增加，善念一天比一天退失，一直到现在，可以说是醇乎其醇的一个埋头造恶的人，这个也无须客气也无须谦让了。

就以上所说看起来，我从出家后已经堕落到这种地步，真可令人惊叹。其中到闽南以后十年的功夫，尤其是堕落的堕落。去年春间曾经在养正院讲过一次，所讲的题目，就是"南闽十年之梦影"，那一次所讲的，字字之中，都可以看到我的泪痕，诸位应当还记得吧。

可是到了今年，比去年更不像样子了。自从正月二十到泉州，这两个月之中，弄得不知所云。不只我自己看不过去，就是我的朋友也说我以前如闲云野鹤，独往独来，随意栖止，何以近来竟大改常度，到处演讲，常常见客，时时宴会，简直变成一个"应酬的和尚"了，这是我的朋友所讲的。啊！"应酬的和尚"这五个字，我想我自己近来倒很有几分相像。

如是在泉州住了两个月以后，又到惠安到厦门到漳州，都是继续前稿，除了利养，还是名闻，除了名闻，还是利养。日常生活，总不在名闻利养之外，虽在瑞竹岩住了两个月，稍少闲静，但

◆ 万事都从缺陷好

是不久,又到祈保亭冒充善知识,受了许多的善男信女的礼拜供养,可以说是惭愧已极了。

九月又到安海,住了一个月,十分的热闹。近来再到泉州,虽然时常起一种恐惧厌离的心,但是仍不免向这一条名闻利养的路上前进。可是近来也有件可庆幸的事,因为我近来得到永春十五岁小孩子的一封信。他劝我以后不可常常宴会,要养静用功。信中又说起他近来的生活,如吟诗、赏月、看花、静坐等,洋洋千言的一封信。啊!他是一个十五岁的小孩子,竟有如此高尚的思想、正当的见解。我看到他这一封信,真是惭愧万分了。我自从得到他的信以后,就以十分坚决的心,谢绝宴会,虽然得罪了别人,也不管他,这个也可算是近来一件可庆幸的事了。

虽然是如此,但我的过失也太多了,可以说是从头至足,没有一处无过失,岂只谢绝宴会,就算了结了吗?尤其是今年几个月之中,极力冒充善知识,实在是太为佛门丢脸。别人或者能够原谅我;但我对我自己,绝不能够原谅,断不能如此马马虎虎的过去。所以我近来对人讲话的时候,绝不顾惜情面,决定赶快料理没有了结的事情,将"法师""老法师""律师"等名目,一概取消,将学人侍者等一概辞谢;孑然一身,遂我初服,这个或者亦是我一生的大结束了。

啊!再过一个多月,我的年纪要到六十了。像我出家以来,既然是无惭无愧,埋头造恶,所以到现在所做的事,大半支离破碎不能圆满,这个也是份所当然。只有对于养正院诸位同学,相处四年之久,有点不能忘情;我很盼望养正院从此以后,能够复兴起来，为全国模范的僧学院。可是我的年纪老了，又没有道德学问，我以后对于养正院，也只可说"爱莫能助"了。

啊！与诸位同学谈得时间也太久了，且用古人的诗来作临别赠言。诗云：

未济终焉心缥缈，万事都从缺陷好。

吟到夕阳山外山，古今谁免余情绕。

戊寅（1938年）11月14日

在厦门南普陀寺佛教养正院同学会席上讲

瑞今法师记

泉州开元慈儿院讲录

我到闽南,已有十年,来到贵院,也有好几回,一回到院,都觉得有一番进步,这是使我很喜欢的。贵院各种课程,都有可观,其最使我满意赞叹的,就是早晚两堂课诵。古语道:人身难得,佛法难闻。诸生倘非夙有善根,怎得来这里读书,又复得闻佛法哩!今这样,真是好极了。诸生得这难得机缘,应各各起欢喜心,深自庆幸才是。

我今讲本师释迦牟尼佛在因地中为法舍身几段故事给诸位听,现在先引《涅槃经》一段来说。释迦牟尼佛在无量劫前,当无佛法时代,曾作婆罗门,这位婆罗门,品格清高,与众不同,发心访求佛法。那时忉利天王在天宫瞧见,要试此婆罗门,有无真心,化为罗刹鬼,状极凶恶,来与婆罗门说法,但是仅说半偈(印度古代的习惯以四句为一偈)。婆罗门听了罗刹鬼所说的半偈很喜欢,要求罗刹再说后半偈,罗刹不肯。婆罗门力求，罗刹便向婆罗门道："你要我说后半偈，也可以，你应把身上的血给我饮，身上的肉给我吃，才可许你。"婆罗门为求法故，即时答应道："我甚愿将我身上的血肉给你。"罗刹以婆罗门既然诚恳地允许，便把后半偈说给他听。婆罗门得闻了后半偈，真觉心满意足，不特自己欢喜，并且把这偈书写在各处，遍传到人间去。婆罗门在各处树木山岩上书写此四句偈后，为维持信用，便想应如何把自己肉血给罗刹吃呢？他就要跑上一棵很高很高的树上，跳跃下来，自谓可以丧了身命，便将血肉给罗刹吃。罗刹那时，看婆罗门不惜身命求法，心中十分感动，当婆罗门在高处舍身跃下，未坠地时，罗刹便现了天王的原形把他接住，这婆罗门因得不死。罗刹原系忉利天王所化，欲试试婆罗门的，今见婆罗门求法如此诚恳，自然是十分欢喜赞叹。若在婆罗门因志求无上正法，虽弃舍身命亦何所顾惜呢！刚才所说：婆罗门如此求法困难，不惜身命。诸位现在不要舍身，而很容易地得闻佛法，真是大可庆幸呀！

　　还有一段故事，也是《涅槃经》上说。过去无量劫时候，释迦牟尼佛，为一很穷困的人，当时有佛出世，见人皆先供养佛然后求法，己则贫穷无钱可供，他心生一计，愿以身卖钱来供佛，就到大街上去卖自己的身体。当在大街上喊卖身时，恰巧遇一病人，医生叫他每日应吃三两人肉，那病人看见有人卖身，便十分欢喜，因向贫人说："你每日给我三两人肉吃，我可以给你五枚金钱！"这位穷人，听了这话，与那病人商洽说：你先把五枚金钱拿来，我去买东西供养佛，求闻佛法，然后每日把我身上的肉

23

割下给你吃。当时病人应允,即先付金钱。这穷人供佛闻法已毕,即天天以刀割身上的三两肉给病人吃,吃到一个月,病才痊愈。当穷人每天割肉的时候,他常常念佛所说的偈,精神完全贯注在法的方面,竟如没有痛苦,而且不久他的身体也就平复无恙了。这穷人因求法之故,发心做难行的苦行有如此勇猛。诸生现今在这院里求学,早晚皆得闻佛法,不但每日无须割去若干肉,而且有衣穿,有饭吃,这岂不是很难得的好机缘吗?

再讲一段故事,出于《贤愚经》。释迦牟尼佛在因地时候,有一次身为国王,因厌恶终其身居于国王位,没有什么好处,遂发心求闻佛法。当时来了一位婆罗门,对这国王说:"王要闻法,可能把身体挖一千个孔,点一千盏灯来供养佛吗?若能如此,便可为你说法。"那国王听婆罗门这句话,便慨然对他说:"这有何难,为要闻法,情愿舍此身命,但我现有些少国事未了,容我七天,把这国事交下着落,便就实行。"到第七天,国事办完,王便欲在身上挖千个孔,点千盏灯,那时全国人民知道此事,都来劝阻。谓大王身为全国人民所依靠,今若这样牺牲,全国人民将何所赖呢?国王说:"现在你们依靠我,我为你们做依靠,不过是暂时,是靠不住的,我今求得佛法,将来成佛,当先度化你们,可为你们永远的依靠,岂不更好,请大家放心,切勿劝阻。"那时国王马上就实行起来。呼左右将身上挖了一千孔,把油盛好,灯心安好,欣然对婆罗门说:"请先说法,然后点灯。"婆罗门答应,就为他说法。国王听了,无限的满足,便把身上一千盏灯,齐点起来,那时万众惊骇呼号。国王乃发大誓愿道:"我为求法,来舍身命，愿我闻法以后，早成佛道，以大智慧光普照一切众生。"这声音一发，天地都震动了，灯光晃耀之下，诸天现前，即问国王："你身体如此痛苦，你心里也后悔吗？"国王答："绝不后悔。"后来国王复向空中发誓言："我这至诚求法之心，果能永久不悔，愿我此身体即刻回复原状。"话说未已，至诚所感，果然身上千个火孔，悉皆平复，并无些少创痕。刚才所说，闻法有如此艰难，诸生现在闻法则十分容易，岂不是诸生有大幸福吗！自今以后，应该发勇猛精进心，勤加修习才是！

以前我曾居住开元寺好几次，即住在贵院的后面，早晚闻诸僧念佛念经很如法，音声亦甚好听，每站在房门外听得高兴。因各种课程固好，然其他学校也是有的，独此早晚二堂课诵，是其他学校所无，而贵院所独有的，此皆是贵院诸职教员善于教导，和你们诸位努力，才有这十分美满的成绩，我希望贵院，今后能够继续精进努力不断的进步，规模益扩大，为全国慈儿院模范，这是我最后殷勤的希望。

戊寅（1938年）2月吴栖霞记

弘一大师最后一言——谈写字的方法

我到闽南这边来,已经有十年之久了。

前几年冬天的时候,我也常常到南普陀寺来,看到大殿、观音殿及两廊旁边的栏杆上,排列了很多的花,尤其正在过年的时候,更是多得很,多得很。

其中有一种名叫"一品红"的(按闽南人称为圣诞花,其顶端之叶均作红色。学名为Euphorbia Pulcherrima)颜色非常的鲜明,非常的好看;可以说是南国特有的一种风味,特有的色彩。每当残冬过去、春天快到来的时候,把它摆出来,好像是迎春的样子,而气象确也为之一新。

我于去年冬天到这里来,心中本来预料着,以为可以看到许多的"一品红"了。岂知一到的时候,空空洞洞,所看到的,尽是其他的花草,因而感到很伤心。为什么?以前那么多的"一品红"现在到哪里去了呢?找来找去,找了很久,只在那新功德楼的地方,发现了三棵,都是憔悴不堪,颜色不大鲜明很怨惨的样子。也没有什么人要去赏玩了。于是使我联想到佛教养正院:过去的时候,也曾经有很光荣的历史,像那些"一品红"一样,欣欣向荣,有无限生机;可是现在,则有些衰败的气象了。

养正院开办已经三年了,这期间自然有很多可纪念的事迹,可是观察其未来,则很替它悲观,前途很不堪设想。我现在在南普陀这里,还可以看到养正院的招牌,下一次再来的时候,恐怕看不到了。这一次,也许可以说是我"最后的演讲"。

一

这一次所要讲的,是这里几位学生的意思——要我来讲"关于写字的方法"。

我想写字这一回事,是在家人的事,出家人讲究写字有什么意思呢?所以,这一讲讲写字的方法,我觉得不对。因为出家人假如只会写字,其他学问一点也不知道,尤其不懂得佛法,那可以说是佛门的败类。须知出家人不懂得佛法,只会写字,那是可耻的。出家人唯一的本分,就是要懂得佛法,要研究佛法。不过,出家人并不是绝对不可以讲究写字的,但不可用全副精神,去应付写字就对了;出家人固应对于佛法全力研究,而于有空的时候,写写字也未尝不可。写字如果写到了有些样子能写对子、中堂来送与人,以作弘法的一种工具,也不是无益的。

倘然只能写得几个好字,若不专心学佛法,虽然人家赞美他写字写得怎样的好，那也不过是"人与字传"而已。我觉得：出家人字虽然写得不好，若是很有道德，那么他的字是很珍贵的，结果是能够"字以人传"；如果对于佛法没有研究，而且没有道德，纵能写得很好的字，这种人在佛教中是无足轻重的了，他的人本来是不足传的。即能"人以字传"——这是一桩可耻的事，就是在家人也是很可耻的。

今天虽然名为讲写字的方法其实我的本意是要劝诸位来学佛法的。因为大家有了行持，能够研究佛法，才可利用闲暇时间，来谈谈写字的法子。

关于写字的源流、派别，以及笔法、章法、用墨……古人已经讲得很清晰了，而且有很多的书可以参考，我不必多讲。现在只就我个人关于写字的心得及经验，随便来说一说。

诸位写字的成绩很不错。但是每天每个人只限定写一张，而且只有一个样子是不对的。每天练习写字的时候，应该将篆书、大楷、中楷、小楷四个样子，都要多多地写与练习。如果没有时间，关于中楷可以略掉；至于其他的字样，是缺一不可的，且要多练习才对。我有一点意见，要贡献给诸位，下面说的几种方法，我认为是很重要的。

二

我对于发心学写字的人，总是劝他们：先由篆字学起。为什么呢？有几种理由：

（一）可以顺便研究《说文》，对于文字学，便可以有一点常识了。因为一个字一个字都有它的来源，并不是凭空虚构的，关于一笔一划，都不能随随便便乱写的。若不学篆书，不研究《说文》，对于字学及文字的起源就不能明白——简直可以说是不认得字啊！所以写字若由篆书入手，不但写字会进步，而且也很有兴味的。

（二）能写篆字以后，再学楷书，写字时一笔一划，也就不会写错的了。我以前看到养正院几位学生所抄写的稿子，写错的字很多很多。要晓得：写错了字，是很可耻的——这正如学英文的人一样，不能把字母拼错一个。若拼错了字，人家怎么认识呢？写错了我们自己的汉文字，更是不可以的。我们若先学会了篆书，再写楷字时，那就可以免掉很多错误。此外，写篆字也可以为写隶书、楷书、行书的基础。学会了篆字之后，对于写隶书、楷书、行书就很容易——因为篆书是各种写字的根本。

若要写篆字的话，可以先参看《说文》这一类的书。有一部清人吴大澂的《说文部首》，那是不可缺少的。因为这部书很好，便于初学，如果要学写字的话，先研究这一部书最好。

既然要发心学写字的话，除了写篆字而外，还有大楷、中楷、小楷，这几样都应当写。我以前小孩子的时候，都通通写过的。至于要学一尺二尺的字，有一个很简便的方法：那就可用大砖来写，平常把四块大砖拼合起来，做成桌面的样子而且用架子架起来也可以当桌子用；要学写大字，却很方便，而且一物可供两用了。

大笔怎样得到呢？可用麻扎起来做大笔，要写时，就可以任意挥毫。大砖在南方也许不多，这里倒有一个方面可以替代：就是用水门汀拼起来成为桌子。而用麻来写字，这都是一样了。这样一来，既可练习写字，而纸及笔，也就经济得多了。

篆书、隶书及至行书都要写，样样都要学才好；一切碑帖也都要读，至少要浏览一下才可以。照以上的方法学了一个时期以后，才可专写一种或专写一体。这是由博而约的方法。

三

至于用笔呢？算起来有很多种，如羊狼毫、兔毫等。普通是用羊毫，紫毫及狼毫亦可用，并不限定哪一种。最要注意的一点，就是写大字须用大笔，千万不可用小笔！用小的笔写大字，那是很错误的。宁可用大笔写小字，不可以用小笔写大字。

还有纸的问题。市上所售的油光纸是很便宜的，但太光滑，很难写。若用本地所产的粗纸，就无此毛病的了。我的意思：高年级的同学可用粗纸，低年级的可用油光纸。

此地所用的所有格子的纸，是不大适合的，和我们从前的九宫格的纸不同。以我的习惯而论，我用九宫格的方法，就不是这样子。现在画在下面，并说明我的用法。

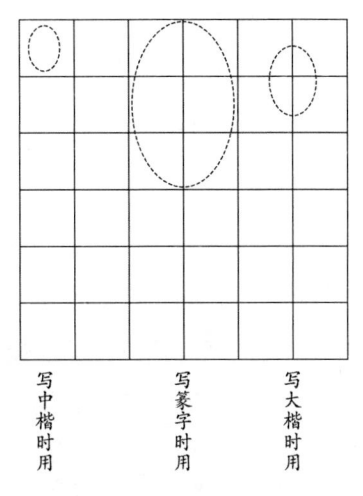

写中楷时用　写篆字时用　写大楷时用

　　若用这种格子的纸，写起字来，是很方便的，这样一来，每个字都有规矩绳墨可守的。如果写大楷时，两线相交的地方，成了一个十字形，就不致上下左右不对称了。要晓得：写字总不能随随便便。每个字的地位要很正，要不偏左不偏右，不上不下，要有一定的标准。因为线有中心点，初学时注意此线，则写起字来，自然会适中、很"落位"了。

　　平常写字时，写这个字，眼睛专看这个字，其馀的字就不管，这也是不对的。因为上面的字，与下面的字都有关系的——即全部分的字，不论上下左右，都必须连贯才可以。这一点很要紧，须十分注意。不可以只管写一个字，其馀的一切不去管它。因为写字要使全体都能够配合，不能单就每个字去看的。

　　再有一点须十分注意的：当我们写字的时候，切不可倚在桌上，须使腕高高地悬起来，才可以运用如意。

　　写中楷悬腕固好，假如肘部要倚着，那也无妨。至于小楷，则可以倚在桌上，不必悬腕的。

四

以上所说的，是写字的初步法门。现在顺便讲讲关于写对联、中堂、横披（即"横批"）、条幅等的方法。

我们写对联或中堂，就所写的一幅字而论，是应该有章法的。普通的一幅中堂，论起优劣来，有几种要素须注意的。现在估量其应得的分数如下：

章法五十分；

字三十五分；

墨色五分；

印章十分。

就以上四种要素合起来，总分可以算上一百分。其中并没有平均的分数。我觉得其差异及分配法，当照上面所分配的样子才可以。

一般人认为每个字都很要紧，然而依照上面的记分，只有三十五分。大家也许要怀疑，为什么章法反而占多数呢？就章法本身而论，它之所以占着重要的原因，理由很简单——在艺术上有所谓三原则，即：

（一）统一；

（二）变化；

（三）整齐。

这在西洋绘画方面是认为很重要的。我便借来用在此地，以批评一幅字的好坏。我们随便写一张字，无论中堂或对联，普通将字排列起来，或横或直，首先要能够统一，字与字之间，彼此必须相联络、互相关系才可以的。

就写字的章法而论，大略如此。说起来很简单，却不是一蹴可就的。这需要经验的，多多地练习，多看古人的书法及碑帖，养成赏鉴艺术的眼光，自己能常去体认，从经验中体会出来，然后才可以慢慢地养成，有所成就。

所谓墨色要怎样才可以？即质料要好，而墨色要光亮才对。还有，印章盖坏了，也是不可以的。盖的地方要位置适中，很落位才对。同时当然要刻得好，印章上的字须写得好。至于印色，也当然要好的。盖用时，可盖以一颗两颗。印章有圆的方的，大的小的不一，且有种种的区别。如何区别及使用呢？那就要于写字之后再注意盖用，因为它也可以补救写字时章法的不足。

五

以上所说的，是关于写字的基本法则。可当作一种规矩及准绳讲，不过是一种呆板的方法而已。

写字最好的方法是怎样，用哪一种方法才可以达到顶好顶好的呢？我想诸位一定很热心的要问。

我想了又想，觉得要写好字，还是要多多地练习，多看碑，多看帖才对，那就自然可以写得好了。

◆ 万事都从缺陷好

诸位或者要说，这是普通的方法，假如要达到最高的境界须如何呢？我没有办法再回答。曾记得《法华经》有云："是法非思量分别之所能解。"我便用这句子，只改了一个字，那就是"是字非思量分别之所能解"了。因为世间上无论哪一种艺术，都是非思量分别之所能解的。

即以写字来说，也是要非思量分别才可以写得好的。同时要离开思量分别，才可以鉴赏艺术，才能达到艺术的最上乘的境界。

记得古来有一位禅宗的大师，有一次人家请他上堂说法，当时台下的听众很多，他登台后默默地坐一会儿以后，即说："说法已毕。"便下堂了。所以，今天就写字而论，讲到这里，我也只好说"谈写字已毕了"。

假如诸位用一张白纸（完全是白的），没有写上一个字，送给教你们写字的法师看，那么他一定说："善哉，善哉！写得好，写得好！"

诸位听了我所讲的以后，要明白我的意思——学佛法最为要紧。如果佛法学得好，字也可以写得好的。不久会泉法师要在妙释寺讲《维摩经》，诸位有空的时候，要去听讲，要去研究。经典要多多地参考，才能懂得佛法。

我觉得最上乘的字或最上乘的艺术，在于从学佛中得来。要从佛法研究出来，才能达到最上乘的地步。所以诸位若学佛法有一分的深入，那么字也会有一分的进步，能十分的去学佛法，写字也可以十分的进步。

今天所说的已经很够了。奉劝诸位：以后要勤求佛法，深研佛法。

丁丑（1937年）3月28日在厦门南普陀佛教养正院讲

高文显笔记

02 改过自新 常随佛学

◆ 万事都从缺陷好

改习惯

吾人因多生以来之夙习,及以今生自幼所受环境之熏染,而自然现于身口者,名曰"习惯"。

习惯有善、有不善,今且言其不善者。常人对于不善之习惯,而略称之曰"习惯"。今依俗语而标题也。

在家人之教育,以矫正习惯为主。出家人亦尔。但近世出家人,唯尚谈玄说妙。于自己微细之习惯,固置之不问。即自己一言一动,极粗显易知之习惯,亦罕有加以注意者。可痛叹也!

余于三十岁时,即觉知自己恶习惯太重,颇思尽力对治。出家以来,恒战战兢兢,不敢任情适意。但自愧恶习太重,二十年来,所矫正者百无一二。自今以后,愿努力痛改。更愿有缘诸道侣,亦皆奋袂兴起,同致力于此也。

吾人之习惯甚多。今欲改正,宜依如何之方法耶？若胪列多条，而一时改正，则心劳而效少。以余经验言之，宜先举一条乃至三、四条，逐日努力检点。既已改正，后再逐渐增加可耳。

今春以来，有道侣数人，与余同研律学，颇注意于改正习惯。数月以来，稍有成效。今愿述其往事，以告诸公。但诸公欲自改其习惯，不必尽依此数条，尽可随宜酌定。余今所述者，特为诸公作参考耳。

学律诸道侣，已改正习惯，有七条：

一、食不言。现时中等以上各寺院，皆有此制，故改正甚易。

二、不非时食。初讲律时，即由大众自己发心，同持此戒。后来学者亦尔。遂成定例。

三、衣服朴素整齐。或有旧制，色质未能合宜者，暂作内衣，外罩如法之服。

四、别修礼诵等课程。每日除听讲、研究、抄写，及随寺众课诵外，皆别自立礼诵等课程，尽力行之。或有每晨于佛前跪读《法华经》者，或有读《华严经》者，或有读《金刚经》者，或每日念佛一万以上者。

五、不闲谈。出家人每喜聚众闲谈，虚丧光阴，废弛道业，可悲可痛！今诸道侣，已能渐除此习。每于食后、或傍晚、休息之时，皆于树下檐边，或经行、或端坐，若默诵佛号、若朗读经文、若默然摄念。

六、不阅报。各地日报"社会新闻"栏中，关于杀盗淫妄等事，记载最详。而淫欲诸事，尤描摹尽致。虽无淫欲之人，常阅报纸，亦必受其熏染。此为现代世俗教育家所痛慨者。故学律诸道侣，近已自己发心不阅报纸。

七、常劳动。出家人性多懒惰，不喜劳动。今学律诸道侣，皆已发心，每日扫除大殿及僧房檐下，并奋力作其他种种劳动之事。

以上已改正之习惯，共有七条。

尚有近来特实行改正之二条，亦附列于下：

一、食碗所剩饭粒。印光法师最不喜此事。若见剩饭粒者，即当面痛诃斥之。所谓"施主一粒米，恩重大如山"也。但若烂粥烂面留滞碗上，不易除去者，则非此限。

二、坐时注意威仪。垂足坐时，双腿平列。不宜左右互相翘架，更不宜耸立或直伸。余于在家时，已改此习惯。且现代出家人普通之威仪，亦不许如此。想此习惯不难改正也。

总之，学律诸道侣，改正习惯时，皆由自己发心。决无人出命令而禁止之也。

癸酉（1933年）秋在泉州承天寺讲

改过实验谈

今值旧历新年，请观厦门全市之中，新气象充满，门户贴新春联，人多着新衣，口言"恭贺新喜""新年大吉"等。我等素信佛法之人，当此万象更新时，亦应一新乃可。我等所谓新者何？亦如常人贴新春联、着新衣等以为新乎？曰：不然。我等所谓新者，乃是改过自新也。但"改过自新"四字范围太广，若欲演讲，不知从何说起。今且就余五十年来修省改过所实验者，略举数端为诸君言之。

余于讲说之前，有须预陈者，即是以下所引诸书，虽多出于儒书，而实合于佛法。因谈玄说妙、修证次第，自以佛书最为详尽。而我等初学之人，持躬敦品、处事接物等法，虽佛书中亦有说者，但儒书所说，尤为明白详尽适于初学。故今多引之，以为吾等学佛法者之一助焉。以下分为总论、别示二门。

总论者，即是说明改过之次第：

一、学。须先多读佛书、儒书，详知善恶之区别及改过迁善之法。倘因佛儒诸书浩如烟海，无力遍读，而亦难于了解者，可以先读《格言联璧》一部。余自儿时，即读此书。归信佛法以后，亦常常翻阅，甚觉其亲切而有味也。此书佛学书局有排印本甚精。

二、省。既已学矣，即须常常自己省察，所有一言一动，为善欤？为恶欤？若为恶者，即当痛改。除时时注意改过之外，又于每日临睡时，再将一日所行之事，详细思之。能每日写录日记，尤善。

三、改。省察以后，若知是过，即力改之。诸君应知改过之事，乃是十分光明磊落，足以表示伟大之人格。故子贡云："君子之过也，如日月之食焉。过也人皆见之，更也人皆仰之。"又古人云："过而能知，可以谓明。知而能改，可以即圣。"诸君可不勉乎！

别示者，即是分别说明余五十年来改过迁善之事。但其事甚多，不可胜举。今且举十条为常人所不甚注意者，先与诸君言之。《华严经》中皆用十之数目，乃是用十以表示无尽之意。今余说改过之事，仅举十条，亦尔，正以示余之过失甚多，实无尽也。此次讲说时间甚短，每条之中仅略明大意，未能详言，若欲知者，且俟他日面谈耳。

一、虚心。常人不解善恶，不畏因果，决不承认自己有过，更何论改？但古圣贤则不然。今举数例：孔子曰："五十以学《易》，可以无大过矣。"又曰："闻义不能徙，不善不能改，是吾忧也。"蘧伯玉为当时之贤人，彼使人于孔子。孔子与之坐而问焉，曰:"夫子何为?"对曰:"夫子欲寡其过而未能也。"圣贤尚如此虚心,我等可以贡高自满乎?

二、慎独。吾等凡有所作所为,起念动心,佛菩萨乃至诸鬼神等,无不尽知尽见。若时时作如是想,自不敢胡作非为。曾子曰:"十目所视,十手所指,其严乎!"又引《诗》云:"战战兢兢,如临深渊,如履薄冰。"此数语为余所常常忆念不忘者也。

三、宽厚。造物所忌,曰刻曰巧。圣贤处事,唯宽唯厚。古训甚多,今不详录。

四、吃亏。古人云:"我不识何等为君子,但看每事肯吃亏的便是。我不识何等为小人,但看每事好便宜的便是。"古时有贤人某临终,子孙请遗训,贤人曰:"无他言,尔等只要学吃亏。"

五、寡言。此事最为紧要。孔子云:"驷不及舌。"可畏哉!古训甚多,今不详录。

六、不说人过。古人云:"时时检点自己且不暇,岂有功夫检点他人。"孔子亦云:"躬自厚而薄责于人。"以上数语,余常不敢忘。

七、不文己过。子夏曰:"小人之过也必文。"我众须知文过乃是最可耻之事。

八、不覆己过。我等倘有得罪他人之处,即须发大惭愧,生大恐惧。发露陈谢,忏悔前愆。万不可顾惜体面,隐忍不言,自诳自欺。

九、闻谤不辩。古人云:"何以息谤?曰:无辩。"又云:"吃得小亏,则不至于吃大亏。"余三十年来屡次经验,深信此数语真实不虚。

十、不瞋。瞋习最不易除。古贤云:"二十年治一怒字,尚未消磨得尽。"但我等亦不可不尽力对治也。《华严经》云:"一念瞋心,能开百万障门。"可不畏哉!

因限于时间,以上所言者殊略,但亦可知改过之大意。最后,余尚有数言,愿为诸君陈者:改过之事,言之似易,行之甚难。故有屡改而屡犯,自己未能强作主宰者,实由无始宿业所致也。务请诸君更须常常持诵阿弥陀佛名号,观世音、地藏诸大菩萨名号,至诚至敬,恳切忏悔无始宿业,冥冥中自有不可思议之感应。承佛菩萨慈力加被,业消智朗,则改过自新之事,庶几可以圆满成就,现生优入圣贤之域,命终往生极乐之邦,此可为诸君预贺者也。

常人于新年时,彼此晤面,皆云"恭喜",所以贺其将得名利。余此次于新年时,与诸君晤面,亦云"恭喜",所以贺诸君将能真实改过,不久将为贤为圣;不久决定往生极乐,速成佛道,分身十方,普能利益一切众生耳。

癸酉(1933年)1月12日在厦门妙释寺讲

青年佛徒应注意的四项

养正院从开办到现在,已是一年多了。外面的名誉很好,这因为由瑞金法师主办,又得各位法师热心爱护,所以能有这样的成绩。

我这次到厦门,得来这里参观,心里非常欢喜。各方面的布置都很完美,就是地上也扫得干干净净的,这样,在别的地方,很不容易看到。

我在泉州草庵大病的时候,承诸位写一封信来,各人都签了名,慰问我的病状;并且又承诸位念佛七天,代我忏悔,还有像这样别的事,都使我感激万分!

再过几个月,我就要到鼓浪屿日光岩,去方便闭关了。时期大约颇长久,怕不能时时会到,所以特地发心来和诸位叙谈叙谈。

今天所要和诸位谈的,共有四项:一是惜福,二是习劳,三是持戒,四是自尊,都是青年佛徒应该注意的。

一、惜福。"惜"是爱惜,"福"是福气。就是我们纵有福气,也要加以爱惜,切不可把它浪费。诸位要晓得:末法时代,人的福气是很微薄的;若不爱惜,将这很薄的福享尽了,就要受莫大的痛苦。古人所说"乐极生悲",就是这意思啊!我记得从前小孩子的时候,我父亲请人写了一副大对联,是清朝刘文定公的句子,高高地挂在大厅的抱柱上,上联是"惜食惜衣,非为惜财,缘惜福"。我的哥哥时常教我念这句子,我念熟了,以后凡是临到穿衣或是饮食的当儿,我都十分注意,就是一粒米饭,也不敢随意糟掉。而且我母亲也常常教我,身上所穿的衣服,当时时小心,不可损坏或污染。这因为母亲和哥哥怕我不爱惜衣食,损失福报,以致短命而死,所以常常这样叮嘱着。

诸位可晓得,我五岁的时候,父亲就不在世了!七岁我练习写字,拿整张的纸瞎写,一点不知爱惜。我母亲看到,就正颜厉色的说:"孩子!你要知道呀!你父亲在世时,莫说这样大的整张的纸不肯糟蹋,就连寸把长的纸条,也不肯随便丢掉哩!"母亲这话,也是惜福的意思啊!

我因为有这样的家庭教育,深深地印在脑里,后来年纪大了,也没一时不爱惜衣食。就是出家以后,一直到现在,也还保守着这样的习惯。诸位请看我脚上穿的一双黄鞋子,还是民国九年(1920)在杭州时候,一位打念七佛的出家人送给我的。又诸位有空,可以到我房间里来看看,我的棉被面子,还是出家以前所用的;又有一把洋伞,也是民国初年(1911)买的。这些东西,即使有破烂的地方,请人用针线缝缝,仍旧同新的一样了。简直可尽我形寿受用着哩！不过，我所穿的小衫裤和罗汉草鞋一类的东西，却须五、六年一换。除此以外，一切衣物，大都是在家时候或是初出家时候制的。

从前常有人送我好的衣服或别的珍贵之物，但我大半都转送别人。因为我知道我的福薄，好的东西是没有胆量受用的。又如吃东西，只生病时候吃一些好的，除此以外，从不敢随便乱买好的东西吃。

惜福并不是我一个人的主张，就是净土宗大德印光老法师也是这样，有人送他白木耳等补品，他自己总不愿意吃，转送到观宗寺去供养谛闲法师。别人问他："法师！你为什么不吃好的补品？"他说："我福气很薄，不堪消受。"

他老人家——印光法师，性情刚直，平常对人只问理之当不当，情面是不顾的。前几年有一位皈依弟子，是鼓浪屿有名的居士，去看望他，和他一道吃饭。这位居士先吃好，老法师见他碗里剩落了一两粒米饭，于是就很不客气地大声呵斥道："你有多大福气，可以这样随便糟蹋饭粒！你得把它吃光！"

诸位！以上所说的话，句句都要牢记。要晓得：我们即使有十分福气，也只好享受二三分，所馀的可以留到以后去享受。诸位或者能发大心，愿以我的福气布施一切众生，共同享受，那更好了。

二、习劳。"习"是练习，"劳"是劳动。现在讲讲习劳的事情：

诸位请看看自己的身体，上有两手，下有两脚，这原为劳动而生的。若不将他运用习劳,不但有负两手、两脚,就是对于身体也一定有害无益的。换句话说:若常常劳动,身体必定康健。而且我们要晓得:劳动原是人类本分上的事,不唯我们寻常出家人要练习劳动,即使到了佛的地位,也要常常劳动才行,现在我且讲讲佛的劳动的故事:

所谓佛,就是释迦牟尼佛。在平常人想起来,佛在世时,总以为同现在的方丈和尚一样,有衣钵师、侍者师常常侍候着,佛自己不必做什么;但是不然,有一天,佛看到地下不很清洁,自己就拿起扫帚来扫地。许多大弟子见了,也过来帮扫,不一时,把地扫得十分清洁。佛看了欢喜,随即到讲堂里去说法,说道:"若人扫地,能得五种功德。……"

又有一个时候,佛和阿难出外游行,在路上碰到一个喝醉了酒的弟子,已醉得不省人事了;佛就命阿难抬脚,自己抬头,一直抬到井边,用桶汲水,叫阿难把他洗濯干净。

有一天,佛看到门前木头做的横楣坏了,自己动手去修补。

有一次,一个弟子生了病,没有人照应。佛就问他说:"你生了病,为什么没人照应你?"那弟子说:"从前人家有病,我不曾发心去照应他;现在我有病,所以人家也不来照应我了。"佛听了这话,就说:"人家不来照应你,就由我来照应你吧!"就将那病弟子大小便种种污秽,洗濯得干干净净;并且还将他的床铺,理得清清楚楚,然后扶他上床。由此可见,佛是怎样的习劳了。佛决不像现在的人,凡事都要人家服劳,自己坐着享福。这些事实,出于经律,并不是凭空说说的。

现在我再说两桩事情,给大家听听:《弥陀经》中载着的一位大弟子——阿㝹（nóu）楼陀,他双目失明,不能料理自己。佛就替他裁衣服,还叫别的弟子一道帮着做。

有一次,佛看到一位老年比丘眼睛花了,要穿针缝衣,无奈眼睛看不清楚,嘴里叫着:"谁能替我穿针呀!"佛听了立刻答应说:"我来替你穿。"

以上所举的例,都足证明佛是常常劳动的。我盼望诸位,也当以佛为模范,凡事自己动手去做,不可依赖别人。

三、持戒。"持戒"二字的意义,我想诸位总是明白的吧!我们不说修到菩萨或佛的地位,就是想来生再做人,最低的限度,也要能持五戒。可惜现在受戒的人虽多,只是挂个名而已,切切实实能持戒的却很少。要知道:受戒之后,若不持戒,所犯的罪,比不受戒的人要加倍的大,所以我时常劝人不要随便受戒。至于现在一般传戒的情形,看了真痛心,我实在说也不忍说了!我想最好还是随自己的力量去受戒,万不可敷衍门面,自寻苦恼。

戒中最重要的,不用说是杀、盗、淫、妄,此外还有饮酒、食肉,也易惹人讥嫌。至于吃烟（部分地区的习惯叫法）,在律中虽无明文,但在我国习惯上,也很容易受人讥嫌的,总以不吃为是。

四、自尊。"尊"是尊重,"自尊"就是自己尊重自己。可是人都喜欢人家尊重我,而不知我自己尊重自己;不知道要想人家尊重自己,必须从我自己尊重自己做起。怎样尊重自己呢? 就是自己时时想着：我当做一个伟大的人，做一个了不起的人。比如我们想做一位清净的高僧吧，就拿《高僧传》来读，看他们怎样行，我也怎样行，所谓"彼既丈夫我亦尔"。又比方我想将来做一位大菩萨，那末，就当依经中所载的菩萨行，随力行去。这就是自尊。但自尊与贡高不同。贡高是妄自尊大，目空一切的胡乱行为。自尊是自己增进自己的德业，其中并没有一丝一毫看不起人的意思的。

诸位万万不可以为自己是一个小孩子，是一个小和尚，一切不妨随便些；也不可说我是一个平常的出家人，哪里敢希望做高僧、做大菩萨？凡事全在自己做去，能有高尚的志向，没有做不到的。

诸位如果作这样想："我是不敢希望做高僧、做大菩萨的。"那做事就随随便便，甚至自暴自弃，走到堕落的路上去了，那不是很危险的么？诸位应当知道：年纪虽然小，志气却不可不高啊！

我还有一句话，要向大家说。我们现在依佛出家，所处的地位是非常尊贵的，就以剃发、披袈裟的形式而论，也是人天师表，国王和诸天人来礼拜，我们都可端坐而受。你们知道这道理么？自今以后，就当尊重自己，万万不可随便了。

以上四项，是出家人最当注意的，别的我也不多说了。我不久就要闭关，不能和诸位时常在一块儿谈话，这是很抱歉的。但我还想在关内讲讲律，每星期约讲三、四次，诸位碰到例假，不妨来听听！

今天得和诸位见面,我非常高兴。我只希望诸位把我所讲的四项,牢记在心,作为永久的纪念!

时间讲得很久了,费诸位的神。抱歉!抱歉!

丙子(1936年)正月开学日讲于厦门南普陀寺佛教养正院

◆ 万事都从缺陷好

常随佛学

《华严行愿品》末卷所列十种广大行愿中，第八曰"常随佛学"。若依《华严经》文所载种种神通妙用，决非凡夫所能随学。但其他经律等，载佛所行事，有为我等凡夫作模范，无论何人皆可随学者，亦屡见之。今且举七事：

一、佛自扫地。《根本说一切有部毗奈耶杂事》云："世尊在逝多林，见地不净，即自执篲，欲扫林中。时舍利子、大目犍连、大迦叶、阿难陀等诸大声闻，见是事已，悉皆执篲，共扫园林。时佛世尊及圣弟子扫除已，入食堂中，就座而坐。佛告诸比丘：'凡扫地者，有五胜利：一者自心清净，二者令他心净，三者诸天欢喜，四者植端正业，五者命终之后当生天上。'"

二、佛自舁（音余，即共扛抬也）弟子及自汲水。《五分律·佛制饮酒戒缘起》云："婆伽陀比丘以降龙故,得酒醉,衣钵纵横。佛与阿难舁至井边。佛自汲水,阿难洗之"等。

三、佛自修房。《十诵律》云:"佛在阿罗毗国,见寺门楣损,乃自修之。"

四、佛自洗病比丘及自看病。《四分律》云:"世尊即扶病比丘起,拭身不净,拭已洗之。洗已复为浣衣晒干。有故坏卧草弃之。扫除住处,以泥浆涂洒,极令清净。更敷新草,并敷一衣。还安卧病比丘已,复以一衣覆上。"

《西域记》云:"祇桓东北有塔,即如来洗病比丘处。"又云:"如来在日,有病比丘,含苦独处。佛问:'汝何所苦?汝何独居?'答曰:'我性疏懒,不耐看病。故今婴疾(患病),无人瞻视。'佛愍而告曰:'善男子,我今看汝。'"

五、佛为弟子裁衣。《中阿含经》云:"佛亲为阿那律裁三衣。诸比丘同时为连合,即成。"

六、佛自为老比丘穿针。此事知者甚多。今以忘记出何经律,不及检查原文。仅就所记忆大略之义录之。

佛在世时,有老比丘补衣。因目昏花,未能以线穿针孔中。乃叹息曰:"谁当为我穿针?"佛闻之,即立起曰:"我为汝穿之"等。

七、佛自乞僧举过。是为佛及弟子等结夏安居竟,具仪自恣时也。《增一阿含经》云:"佛坐草座(即是离本座,敷草于地而坐也。所以尔者,恣僧举过,舍骄慢故),告诸比丘言:'我无过咎于众人乎?又不犯身口意乎?'如是至三。"灵芝律师云:"如来亦

◆ 万事都从缺陷好

自恣者,示同凡法故,垂范后世故,令众省己故,使折我慢故。"

如是七事,冀诸仁者勉力随学。远离骄慢,增长悲心,广植福业,速证菩提。是为余所悕愿者耳。

癸酉(1933年)7月11日
在泉州承天寺为幼年学僧所做的演讲

敬三宝

三宝者，佛、法、僧也。其义甚广，今唯举其少分之义耳。

今言佛者，且约佛像而言，如木石等所雕塑及纸画者也。

今言法者，且约经、律、论等书册而言，或印刷或书写也。

今言僧者，且约当世凡夫僧而言，因菩萨、罗汉等附入敬佛门也。

第一，敬佛（略举常人所应注意者数条）。礼佛时宜洗手漱口，至诚恭敬，缓缓而拜，不可急忙。宁可少拜，不可草率。

佛几清洁，供香端直。供佛之物，以烹调精美，人所能食者为宜。今多以食物之原料及罐头而供佛者，殊为不敬。蕅益大师《大悲行法》中，曾痛斥之。又供佛宜在午前，不宜过午也。供水果亦宜午前。供水宜捧奉式。供花，花瓶水宜常换。

纸画之佛像，不可仅以绫裱，恐染蝇粪等秽物也（少蝇者或可），宜装入玻璃镜中。

木石等雕塑者，小者应入玻璃龛中，大者应作宝盖罩之，并须常拂拭像上之尘土也。

凡大殿及供佛之室中，皆不宜踞坐笑谈。如对于国王大臣乃至宾客之前尚应恭敬，慎护威仪，何况对佛像耶？不可佛前晒衣服，宜偏侧。不得在大殿前用夜壶水浇花。若卧室中供佛像者，眠时应以净布遮障。

第二，敬法（略举常人所应注意者数条）。读经之时，必须洗手、漱口、拭几，衣服整齐，威仪严肃，与礼佛时无异。蕅益大师云："展卷如对活佛，收卷如在目前，千遍万遍，寤寐不忘。"如是乃能获读经之实益也。

对于经典，应十分恭敬护持，万不可令其污损。又翻篇时，宜以指腹轻轻翻之，不可以指爪划，又不应折角。若欲记志，以纸片夹入可也。

若经典残缺者亦不可烧。卧室中几上置经典者，眠时应以净布盖之。

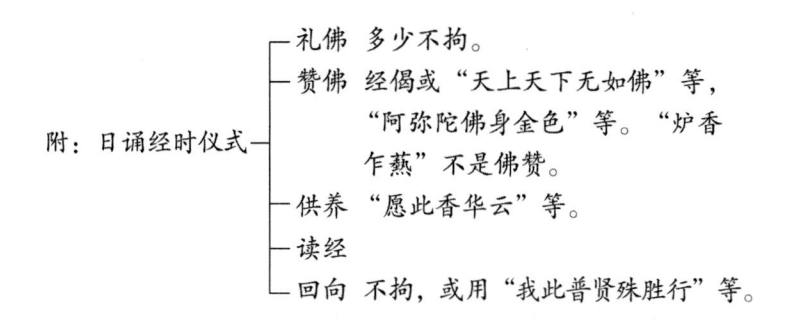

附：日诵经时仪式
- 礼佛 多少不拘。
- 赞佛 经偈或"天上天下无如佛"等，"阿弥陀佛身金色"等。"炉香乍爇"不是佛赞。
- 供养 "愿此香华云"等。
- 读经
- 回向 不拘，或用"我此普贤殊胜行"等。

第三，敬僧（略举常人所应注意者数条）。凡剃发披袈裟者，皆是释迦佛子。在家人见之，应一例生恭敬心，不可分别持戒、破戒。

若皈依三宝时，礼一出家人为师而作证明者，不可妄云"皈依某人"。因所皈依者为僧，非皈依某一人。应于一切僧众若贤若愚，生平等心，至诚恭敬，尊之为师，自称弟子，则与皈依僧伽之义，乃符合矣。

供养僧者亦尔。不可专供有德者，应于一切僧生平等心普遍供之，乃可获极大之功德也。专赠一人者功德小，供众者功德大。

出家人若有过失，在家人闻之万不可轻言。此为佛所痛诫者，最宜慎之。

以上略言敬三宝义竟。兹附有告者，厦门、泉州神庙甚多，在家人敬神每用猪鸡等物。岂知神皆好善而恶杀，今杀猪鸡等物而供神，神不受享，又安能降福而消灾耶？唯愿自今以后，痛革此种习惯，凡敬神时，亦一例改用素，则至善矣。

癸酉（1933年）闰5月5日在泉州大开元寺讲

佛法大意

我至贵地,可谓奇巧因缘。本拟住半月返厦。因变,住此,得与诸君相晤,甚可喜。

先略说佛法大意。

佛法以大菩提心为主。菩提心者,即是利益众生之心。故信佛法者,须常抱积极之大悲心,发救济一切众生之大愿,努力作利益众生之种种慈善事业,乃不愧为佛教徒之名称。

若专修净土法门者,尤应先发大菩提心。否则他人谓佛法是消极的、厌世的、送死的。若发此心者,自无此误会。

至于作慈善事业,尤要。既为佛教徒,即应努力作利益社会之种种事业。乃能令他人了解佛教是救世的、积极的,不起误会。

或疑经中常言"空"义,岂不与前说相反?

今案大菩提心,实具有"悲""智"二义。"悲"

者如前所说。"智"者不执着我相，故曰"空"也。即是以无我之伟大精神，而做种种之利生事业。

若解此意，而知常人执着我相而利益众生者，其能力薄、范围小、时不久、不彻底。若欲能力强、范围大、时间久、最彻底者，必须学习佛法，了解"悲""智"之义，如是所作利生事业乃能十分圆满也。故知所谓"空"者，即是于常人所执着之我见，打破消灭，一扫而空。然后以无我之精神，努力切实作种种之事业。亦犹世间行事，先将不良之习惯等一一推翻，然后良好建设乃得实现也。

今能了解佛法之全系统及其真精神所在，则常人谓佛教是迷信、是消极者，固可因此而知其不当。即谓佛教为世界一切宗教中最高尚之宗教，或谓佛法为世界一切哲学中最玄妙之哲学者，亦未为尽理。

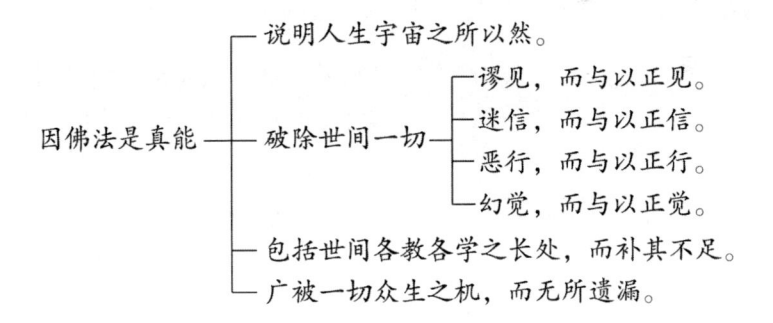

```
                  ┌─ 说明人生宇宙之所以然。
                  │              ┌─ 谬见，而与以正见。
                  │              ├─ 迷信，而与以正信。
因佛法是真能 ─────┼─ 破除世间一切┤
                  │              ├─ 恶行，而与以正行。
                  │              └─ 幻觉，而与以正觉。
                  ├─ 包括世间各教各学之长处，而补其不足。
                  └─ 广被一切众生之机，而无所遗漏。
```

不仅中国，现今如欧美诸国人，正在热烈的研究及提倡。出版之佛教书籍及杂志等甚多。

故望已为佛教徒者，须彻底研究佛法之真理，而努力实行，俾不愧为佛教徒之名。其未信佛法者,亦宜虚心下气,尽力研究,然后于佛法再加以评论。此为余所希望者。

以上略说佛法大意毕。

又当地信士,因今日为菩萨诞,欲请解释"南无观世音菩萨"之义。兹以时间无多,唯略说之。

"南无"者,梵语,即"归依"义。

"菩萨"者,梵语,为"菩提萨埵"之省文。"菩提"者"觉","萨埵"者"众生"。因菩萨以智上求佛法,以悲下化众生,故称为"菩提萨埵"。此以悲、智二义解释,与前同也。

"观世音"者,为此菩萨之名。亦可以悲、智二义分释。如《楞严经》云:"由我观听十方圆明,故观音名,遍十方界。"约智言也。如《法华经》云:"苦恼众生一心称名,菩萨即时观其音声,皆得解脱,以是名观世音。"约悲言也。

戊寅(1938年)6月19日在漳州七宝寺讲

佛法十疑略释

欲挽救今日之世道人心，人皆知推崇佛法。但对于佛法而起之疑问，亦复不少。故学习佛法者，必先解释此种疑问，然后乃能着手学习。

以下所举十疑及解释，大半采取近人之说而叙述之，非是讲者之创论。所疑固不限此，今且举此十端耳。

一、佛法非迷信。近来智识分子，多批评佛法谓之"迷信"。

我辈详观各地寺庙，确有特别之习惯及通俗之仪式，又将神仙鬼怪等混入佛法之内，谓是佛法正宗。既有如此奇异之现相，也难怪他人谓佛法是"迷信"。

但佛法本来面目则不如此，决无崇拜神仙鬼怪等事。其仪式庄严，规矩整齐，实超出他种宗教之上。又佛法能破除世间一切迷信而与以正信，岂有佛法即是迷信之理？

故知他人谓佛法为迷信者，实由误会。倘能详察，自不至有此批评。

二、佛法非宗教。或有人疑佛法为一种宗教。此说不然。

佛法与宗教不同，近人著作中常言之，兹不详述。应知佛法实不在宗教范围之内也。

三、佛法非哲学。或有人疑佛法为一种哲学。此说不然。

哲学之要求，在求真理，以其理智所推测而得之某种条件即谓为真理。其结果，有一元、二元、唯心、唯物种种之说。甲以为理在此，乙以为理在彼，纷纭扰攘，相诽相谤。但彼等无论如何尽力推测，总不出于错觉一途。譬如盲人摸象，其生平未曾见象之形状，因其所摸得象之一部分，即谓是为象之全体。故或摸其尾便谓象如绳，或摸其背便谓象如床，或摸其胸便谓象如地。虽因所摸处不同而感觉互异，总而言之，皆是迷惑颠倒之见而已。

若佛法则不然。譬如明眼人能亲见全象，十分清楚，与前所谓盲人摸象者迥然不同。因佛法须亲证"真如"，了无所疑，决不同哲学家之虚妄测度也。

何谓"真如"之意义？真真实实，平等一如，无妄情，无偏执，离于意想分别，即是哲学家所欲了知之宇宙万有之真相及本体也。夫哲学家欲发明宇宙万有之真象及本体，其志诚为可嘉。第太无方法，致枉废心力而终不能达到耳。

以上所说之佛法非宗教及哲学，仅略举其大概。若欲详知者，有南京支那内学院出版之《佛法非宗教非哲学》一卷，可自详研,即能洞明其奥义也。

四、佛法非违背于科学。常人以为佛法重玄想,科学重实验,遂谓佛法违背于科学。此说不然。

近代科学家持实验主义者,有两种意义:

(一)是根据眼前之经验,彼如何即还彼如何,毫不加以玄想。

(二)是防经验不足恃,即用人力改进,以补通常经验之不足。

佛家之态度亦尔,彼之"戒""定""慧"三无漏学,皆是改进通常之经验。但科学之改进经验重在客观之物件,佛法之改进经验重在主观之心识。如人患目病,不良于视,科学只知多方移置其物以求一辨,佛法则努力医治其眼以求复明。两者虽同为实验,但在治标、治本上有不同耳。

关于佛法与科学之比较,若欲详知者,乞阅上海开明书店代售之《佛法与科学之比较研究》。著者王小徐,曾留学英国,在理工专科上迭有发见,为世界学者所推重。近以其研究理工之方法,创立新理论解释佛学,因著此书也。

五、佛法非厌世。常人见学佛法者,多居住山林之中,与世人罕有往来,遂疑佛法为消极的、厌世的。此说不然。

学佛法者,固不应迷恋尘世以贪求荣华富贵,但亦决非是冷淡之厌世者。因学佛法之人皆须发"大菩提心",以一般人之苦乐为苦乐,抱热心救世之弘愿,不唯非消极,乃是积极中之积极者。虽居住山林中,亦非贪享山林之清福,乃是勤修

"戒""定""慧"三学以预备将来出山救世之资具耳。与世俗青年学子在学校读书为将来任事之准备者，甚相似。

由是可知谓佛法为消极厌世者，实属误会。

六、佛法非不宜于国家之兴盛。近来爱国之青年，信仰佛法者少。彼等谓佛法传自印度，而印度因此衰亡，遂疑佛法与爱国之行动相妨碍。此说不然。

佛法实能辅助国家，令其兴盛，未尝与爱国之行动相妨碍。印度古代有最信仰佛法之国王，如阿育王、戒日王等，以信佛故，而统一兴盛其国家。其后婆罗门等旧教复兴，佛法渐无势力，而印度国家乃随之衰亡，其明证也。

七、佛法非能灭种。常人见僧尼不婚不嫁，遂疑人人皆信佛法必致灭种。此说不然。

信佛法而出家者，乃为僧尼，此实极少之数。以外大多数之在家信佛法者，仍可婚嫁如常。佛法中之僧尼，与他教之牧师相似，非是信徒皆应为牧师也。

八、佛法非废弃慈善事业。常人见僧尼唯知弘扬佛法，而于建立大规模之学校、医院、善堂等利益社会之事未能努力，遂疑学佛法者废弃慈善事业。此说不然。

依佛经所载，布施有二种：一曰财施，二曰法施。出家之佛徒，以法施为主，故应多致力于弘扬佛法，而以余力提倡他种慈善事业。若在家之佛徒，则财施与法施并重，故在家居士多努力作种种慈善事业。近年以来各地所发起建立之佛教学校、慈儿院、医院、善堂、修桥、造凉亭，乃至施米、施衣、施钱、施棺等事，皆时有所闻，但不如他教仗外国慈善家之财力所经营者规模阔大耳。

九、佛法非是分利。近今经济学者，谓人人能生利，则人类生活发达，乃可共享幸福。因专注重于生利。遂疑信仰佛法者，唯是分利而不生利，殊有害于人类。此说亦不免误会。

若在家人信仰佛法者，不碍于职业，士农工商皆可为之。此理易明，可毋庸议。若出家之僧尼，常人观之，似为极端分利而不生利之寄生虫。但僧尼亦何尝无事业，僧尼之事业即是弘法利生。倘能教化世人，增上道德，其间接直接有真实大利益于人群者正无量矣。

十、佛法非说空以灭人世。常人因佛经中说"五蕴皆空""无常苦空"等，因疑佛法只一味说空。若信佛法者多，将来人世必因之而消灭。此说不然。

大乘佛法，皆说"空"及"不空"两方面。虽有专说"空"时，其实亦含有"不空"之义。故须兼说"空"与"不空"两方面，其义乃为完足。

何谓"空"及"不空"？"空"者是无我，"不空"者是救世之事业。虽知无我，而能努力作救世之事业，故空而不空。虽努力作救世之事业，而决不执着有我，故不空而空。如是真实了解，乃能以无我之伟大精神，而作种种之事业无有障碍也。

又若能解此义，即知常人执着我相而作种种救世事业者，其能力薄、范围小、时间促、不彻底。若欲能力强、范围大、时间久、最彻底者，必须于佛法之"空"义十分了解，如是所做救世事业乃能圆满成就也。

故知所谓"空"者，即是于常人所执着之我见打破消灭，一扫而空。然后以无我之精神，努力切实作种种之事业。亦犹世间行事，先将不良之习惯等一一推翻，然后良好之建设乃得实现。

信能如此，若云牺牲，必定真能牺牲；若云救世，必定真能救世。由是坚坚实实，勇猛精进而作去，乃可谓伟大，乃可谓彻底。

所以真正之佛法，先须向"空"上立脚，而再向"不空"上作去。岂是一味说空而消灭人世耶！

以上所说之十疑及释义，多是采取近人之说而叙述其大意。诸君闻此，应可免除种种之误会。

若佛法中之真义，至为繁广，今未能详说。唯冀诸君从此以后，发心研究佛法，请购佛书，随时阅览，久之自可洞明其义。是为余所厚望焉。

戊寅（1938年）10月6日在福建安海金墩宗祠演讲

佛法宗派大概

关于佛法之种种疑问，前已略加解释。诸君既无所疑惑，思欲着手学习，必须先了解佛法之各种宗派乃可。

原来佛法之目的，是求觉悟，本无种种差别。但欲求达到觉悟之目的地以前，必有许多途径。而在此途径上，自不妨有种种宗派之不同也。

佛法在印度古代时，小乘有各种部执，大乘虽亦分"空""有"二派，但未别立许多门户。吾国自东汉以后，除将印度所传来之佛法精神完全承受外，并加以融化光大，于中华民族文化之伟大悠远基础上，更开展中国佛法之许多特色。至隋唐时，便渐成就大小乘各宗分立之势。今且举十宗而略述之。

一、律宗（又名南山宗）。唐终南山道宣律师所立。依《法华》《涅槃》经义，而释通小乘律，立圆宗戒体。正属出家人所学，亦明在家五戒、八戒义。唐时盛,南宋后衰,今渐兴。

二、俱舍宗。依《俱舍论》而立。分别小乘名相甚精,为小乘之相宗。欲学大乘法相宗者固应先学此论,即学他宗者亦应以此为根柢,不可以其为小乘而轻忽之也。陈、隋、唐时盛弘,后衰。

三、成实宗。依《成实论》而立。为小乘之空宗,微似大乘。六朝时盛,后衰,唐以后殆罕有学者。

以上二宗,即依二部论典而形成,并由印度传至中土。虽号称宗,然实不过二部论典之传持授受而已。

以上二宗属小乘,以下七宗皆是大乘,律宗则介于大小之间。

四、三论宗(又名性宗,又名空宗)。三论者,即《中论》《百论》《十二门论》,是三部论皆依《般若经》而造。姚秦时,龟兹国鸠摩罗什三藏法师来此土弘传。唐初犹盛,以后衰。

五、法相宗(又名慈恩宗,又名有宗)。此宗所依之经论,为《解深密经》《瑜伽师地论》等。唐玄奘法师盛弘此宗。又糅合印度十大论师所著之《唯识三十颂之解释》而编纂《成唯识论》十卷,为此宗著名之典籍。此宗最要,无论学何宗者皆应先学此以为根柢也。唐中叶后衰微,近复兴,学者甚盛。

以上二宗,印度古代有之,即所谓"空""有"二派也。

六、天台宗(又名法华宗)。六朝时此土所立,以《法华经》为正依。至隋智者大师时极盛。其教义,较前二宗为玄妙。隋、唐时盛,至今不衰。

七、华严宗（又名贤首宗）。唐初此土所立，以《华严经》为依。至唐贤首国师时而盛，至清凉国师时而大备。此宗最为广博，在一切经法中称为教海。宋以后衰，今殆罕有学者，至可惜也。

八、禅宗。梁武帝时，由印度达摩尊者传至此土。斯宗虽不立文字，直明实相之理体。而有时却假用文字上之教化方便，以弘教法。如《金刚》《楞伽》二经，即是此宗常所依用者也。唐、宋时甚盛，今衰。

九、密宗（又名真言宗）。唐玄宗时，由印度善无畏三藏、金刚智三藏先后传入此土。斯宗以《大日经》《金刚顶经》《苏悉地经》三部为正所依。元后即衰，近年再兴，甚盛。

在大乘各宗中，此宗之教法最为高深，修持最为真切。常人未尝穷研，辄轻肆毁谤，至堪痛叹。余于十数年前，唯阅《密宗仪轨》，亦尝轻致疑议。以后阅《大日经疏》，乃知密宗教义之高深，因痛自忏悔。愿诸君不可先阅仪轨，应先习经教，则可无诸疑惑矣。

十、净土宗。始于晋慧远大师，依《无量寿经》《观无量寿佛经》《阿弥陀经》而立。三根普被，甚为简易，极契末法时机。明季时，此宗大盛。至于近世，尤为兴盛，超出各宗之上。

以上略说十宗大概已竟。大半是摘取近人之说以叙述之。

就此十宗中，有小乘、大乘之别。而大乘之中，复有种种不同。吾人于此，万不可固执成见，而妄生分别。因佛法本来平等无二，无有可说，即佛法之名称亦不可得。于不可得之中而建立种种差别佛法者，乃是随顺世间众生以方便建立。因众生习染有浅深，觉悟有先后。而佛法亦依之有种种差别，以适应之。譬如世间患病者，其病症千差万别，须有多种药品以适应之，其价值亦低昂不等。不得仅尊其贵价者，而废其他廉价者。所谓药无贵贱，愈病者良。佛法亦尔，无论大小权实渐顿显密，能契机者，即是无上妙法也。故法门虽多，吾人宜各择其与自己根机相契合者而研习之，斯为善矣。

戊寅（1938年）10月7日在福建安海金墩宗祠讲

佛法学习初步

佛法宗派大概，前已略说。

或谓高深教义，难解难行，非利根上智不能承受。若我辈常人欲学习佛法者，未知有何法门，能使人人易解，人人易行，毫无困难，速获实益耶？

案佛法宽广，有浅有深。故古代诸师，皆判"教相"以区别之。依唐圭峰禅师所撰《华严原人论》中，判立五教：

（一）人天教

（二）小乘教

（三）大乘法相教

（四）大乘破相教

（五）一乘显性教

以此五教，分别浅深。若我辈常人易解易行者，唯有"人天教"也。其他四教，义理高深，甚难了解。即能了解，亦难实行。故欲普及社会，又可补助世法，以挽救世道人心，应以"人天教"最为合宜也。

人天教由何而立耶？

常人醉生梦死，谓富贵贫贱吉凶祸福皆由命定，不解因果报应。或有解因果报应者，亦唯知今生之现报而已。若如是者，现生有恶人富而善人贫，恶人寿而善人夭，恶人多子孙而善人绝嗣，是何故欤？因是佛为此辈人，说三世业报、善恶因果，即是人天教也。今就三世业报及善恶因果分为二章详述之。

一、三世业报。三世业报者，现报、生报、后报也。

（一）现报　今生作善恶，今生受报。

（二）生报　今生作善恶，次一生受报。

（三）后报　今生作善恶，次二、三生乃至未来多生受报。

由是而观，则恶人富、善人贫等，决不足怪。吾人唯应力行善业，即使今生不获良好之果报，来生、再来生等必能得之。万勿因行善而反遇逆境，遂妄谓行善无有果报也。

二、善恶因果。善恶因果者，恶业、善业、不动业，此三者是其因；果报有六，即六道也。

恶业、善业，其数甚多，约而言之，各有十种，如下所述。不动业者，即修习上品十善，复能深修禅定也。

今以三因六果列表如下：

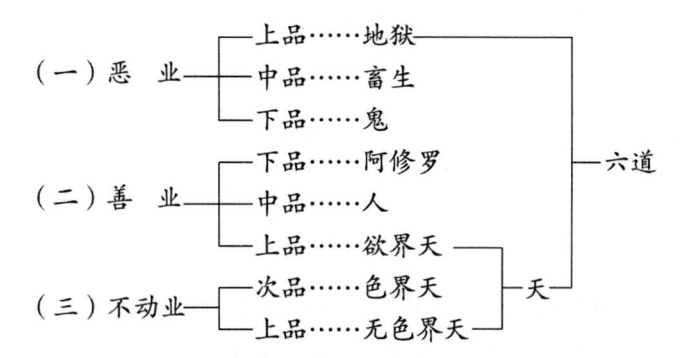

```
                ┌─ 上品……地狱
(一) 恶  业 ─┼─ 中品……畜生
                └─ 下品……鬼
                ┌─ 下品……阿修罗                    ┐
(二) 善  业 ─┼─ 中品……人                          │
                └─ 上品……欲界天 ─┐                │─ 六道
                                      │─ 天         │
(三) 不动业 ─┬─ 次品……色界天 ─┤                │
                └─ 上品……无色界天 ┘                ┘
```

今复举恶业、善业,别述如下:

恶业有十种:

(一) 杀生

(二) 偷盗

(三) 邪淫

(四) 妄言

(五) 两舌

(六) 恶口

(七) 绮语

(八) 悭贪

(九) 瞋恚

(十) 邪见

造恶业者,因其造业重轻,而堕地狱、畜生、鬼道之中。受报既尽,幸生人中,犹有馀报。今依《华严经》所载者,录之如下。若诸《论》中,尚列外境多种,今不别录。

(一) 杀生………短命 多病

（二）偷盗………贫穷　其财不得自在

（三）邪淫………妻不贞良　不得随意眷属

（四）妄言………多被诽谤　为他所诳

（五）两舌………眷属乖离　亲族弊恶

（六）恶口………常闻恶声　言多诤讼

（七）绮语………言无人受　语不明了

（八）悭贪………心不知足　多欲无厌

（九）瞋恚………常被他人求其长短　恒被于他之所恼害

（十）邪见………生邪见家　其心谄曲

善业有十种：

下列"不杀生"等，止恶即名为善。复依此而起十种行善，即"救护生命"等也。

（一）不杀生　救护生命

（二）不偷盗　给施资财

（三）不邪淫　遵修梵行

（四）不妄言　说诚实言

（五）不两舌　和合彼此

（六）不恶口　善言安慰

（七）不绮语　作利益语

（八）不悭贪　常怀舍心

（九）不瞋恚　恒生慈悯

（十）不邪见　正信因果

造善业者，因其造业轻重，而生于阿修罗、人道、欲界天中。

所感之馀报,与上所列恶业之馀报相反。如不杀生则长寿无病等,类推可知。

由是观之,吾人欲得诸事顺遂、身心安乐之果报者,应先力修善业,以种善因。若唯一心求好果报,而决不肯种少许善因,是为大误。譬如农夫,欲得米谷,而不种田,人皆知其为愚也。

故吾人欲诸事顺遂、身心安乐者,须努力培植善因。将来或迟或早,必得良好之果报。古人云:"祸福无不自己求之者。"即是此意也。

以上所说,乃人天教之大义。

唯修人天教者,虽较易行,然报限人天,非是出世。故古今诸大善知识,尽力提倡"净土法门",即前所说之《佛法宗派大概》中之"净土宗"。令无论习何教者,皆兼学此"净土法门",即能获得最大之利益。"净土法门"虽随宜判为"一乘圆教",但深者见深,浅者见浅,即唯修人天教者亦可兼学,所谓"三根普被"也。

在此讲说三日已竟。以此功德,唯愿世界安宁,众生欢乐,佛日增辉,法轮常转。

戊寅(1938年)10月8日讲于福建安海金墩宗祠

放生与杀生之果报

今日与诸君相见。先问诸君：(一)欲延寿否？(二)欲愈病否？(三)欲免难否？(四)欲得子否？(五)欲生西否？倘愿者，今有一最简便易行之法奉告：即是放生也。

古今来，关于放生能延寿等之果报事迹甚多。今每门各举一事，为诸君言之。

一、延寿。张从善，幼年尝持活鱼，刺指痛甚。自念我伤一指，痛楚如是。群鱼剔腮剖腹，断尾剖鳞，其痛如何？特不能言耳。遂尽放之溪中，自此不复伤一物，享年九十有八。

二、愈病。杭州叶洪五，九岁时，得恶梦，惊寤，呕血满床，久治不愈。先是彼甚聪颖，家人皆爱之，多与之钱，已积数千缗。至是，其祖母指钱曰："病至不起，欲此何为？"尽其所有，买物放生。及钱尽，病遂全愈矣。

三、免难。嘉兴孔某，至一亲戚家。留午餐，将杀鸡供馔。孔力止之，继以誓，遂止。是夕宿其家，正捣米，悬石杵于朽梁之上。孔卧其下。更余，已眠。忽有鸡来啄其头，驱去复来，如是者三。孔不胜其扰，遂起觅火逐之。甫离席，而杵坠，正在其首卧处。孔遂悟鸡报恩也。每举以告人，劝勿杀生。

四、得子。杭州杨墅庙，甚有灵感。绍兴人倪玉树，赴庙求子。愿得子日，杀猪羊鸡鹅等谢神。夜梦神告曰："汝欲生子，乃立杀愿何耶？"倪叩首乞示。神曰："尔欲有子，物亦欲有子也。物之多子者莫如鱼虾螺等，尔盍放之！"倪自是见鱼虾螺等，即买而投之江。后果连产五子。

五、生西。湖南张居士，旧业屠，每早宰猪，听邻寺晓钟声为准。一日忽无声。张问之，僧云："夜梦十一人乞命，谓不鸣钟可免也。"张念所欲宰之猪，适有十一子。遂乃感悟，弃屠业，皈依佛法。勤修十馀年，已得神通，知去来事。预告命终之日，端坐而逝。经谓上品往生，须慈心不杀。张居士因戒杀而得往生西方，决无疑矣。

以上所言，且据放生之人今生所得之果报。若据究竟而言，当来决定成佛。因佛心者，大慈悲是。今能放生，即具慈悲之心，能植成佛之因也。

放生之功德如此。则杀生所应得之恶报，可想而知，无须再举。因杀生之人，现生即短命、多病、多难、无子及不得生西也。命终之后，先堕地狱、饿鬼、畜生，经无量劫，备受众苦。地狱、饿鬼之苦，人皆知之。至生于畜生中，即常常有怨仇返报之事。

昔日杀牛羊猪鸡鸭鱼虾等之人,即自变为牛羊猪鸡鸭鱼虾等。昔日被杀之牛羊猪鸡鸭鱼虾等,或变为人,而返杀害之。此是因果报应之理,决定无疑,而不能幸免者也。

既经无量劫,生三恶道,受报渐毕。再生人中,依旧短命、多病、多难、无子及不得生西也。以后须再经过多劫,渐种善根,能行放生戒杀诸善事,又能勇猛精勤忏悔往业,乃能渐离一切苦难也。

抑余又有为诸君言者。上所述杀牛羊猪鸡鸭鱼虾,乃举其大者而言。下至极微细之苍蝇、蚊虫、臭虫、跳蚤、蜈蚣、壁虎、蚁子等,亦决不可害损。倘故意杀一蚊虫,亦决定获得如上所述之种种苦报。断不可以其物微细而轻忽之也。

今日与诸君相见,余已述放生与杀生之果报如此苦乐不同。唯愿诸君自今以后,力行放生之事,痛改杀生之事。余尝闻人云:泉州近来放生之法会甚多,但杀生之家犹复不少。或有一人茹素,而家中男女等仍买鸡鸭鱼虾等之活物任意杀害也。愿诸君于此事多多注意。自己既不杀生,亦应劝一切人皆不杀生。况家中男女等,皆自己所亲爱之人,岂忍见其故造杀业,行将备受大苦,而不加以劝告阻止耶?诸君勉旃,愿悉听受余之忠言也。

癸酉(1933年)5月15日在泉州大开元寺讲

普劝发心印造经像文

印造经像之功德

众生沉沦于苦海,必赖慈航救济,而后度脱有期。佛法化导于世间,全仗经像住持,而后灯传无尽。以是之故,凡能发心,对于佛经佛像,或刻或写,或雕或塑,或装金,或绘画。如是种种印造等法,或竭尽己心,独力营办;或自力不足,广劝众人;或将他人之已印造者,为之流通,为之供养;或见他人之方印造者,为之赞助,为之欢喜。其人功德,皆至广至大,不可以寻常算数计。何以故?佛力无边,善拔诸苦。众生无量,闻法为难。今作此印造功德者,开通法桥,宏扬大化,遍施宝筏,普济有缘。其心量之广大,实不可思议。故其功德之广大,亦复不可思议也。敬本诸经所说,略举十大利益。谨用浅文,诠次如左:

一、从前所作种种罪过，轻者立即消灭，重者亦得转轻。

贪嗔痴，为造孽种子。身口意，为作恶机关。清夜自检，此生所犯者已多不可计。若合多生所犯者言之，所造罪业，多于寒地之冰山，能勿骇惧？虽然，罪性本空，苟一动赎罪心机，誓愿流通圣经、庄严佛像。罪恶冰山，一遇慧日，有不消灭于无形者乎。

二、常得吉神拥护。一切瘟疫、水火、寇盗、刀兵、牢狱之灾，悉皆不受。

人间种种恶报，无往而非多生恶业所感。一念之善，力可回天。修行善业，而从最方便易行之印造经像之殊胜功德上做去，其感动吉神，而蒙护卫，此中实有相互获益之关系。盖神道、天道，自佛法言之，均为夙业所驱，未脱长劫轮转之苦因。所以如来说法，常有无数天神，恭敬拥护。阿难集经，四大天王，为之捧案。印造经像，为诸天龙神，非常欢喜之事。以此功德，而感吉神，常为拥护。终此报身，离诸灾厄，宜也，非幸也。

三、夙生怨对，咸蒙法益，而得解脱，永免寻仇报复之苦。

人间一切争持、嫉妒、诈欺、诬陷、掠夺、残杀等种种构怨行为，莫不起因于自私自利之一念。佛法以破除我执，为救苦雪难第一工程。印造经像，普益人间，为不可思议之法施功德，所及至广。法雨一滴，熄灭多生怨对之嗔火而有馀。化仇而为恩，转祸而为福。其权何尝不操之自我也。

四、夜叉恶鬼，不能侵犯。毒蛇饿虎，不能为害。

悭贪丑行，为堕落鬼道之深因。嗔火无明，为降作毒虫之征兆。结怨多生，寻仇百劫。恶缘未熟，任尔逍遥。时会已来，凭谁解救。鬼魅相侵，虎蛇见逼。孽由自作，事非偶然。修士惕之，印造经像，预行忏罪。于是纵有恶缘，悉皆消释。倘临险地，胥化坦途矣。

五、心得安慰，日无险事，夜无恶梦。颜色光泽，气力充盛，所作吉利。

尘世多众，十之七八，在惊忧、疑闷、懊怨、痛苦中。吾人一生，十之七八，在惊忧、疑闷、懊怨、痛苦中。盖为我计者，我以外各各皆立于敌对之地位。孤与众抗，危孰甚焉。况乎欲心难餍，有如深谷。无事自扰，不风亦波。此所以形为罪薮，身为苦本也。佛法善灭诸苦本。彼印造经像者，或以亲沾法味而开明，或则暗受加被而通利。诸障雪消，心安神怡。润及色身，有断然者。

六、至心奉法，虽无希求，自然衣食丰足、家庭和睦、福寿绵长。

至人行事，所见独真。事机一至，急起直追做去。无顾虑，无希求，发心至真切，用力至肫挚，自然成就至超卓。印造经像之事，以如是肫切恳挚、至诚格天、至心奉法之人为之，虽不计功德，而所得功德，实无限量。即仅就其人所得一部分之世间福言之，自然一一具足，而无少欠缺。苟或有人，心存希望，而始行善，发心不真切，结果即微薄，可决言焉。虽然，一念之善，一文之细，皆不虚弃，皆有无量胜果。譬之粒谷播于肥地，一传化百，五传而后得百万兆。作宏法功德者，乌可无此大计、无此决心哉！

七、所言所行，人天欢喜。任到何方，常为多众倾诚爱戴、恭敬礼拜。

凤生存嫉妒心，造诽谤语，扬人恶事，暴人短处，称快一时者。殁后沉沦百劫，惨苦万状，备受一切恶报。一旦出生人间，因缘恶劣。任至何地，动遭厌恶。任作何事，都无结果。而宏扬佛法之人，善因凤植。存报恩之心，充利群之念。或净三业，作写经画像功德；或舍多金，作印经造像功德。所得胜福，不可称量。现在一切受大众欢敬之人，原从凤生宏法功德中来。往后一切令大众欢敬之人，实从现今宏法功德中出。植荆得刺，栽莲得藕。——后果，胥由自艺也。

八、愚者转智，病者转健，困者转亨。为妇女者，报谢之日，捷转男身。

凤生吝于教导，以及肆口谤法，肆意毁谤有德之人者，沉沦重罪毕受后，还得多生蠢愚无知报。凤生为贪口腹，恣杀牲禽，以及曾为渔夫、屠夫、猎户、庖丁，与曾操制造凶器、火器、毒药等权，助成他人凶杀之业者，沉沦重罪毕受后，还得多生恶疾残废报。凤生贪欲无厌，止知剥人以肥己，悭吝鄙啬，不肯周急而解囊者。沉沦重罪毕受后，还得多生贫穷困厄报。凤生知见狭劣，心存谄曲；巧言令色，掩饰行欺；逐境攀援，容量浅窄；因循怠惰，倚赖性成；烦恼垢重，怨愤易发；妒忌心深，情欲炽盛者。沉沦重罪毕受后，还得多生女身报。惟有佛法，善解诸缚。苦海无边，回头即岸。罪山万仞，息念便空。是以虔作流布佛经、庄严佛像之无上功德者。过去积罪，自然逐渐铲除。未来胜福，稳教圆满成就。

九、永离恶道，受生善道。相貌端正，天资超越，福禄殊胜。

一切含灵，舍身受身，往返六道，如车转轮。千生万劫，常在梦境。作善不已，罪毕斯升。骄纵忘本，种堕落因。作恶多端，福削寿倾。百千万倍，恶报堪惊。地狱饿鬼，以及畜生。堕三恶道，万劫沉沦。难得易失，如此人身。作十善业，修五戒行。生人天道，夙福非轻。诸佛如来，悲悯同深。广为说法，首重摄心。正念无作，离垢超尘。是故印造经像，上契佛心。仅此微愿，已种福因。自是厥后，做再来人。诸福圆具，出类超群。

十、能为一切众生，种植善根。以众生心，作大福田，获无量胜果。所生之处，常得见佛闻法。直至三慧宏开，六通亲证，速得成佛。

佛世有一城人众，难于摄化。佛言此辈人众，与目连有缘。因遣目连往，全城人众，果皆倾心向化。诸弟子问佛因缘。佛言目连往劫，曾为樵夫。一日入山伐木，惊起无数乱蜂。其势汹汹，欲来相犯。目连戒勿行凶，且慰之曰："汝等皆有佛性。他年我若成道，当来度汝等。"今此城人众，乃当日群蜂之后身也。因目连曾发一普度之念，故与有缘。种因于多劫之前，一旦机缘成熟，而收此不可思议之胜果。由此观之，吾人生生所经过之时代，在在所接触之万类，一一皆与我有缘。一一众生至灵妙之心地，皆可作为自他兼利之无上福田。我既于一一众生心田中，散播福德种子。一一众生，皆与我有大缘。一一众生心田中，皆结无量大数之福果。虽谓此无量大数生生不已之福果，即为播因者道果成熟时期之妙庄严品，亦无不可。且吾人能先行洁治自己之心田，接受十方三世诸佛如来之无上法宝，作为脱胎换骨、转凡成圣之种子。吾身即与十方三世诸佛如来，有大因缘。诸佛愿海胜功德，一一摄于我心中。我愿与佛无差别，诸佛慈愿互相摄。因该果海，果彻因源。无边胜福，即缔造于此日印造经像、宏法利生之一真心中矣。普愿现在未来一切有缘，善觅福田，善结胜缘。勿任妙用现前之大好光阴，如滔滔逝水之在眼前足底飞过也。

印造经像之机会

印造经像者之所得功德，已略如上述。但何时何处，足以适用此种植福之举，特为研究，以便力行。今谨约述如次：

一、祝寿

生本无生，无生而生。法身寿算，本来无有限量。其现在幻躯，乃从业报中来。报尽便休，无异昙花一现，何寿之祝云？今为随顺俗情故，姑且开此祝寿方便门。

凡自己家中，或长者，或侪辈，或自身，举行祝典时。切勿杀生宴客，浪掷金钱，妄造怨业。亦勿贪恋无足重轻之虚誉，征文征诗，接收过情之称许。作此虚文，对众即为欺饰，问心适足惭汗。以故莫善于扫除一切俗尚，而从事于印造经像（**有力则刻经造像，无力则写经画像**）。仰以报四重恩，俯以济三途苦。既能获无量福庆，又可留永久记念。此种胜举，尊者居士，尤宜悉心提倡，留良榜样与多众看。若亲戚朋友家，举行庆祝时，亦劝准此行之，为造胜福。双方所得功德，不可称量。

二、贺喜

一念妄动，而起欲爱。于本空中，幻出色身。终此天年，但见百苦交煎，诸怨环逼。闻法而觉醒者，方惭愧痛苦之不暇，又何喜之有云？夫妻父子，无非夙债牵缠。安富尊荣，尽是生埋境界。是以觉王眼底，在在可悲。今为多方汲引故，姑且开此贺喜方便门。

凡男娶女嫁时，生儿育女时，职位升迁时，新屋落成时，公司行号开张时，凡百营业获利时，以及其他一切世俗所认为欢喜之事。事而在己，应省下欢喜钱财，作此刻经造像之殊胜功德。其戚友之表情道贺者，宜预向声明所定意旨，俾知所遵循。群以宏法范围内事，为多众示范。由知识阶级，开此风气。转移俗尚，响应至捷而至宏远，可以断言。事在戚友，亦宜迎机利导，免作无谓之举。省下金钱，作此自他兼益之图。

三、免灾

天灾人祸，无代没有。灾分大小，胥由一切众生别业、同业，感召而至。"灾"字从水从火，示其来势猛烈，有一发而不易收拾之概。灾殃之种别，若刀兵，若瘟疫，若饥馑，若牢狱。若洪水为患，田庐淹没。若大地震裂，城邑为陷。此外如毁灭一切所有之风灾、火灾，以及其他猝不及防之一切悲惨之结果，皆得以灾祸之名目括之。触目而惊心，思患而预防。讲求避免之方，不可一日缓。今为饶益一切有情故,特别开此免灾方便门。

无论山居、水居、平壤居,所有种种因境而生之特异灾厄。以及刀兵、寇盗、疫疠、火患、牢狱。与多生怨对,寻仇报复之一切祸灾。或为父母师长,及诸眷属,与诸戚友,祈祷免祸。或为并世而生之一切众生,发大慈悲心,代为祈祷免祸。或为过现未来四生六道中一切众生,发大菩提心,代为祈祷免祸。其最实际最有效之胜举,当以流通佛经、庄严佛像,为第一美举。是何为者?以十方三世诸佛,悯念众生故。三界灾厄,惟佛威神力善能消除故。矢诚宏法之人,与诸佛慈悲救拔之深心宏愿,默相感通故。

四、祈求

动若不休,止水皆化波涛。静而不扰,波涛悉为止水。水相如此,心境亦然。不变随缘,真如当体成生灭。随缘不变,生灭当体即真如。一迷则梦想颠倒,触处障碍。一悟则究竟涅槃,当下清凉。不动道场中,本来一切具足,又何欠缺驰求之有?今为多众劝进故,特别开此祈求方便门。

凡为自己,及六亲眷属之忧年寿短促者求延寿,为子嗣艰难者求诞育,以迄疾病之求速愈,家宅之求平安,怨仇之求解释,营业之求顺遂,一切作为之求如意(但有伤道德之行为及职业,与佛道不相应故,均在屏除之例),求国内平和,求世界平和,求现在未来一切法界众生回心向善、离诸魔难,以至一切闻法之人,求增长智慧,求证念佛三昧,求临终时无诸苦厄,心不颠倒,往生极乐。皆宜作此写经印经造像画像功德。至诚祈祷,终能一一满其所愿。

五、忏悔

省庵法师《劝发菩提心文》有云:"我释迦如来,最初发心,为我等故,行菩萨道。经无量劫,备受诸苦。我造业时,佛则哀怜,方便教化。而我愚痴,不知信受。我堕地狱,佛复悲痛,欲代我苦。而我业重,不能救拔。我生人道,佛以方便,令种善根。世世生生,随逐于我,心无暂舍。佛初出世,我尚沉沦。今得人身,佛已灭度。何罪而竟生末法?何障而不见金身?"抚躬自问,能不惶悚无地?今为消除罪障故,特别开此忏悔方便门。

修持戒行,为末世众生,度脱生死苦海,最重要、最切用之一方法。欲修戒行,当向律藏诸法典参求。在家弟子,宜读《十善业道经》《在家律要广集》《优婆塞戒经》《菩萨戒本经笺要》《梵网经合注》。出家戒律不备录。夫然后了知一切过咎所在。对于自己前此曾作诸不善事,深自追悔,而欲以忏悔开灭罪之门、辟自新之路者。当以流通佛经、庄严佛像,为最有效。作此功德时,至诚忏悔,以赎前愆。前此所作诸不善业,可以立即消灭。若代为他人忏悔者,亦适用此方法。

六、荐拔

树欲静而风不息,子能养而亲不在。此普天下为子女者,对于父母养育之恩,酬报无从,而抱无限之悲痛者也。然而吾父吾母,躯体虽殁,尚有不与躯体俱殁者在。是何物?曰灵性是。此灵性者,舍身受身,被夙业所驱,重处偏堕,自难作主。循环往复,三途六趣。从劫至劫,了无出期。吁嗟乎!三界火宅,岂得留恋。

善哉莲池大师有云:"亲得离尘垢,子道方成就。"是以善报亲恩者,当虔修出世法。使我今生之生身父母,仗我不可思议之愿力,脱离生死苦海,为第一要图。并使我百劫千生之生身父母,现尚滞留于六道中受苦无量者,咸得仗我不可思议之愿力,方便脱离生死苦海,为第一要图。以念多生父母深恩故,作彻底酬报想。以念多生父母沉沦六道故,视六道众生皆父母,作六道众生未度尽时,誓不成佛想。无论先觉后觉,人人皆有一亲恩未报之大事因缘在。今求浅近易行故,特别开此荐拔方便门。

凡值父母丧亡,或亡后七七记念、一周年记念,以至数周年、无数周年记念。或死期,或诞辰,或冥寿,作诸记念。皆宜举行印造经像之殊胜功德。其祖父母,及外祖父母,与其他一切平辈、幼辈,亦宜作此功德,以资冥福。若亲戚朋友丧亡之时,亦宜以此类宏法功德,代却一切无益之礼数。其所获功德,至无限量。

以上所述,不过仅就大概言之。此外植福机会,不胜枚举。欲悉其详,广诵一切经典自知。

印造经像之方法

一、写经

凡大藏经中诸经,及诸律论。以至古今来一切大德之著作。长篇短段,集联题颂,皆可恭敬书写。或与通达佛法之人商量,酌定一切,尤为妥善。若自己不能写者,可以托人为之。若自己能写,则以自写为是。书法虽不必如何精美,但须工整,不可苟且潦草。普陀山印光法师云："写经，宜如进士写策，一笔不容苟简。其体必须依正式体。"又谓古人"写一字，礼三拜，绕三匝，称十二声佛名"。慈训殷勤，感人至深。敬录之，为作写经功德者劝。

二、画像

凡佛菩萨像，皆可绘画。或大或小，或坐或立，或墨画，或着色，均好。长于作画，长于画人物，而又熟览内典者，尤易得法。如于画学毫无根柢，下笔之宜忌漫无把握者，勿轻易为此，以免惹亵慢而招过咎。

三、刻经印经

或刻木版，或排印，或石印，均可酌量行之。或出资向流通处，指请现成经典，赠送有缘，以广流布，而宏劝化。或于他人劝募之时，出资赞助，作见闻随喜功德。悉可种植善根，获大利益。有光纸，落墨不可用，若贪贱用之，所得功德，较用本国纸，当减十倍，不可不知。

四、刻像印像

得名画家画就之佛菩萨像，求其流传久远，广行摄化者，莫善于制版刷印。或倩（请，央求）名手，镌刻坚质木板。或勒石，或制铜版、锌版，及玻璃版，均佳。

发愿文之程式

此种发愿文，应附书于经像之后。格式甚多，不胜具述，今略举六例如下：

一、写经

某年月日,弟子某,敬写某经若干部。以此功德,愿我震旦国中,以及世界各国,风调雨顺,物阜时雍,灾难消除,干戈永息,共沐佛化,同证菩提。(祝愿辞,尽可随意活变,此特备一格式而已。)

二、画像

某年月日,弟子某,敬舍微资,请画师某,恭画某佛某菩萨像若干纸。愿我身体安康,资生具足,现世永离衰恼,临终往生西方。并愿以此功德,回向法界众生,同度迷津,齐成佛道。

三、刻经

某年月日,某居士(或其他相宜之名称)几旬生辰。弟子某某等,咸以戚好,窃援昔人写经祝寿之例。敬刻某经,并印送若干部。以广弘愿,亦祈难老。伏唯三宝证知。

四、印经

某年月日,第几男某诞生。弟子某敬施资印送某经若干部,以结法缘。并愿法界无子众生,皆得诞生福德智慧之男,绍隆家业。弘宣佛法,普利有情。绵衍相承,尽未来际。

五、刻像

某年月日,弟子某某等。舍资合刊某佛像,或某菩萨像,并印送若干纸。惟愿我等罪障消除,福慧增长,早证念佛三昧,共生极乐莲邦,普度众生,同圆种智。

六、印像

某年月日,弟子某,敬施资印送某佛像,或某菩萨像若干纸。

伏愿仗此功德，为母某氏（若为他人者，可随改他名称），忏某罪某罪。诸如此罪，愿悉消除。或不可除，愿皆代受。令现前病苦，速得安痊。若大限难逃，竟登安养。仰乞三宝，证明摄受。

如欲广览愿文格式者，可请阅《灵峰宗论》。此书系扬州东乡砖桥法藏寺刻版。价两元。上海有正书局，及上海北泥城桥北京路佛经流通处，北京卧佛寺佛经流通处，以及他处著名之佛经流通处，皆有寄售。价约二元左右。此书首卷，全载愿文。如能熟读此愿文，不仅能通愿文之格式，并能贯通佛法之精义。奉劝有志之士，其毋忽焉。又发愿虽为自己之事，必须附以普及众生等语。如是，则愿力普遍，功德更大矣。

写时、画时之注意

写经画像之时，宜断荤酒。沐浴，着净衣。拂拭几案，焚香礼佛，然后落笔。如是乃能获胜功德，得大利益。故印光法师云："欲得佛法实益，须向恭敬中求。有一分恭敬，则消一分罪业，增一分福慧。"又《印光法师文钞》中，有《竭诚方获实益论》，言此事最为详明，宜请阅之。《印光法师文钞》，系上海中华书局排印增广本。各埠分局皆有，可就近请之。

结论

观以上所说写画刻印佛经佛像，有如是等胜妙作用，及如是等种种应用方法。以是,吾人应随时随力,依此方法,欢喜奉行。其家境富裕者,可以任刊刻经像等事。即资用不充者,亦可自己抄写映画,及量己力所及,请已经印就之经像等,转施他人,以结善缘而增福德。虽施经一部、施像一纸,倘出以至诚恳切之心,其功德亦无量也。

又无论男女老幼,得见此文,而能欢喜踊跃,出至诚心、广大心,随时随处,向人宣说流布佛经、庄严佛像,如上所述种种消灾救难、种福获益之事。开导大众,不厌不倦。虽遇无知谤阻,不较不馁。此一团宏扬大法之真诚,如纯粹之黄金然。愈经烈火锻炼,光彩愈焕发。精诚所至,天地鬼神,皆将感格。何况无知之人,天良同具,而终无感化之机乎?又乐成人美、奖人为善之道,尽人可行。不论何时何处,随见随闻,有人偶尔发心,作宏法功德,不问已作、现作、将作,一一出吾欢喜赞叹之语,以温慰之、策进之。使当人向善之心愈坚壮,馀人慕善之心咸热烈。此不费分文之无上功德,尽人可为。此《普劝发心印造经像文》,传达之处,无论见者闻者,皆得方便为之。彼盛倡手无斧柯,为之奈何之说者,乃自暴自弃、自误误人之言也。如来舌相,薄净广长,能覆面轮。此希有之福德舌相,实从万劫千生赞叹随喜之功德中来。至诚宏法之人,随时随处,迎机利导,方便善巧。勤作赞叹随喜功德之人,善于运用其广长舌相。谁谓不可以此胜妙功德,革除众生罪业之相,而获福无量哉?

附：阅览佛学经书翻动时减少罪过之注意

学人阅览寻常书本，每于翻动页角时，往往用指甲掠划，以致纸质伤损，指印纵横，殊失尊重保护之道。此种恶习，施之于寻常有益身心之书籍，已有罪过。何况佛学经书，为超出生死苦海之宝筏。天神地祇，咸皆恭敬拥护。而可任意亵慢，不加爱护哉？且末世众生，福量渐薄。享用各物，得之弥艰。物质日劣。近时所出之纸，亦远不如前。若常常划翻，纸易破裂。以此积习，施之佛学经籍，乃大不敬，急宜切戒。旁观者能善言劝导，使之悔改，功德甚大。

又有以指尖蘸口中津液，黏纸翻掀。虽纸质未必损伤，然墨色及纸角纯白之色，易致污染。又以污秽口液，抹于佛经之上，亵渎之罪，实无可逃。况乎有病之人，口津沾书，易使后来展诵之人，得传染之病。以己累人，尤为损德，所当切戒。窃谓佛书流通世间，为养人慧命、度人出苦之无上宝典。阅者宜加意保存爱惜，期其传之久远。救拔多众，普利有缘。各页翻动之时，当用指肚从旁轻轻掀起。不可卤莽（同"鲁莽"），宜加慎重。其始虽觉未惯，久之自能得心应手也。

又临开卷时，案头尘垢，先须揩抹干净。经籍面页、底页外，能加外护，或纸或巾，均佳。

◆ *万事都从缺陷好*

《唐义净三藏法师西域取经诗》（附此以见闻法之幸）

晋宋齐梁唐代间，高僧求法离长安。

去人成百归无十，后者安知前者难。

远路碧天唯冷结，砂河遮日力疲殚。

后贤如未谙斯旨，往往将经容易看。

《普劝发心印造经像文》一文由弘一法师详细提示纲要。

癸亥（1923年）于上海尤惜阴居士具体演绎撰就

慈说

岁在娵訾十月,余来三衢,居大中祥符,始识江山毛居士。尔后复归莲花寺,居士时复损书咨询佛法,并乞梵名。命名曰"慈",字曰"慈根"。

尔将入山埋遁,居士哀恋,请释名字之义,以志念焉。经论言"慈"者数矣,夫举一途,示其大趣。

《华严经·修慈分》云:"凡有众生,为求菩提,而修诸行,愿常安乐者,应修慈心,以自调伏。如是修习,于念念中,常具修行六波罗密,速得圆满无上正觉。"

《梵网经》云:"若自杀,教人杀,乃至一切有命者不得故杀。是菩萨应起常住慈悲心、孝顺心,方便救护一切众生。"

《观无量寿佛经》云:"上品上生者。有三种众生,当得往生。一者慈心不杀,具诸戒行。"

夫如来制戒,不杀为首。而上品上生,亦首云

◆ 万事都从缺陷好

"不杀"。故知修慈心者,戒杀为先。居士勖(古同"**勉励**")哉!善弘其事,以是勤勤自励,并以告诫他人。守兹一行,戴荷终身,斯谓不负其名矣。

并示偈曰:

慈者德之本,慈者福之基。

云何修慈心?应先戒残杀。

若人闻是说,至诚心随喜。

离苦受诸乐,往生安养国。

约作于癸亥(1923年)冬永宁晚晴院沙门论月撰

03 佛法因缘与戒律精要

余弘律之因缘

初出家时,即读《梵网合注》。续读《灵峰宗论》,乃发起学律之愿。

受戒时,随时参读《传戒正范》及《毗尼事义集要》(全名《重治毗尼事义集要》)。

庚申之春,自日本请得古版南山、灵芝三大部(即《三大部》和《灵芝三部记》),计八十馀册。

辛酉之春,始编《戒相表记》(即《四分律比丘戒相表记》)。六月,第一次草稿乃讫。以后屡经修改,手抄数次。

是年阅藏,得见义净三藏所译《有部律》(即有部宗之戒律,又作《十诵律》)及《南海寄归内法传》,深为赞叹,谓较旧律为善。故《四分律戒相表记》第一、二次草稿中,屡引义净之说,以纠正南山。其后自悟轻谤古德,有所未可,遂涂抹之。经多次删改,乃成最后之定本。

以后虽未敢毁谤南山，但于南山三大部仍未用心穷研。故即专习《有部律》。二年之中，编《有部犯相摘记》一卷、《自行钞》一卷。

其时徐蔚如居士创刻经处于天津，专刻南山宗律书，费资数万金，历时十余年，乃渐次完成。徐居士始闻余宗有部而轻南山，尝规劝之。以为吾国千余年来秉承南山一宗，今欲弘律，宜仍其旧贯，未可更张。余因是乃有兼学南山之意。尔后此意渐次增进。至辛未二月十五日，乃于佛前发愿，弃舍有部，专学南山。并随力弘扬，以赎昔年轻谤之罪。

昔佛灭后九百年，北天竺有无著、天亲等兄弟三人。天亲先学小乘而谤大乘，后闻长兄无著示诲，忏悔执小之非，欲断舌谢其罪。无著云："汝既以舌诽谤大乘，更以此舌赞大乘可也。"于是天亲遂造五百部大乘论。余今亦尔，愿尽力专学南山律宗，弘扬赞叹，以赎往失。此余由新律家而变为旧律家之因缘，亦即余发愿弘南山宗之因缘也。

未来之希望

余于初出家受戒之时，未能如法，准以律义，实未得戒，本不能弘扬比丘戒律。但因昔时既虚承受戒之名，其后又随力修学，粗知大意。今欲以一隙之明，与诸师互相研习，甚愿得有精通律仪之比丘五人出现，能令正法住于世间，则余之弘律责任即竟。故余于讲律时，不欲聚集多众。但欲得数人发弘律之大愿，肩荷南山之道统，以此为毕生之事业者。余将尽其绵力，誓舍身命而启导之。

余于前年二月，既发弘律愿后，五月居某寺，即由寺主发起欲办律学院。唯与余意见稍有不同，其后寺主亦即退居，此事遂罢。以后有他寺数处，皆约余往办律学院，因据以前之经验知其困难，故未承诺。唯于宁波白衣寺门前存一"南山律学院筹备处"之牌，余则允为造就教员二、三人耳。以后即决定弘律办法：不立名目、不收经费、不集多众、不固定地址等。

去年春间在某寺，有数人愿学律。余为讲四重、十三僧残，后以他故中止。夏间居某寺，有数人来愿学律，道心坚固，行持甚严。乃不久彼等即与寺主有故，遂往他处。以后在此寺有旧住者数人，谆嘱余讲律。本拟于八月开讲，而学者于七月即就职他方。故此次在本寺讲律，实可谓余弘律第一步也。

以上略述余发心弘律后所经过诸事。馀业重福轻，断不敢再希望大规模之事业。唯冀诸师奋力兴起，肩荷南山一宗，高树律幢，广传世间。此则为余所祝祷者矣！

癸酉（1933年）2月讲于厦门妙释寺

授三皈依大意

第一章 三皈之略义

三皈者，归依于佛、法、僧三宝也。

"三宝"义甚广，有种种区别。今且就常人最易了解者，略举之。

"佛"者，如释迦牟尼佛、阿弥陀佛等诸佛是也。"法"者，为佛所说之法，或菩萨等依据佛意所说之法，即现今所流传之大小乘经、律、论三藏也。"僧"者，如菩萨、声闻、诸圣贤众，下至仅剃发、被（古同"披"）袈裟者皆是也。

归依者，归向依赖之意。

归依于三宝者，乞三宝救护也。《大方便佛报恩经》云："譬人获罪于王，投向异国，以求救护。异国王言：'汝来无畏，但莫出我境，莫违我教，必相救护。'众生亦尔，系属于魔，有生死罪。皈向三宝，以求救护。若诚心归依,更无异向,不违佛教。魔王邪恶无如之何。"

既已归依于佛,自今以后,决不再依天仙、神鬼、一切诸外道等。

既已归依于法,自今以后,决不再依诸外道典籍。

既已归依于僧,自今以后,决不再依于不奉行佛法者。

第二章 授三皈之方法

一忏悔、二正授三归、三发愿回向。

应先请授者,详力解释此三种文义。因仅读文而未解义,不能获诸善法也。

正授三归之文有多种,常所用者如下:

我某甲,尽形寿,归依佛、归依法、归依僧。(三说)

我某甲,归依佛竟、归依法竟、归依僧竟。(三结)

前三说时,已得归依善法。后三结者,重更叮咛令不忘失也。

忏悔文及发愿回向文,由授者酌定之。但发愿回向,应有"以此功德,回向众生,同生西方,齐成佛道"之意。万不可唯求自利也。

第三章 授三皈之利益

经、律、论中,赞叹归依三宝功德之文甚多。今略举四则。

《灌顶经》云："受三归者，有三十六善神，与其无量诸眷属，守护其人，令其安乐。"

《善生经》云："若人受三归，所得果报，不可穷尽。如四大宝藏（**四宝者，金、银、琉璃、玻璃**），举国人民，七年之中，运出不尽。受三归者，其福过彼，不可称计。"

《校量功德经》云："若三千大千世界，满中如来，如稻麻竹苇。若人四事供养（**饮食、衣服、卧具、汤药**），满二万岁；诸佛灭后，各起宝塔，复以香花供养，其福甚多。不如有人以清净心，归依佛、法、僧三宝所得功德。"

《大集经》云："妊娠女人，恐胎不安，先授三皈已，儿无加害。乃至生已，身心具足，善神拥护。"是母受兼资于子也。

第四章 结语

在本寺正式讲律，至今日圆满。今日所以聚集缁素诸众，讲三归大意者。一以备诸师参考，俾他日为人授三归时，知其简要之方法也。一以教诸在家人，令彼等了知三归之大意。俾已受者，能了此意，应深自庆幸；其未受者，先能了知此意，且为他日依师受三归之基础也。

癸酉（1933年）4月8日在厦门万寿禅寺所作讲演

《新集受三皈、五戒、八戒法式》凡例

一、五戒、八戒，当分属于小乘。然欲秉受戒品，应发大菩提心，未可独善一身，偏趣寂灭。虽开遮持犯，不异声闻，而发心起行，宜同大士。清信之侣，幸其自勉。

二、皈戒功德，经论广赞。泛言果报，局在人天。故须勤修净行，期生弥陀净土。宋灵芝元照律师云："一者入道须有始，二者期心必有终。"言有始者，即须受戒，专志奉持。今于一切时中，对诸尘境，常忆受体。着衣吃饭，行住坐卧，语默动静，不可暂忘也。言其终者，谓归心净土，决誓往生也。以五浊恶世，末法之时，惑业深缠，惯习难断。自无道力，何由修证？故释迦出世五十馀年，说无量法。应可度者，皆悉已度。其未度者，皆亦已作得度因缘。因缘虽多，难为造入。唯净土法门，是修行径路。故诸经论，偏赞净土。佛法灭尽，唯《无量寿经》，百年在世。十方劝

赞,信不徒然。

三、受皈戒者,应于出家五众边受。(出家五众者,苾刍、苾刍尼、式叉摩那、沙弥、沙弥尼。)然以从大僧受者(大僧者,苾刍、苾刍尼),为通途常例。必无其人,乃依他众。(依《成实论》及《大智度论》,皆开自受八戒。灵芝《济缘记》云:"《成》《智》二论,并开自受,文约无师,义兼缘碍。"灵峰云:"受此八关斋法,须一出家人为作证明。不问大小两乘五众,但令毕世不非时食者,便可为师。设数里内决无其人,或可对经像前自誓秉受耳。")

四、受皈戒者,若依律制,应于师前,一一别受。其有多众并合一时受者,盖为难缘;非是通途之制。《有部毗奈耶杂事》云:如来大师将入涅槃,五百壮士愿受皈戒。时阿难陀作如是念:"彼诸壮士,于世尊处一一别受近事学者,时既淹久,妨废圆寂。我今宜请与彼一时受其学处。"准斯明文,若无难缘,未可承用。

五、受皈戒时,授戒者说,受者随语。西国法式,唯斯一途。唐义净三藏云:"准如圣教,及以相承,并悉随师说受戒语。无有师说,直问能否。戒事非轻,无容造次。"(是编专宗有部,与他律论之说小有歧异,学者亦毋因是疑谤他宗;以各被一机,并契圣教也。)

六、诸馀经论有云:"不能具受五戒者,一分、二分得受。"若依《萨婆多毗尼毗婆沙》说,谓不具受者,不得戒。彼云:"问曰:'凡受优婆塞戒,设不能具受五戒,若受一戒乃至四戒,受得戒否?'答曰:'不得。''若不得者,有经说有少分优婆塞、多分优婆塞、满分优婆塞，此义云何？'答曰：'所以作是说者，欲明持戒功德多少，不言有如是受戒法也。'"灵峰亦云："若四分、三分等，既未全受，但可摄入出世福业，未可名戒学也。"准斯而论，今人欲受戒者，当自量度。必谓力弱心怯，不堪致远，未妨先受一分乃至四分。若不尔者，应具受持，乃可名为戒学。岂宜畏难，失其胜利。

七、今人乞师证明受皈依者，辄称"皈依某师"。俗例相承，沿效莫返。循名核实，颇有未妥；以所皈依者为僧伽，非唯皈依某师一人故。灵峰云："皈依僧者，则一切僧皆我师也。今世俗士，择一名德比丘礼事之，窃窃然矜曰：'吾某知识、某法师门人也。'彼知识、法师者，亦窃窃然矜曰：'彼某居士、某宰官皈依于我者也。'噫！果若此，则应曰'皈依佛、皈依法、结交一大德'可也，可云'皈依僧'也与哉？"故已受皈依者，于一切僧众，若贤若愚，皆当尊礼为师，自称弟子。未可骄慢，妄事分别。

八、今人受五戒已，辄尔披五条衣，手持坐具，坏滥制仪，获罪叵测。依佛律制，必出家落发已，乃授缦条衣。若五条衣，唯有大僧方许披服。今以白衣，滥同大僧，深为未可。《方等陀罗尼经》云："在家二众入坛行道，着无缝三衣。"无缝，即是缦条，非五衣也。又《成实论》云："听畜一礼忏衣，名曰钵吒。"钵吒，即缦条也。（据经论言，着缦条衣，亦可听许。但准律部，无是明文，不着弥善。）若坐具者，梵言"尼师但那"，旧译作"尼师坛"，此云"坐具"，亦云"卧具"。唯大僧用，以衬毡席，防其污秽。此土敷以礼拜，盖出讹传。大僧持之，犹乖圣教。况在俗众，悖乱甚矣。(义净三藏云:尼师但那,本为衬替卧具,恐有所损,不拟馀用。敷地礼拜,不见有文。故违圣言,谁代当罪。)

九、既受戒已,若犯上品重罪,即不可忏。若犯中品、下品轻罪,悉属可悔。宜依律制,向僧众前,发露说罪,罪乃可灭。岂可妄谈实相,轻视作法?灵峰云:"说罪而不观心,犹能决罪之流。倘谈理而不发露,决难清罪之源。若必耻作法,而不肯奉行,则是顾惜体面,隐忍覆藏,全未了知罪性本空,岂名慧日?"又云:"世人正造罪时,实是大恶,不以为耻。向人发露,善中之善,反以为羞。甘于恶而苦于善,遂成恶中之恶,永无出期。颠倒愚痴,莫此为甚。"今于篇末,依有部律,酌定说罪之文。若承用时,未可铺缀仪章,增减字句。是为圣制,不须僭易。

十、末世以来,受皈戒者,多宗华山《三皈五戒正范》。曲逗时机,是彼所长。惜其仪文,颇伤繁缛。灵峰《受三皈五戒法》,颇称精要,承用者希,盖可怅叹。〔陈熙愿谓:"此法唯约受者自说,而略录之。若师前受,仍依华山。"寻绎斯言,实出臆断。戒事法式,宜遵圣教。若以西土常规,目为略录。别宗异制,偏尚繁文。是非溷淆(意为混乱),若为安可?恐怀先惑,聊复辨陈。〕是编集录,悉承有部(具云"根本说一切有部"。唐义净三藏法师留学印度二十馀年,专攻此部。归国已来,译传此部律文凡十九部,近二百卷。精确详明,世称新律)。宗彼律文,出其受法。简捷明了,不逾数行。西土相传,并依此制。匪曰泥古,且示一例。可用与否,愿任后贤!

◆ 万事都从缺陷好

　　此凡例据民国二十三年十一月天津刻经处刻行本录,若文钞所载,则与此不同。

在家律要开示

凡初发心人,既受三皈依,应续受五戒。倘自审一时不能全受者,即先受四戒、三戒,乃至仅受一、二戒,都可。

在家居士,既闻法有素,知自行检点,严自约束,不蹈非礼,不敢轻率妄行。则杀生、邪淫、大妄语、饮酒之四戒,或可不犯。

唯有在社会上办事之人,欲不破盗戒,为最不容易事。例如与人合买地皮房屋,与人合做生意,报税纳捐时,未免有以多数报少数之事。因数人合伙,欲实报,则人以为愚,或为股东反对者有之。

又不知而犯,与明知违背法律而故犯之事,如信中夹寄钞票,与手写函件取巧掩藏当印刷物寄,均犯盗税之罪。凡非与而取,及法律所不许而取巧不纳,皆有盗取之心迹,及盗取之行为,皆结盗罪。

非但银钱出入上,当严净其心。即微而至于一草一木、寸纸尺线，必须先向物主明白请求，得彼允许，而后可以使用。不待许可而取用、不曾问明而擅动，皆有不与而取之心迹，皆犯盗取、盗用之行为，皆结盗罪。

本文系弘一大师1926年8月在上海世家佛教居士林的开示记录，后刊于1927年4月上海世界佛教居士林之《刊林》。

受十善戒法

南山三大部中不载,唯南山晚年所撰《释门归敬仪》中略明。

《归敬仪》云:"受十善法者,谓身三、口四、意三善行。此之十业,戒善之宗。今多依相,罕有受者。今谓不然。先须愿祈不造众恶,依愿起行,有可承准。若不预作,辄然起善,内无轨辖;后遇罪缘,便造不止。由先无愿,故造众恶。大圣知机,故令受善。"

又云:"次明受法。有师从受,无师自誓。如上三归。三自归已,口自发言:'我某甲尽形寿,于一切众生起慈仁意,不起杀心。'如后九善例此,而不复繁文。"

案:受十善戒者,别有《受十善戒经》委明。今未及检寻。且依《归敬仪》文,酌定受法如下。其示相文,依灵峰《选佛谱》"十善文"录写,可暂承用。俟后检寻《受十善戒经》，再为改订可耳。

我某甲，归依佛，归依法，归依僧，尽形寿受持十善戒法。（三说）

我某甲，归依佛竟，归依法竟，归依僧竟，尽形寿受持十善戒法竟。（三结）

我某甲，尽形寿，救护生命，不杀生。

我某甲，尽形寿，给施资财，不偷盗。

我某甲，尽形寿，遵修梵行，不淫欲（若在家人改为"不邪淫"）。

我某甲，尽形寿，说诚实言，不妄言。

我某甲，尽形寿，和合彼此，不两舌。

我某甲，尽形寿，善言安慰，不恶口。

我某甲，尽形寿，作利益语，不绮语。

我某甲，尽形寿，常怀舍心，不悭贪。

我某甲，尽形寿，恒生慈愍，不瞋恚。

我某甲，尽形寿，正信因果，不邪见。

已上各一说。

回向。如常可知。

南山律谓：意三者，大乘初念即犯。"成宗"次念乃犯。次念者，所谓重缘思觉，即是后念还追前事也。今初心受持者，宜先依"成宗"次念之例行之。

庚辰（1940年）8月16日作于福建永春普济寺

受八关斋戒法

归命一切佛,唯愿一切佛菩萨众摄受于我。

我今归命胜菩提,最上清净佛法众。

我发广大菩提心,自他利益皆成就。

忏除一切不善业,随喜无边功德蕴。

先当不食一日中(案即一日夜中,过午不食),后修八种功德法。(以上三说)

我名某甲,唯愿阿阇梨,摄受于我。我从今时发净信心,乃至坐菩提场成等正觉,誓归依佛二足胜尊,誓归依法离欲胜尊,誓归依僧调伏胜尊。如是三宝,是所归趣。(以上三说)

我某甲净信优婆塞(案受八戒者,正属在家二众,亦兼通于出家诸众,如《药师经》中所明。此文且据在家者言,故云"优婆塞"。若出家者,随宜称之),惟愿阿阇梨,忆持护念。我从今日今时发起净心,乃至过是夜分,讫于明旦日初出时,于其中间奉持八戒，所谓一不杀生、二不偷盗、三不非梵行、四不妄语、五不饮酒、六不非时食、七不香华鬘庄严其身及歌舞戏等、八不坐卧高广大床。我今舍离如是等事，誓愿不舍清净禁戒八种功德。(以上三说)

我持戒行，庄严其心，令心喜悦。广修一切相应胜行，求成佛果，究竟圆满。(一说)又诵伽陀颂曰：

我发无二最上心，为诸众生不请友。胜菩提行善所行，成佛世间广利益。愿我乘是善业故，此世不久成正觉。说法饶益于世间，解脱众生三有苦。

岁次寿星沙门善梦敬书时居丰州灵应山中

庚辰（1940年）11月作于福建南安灵应寺

依《佛说八种长养功德经》录出

《菩萨璎珞经》自誓受菩萨五重戒法

一、初礼敬三宝

一心敬礼,过去世,尽过去际,一切佛;

一心敬礼,未来世,尽未来际,一切佛;

一心敬礼,现在世,尽现在际,一切佛。

一心敬礼,过去世,尽过去际,一切法;

一心敬礼,未来世,尽未来际,一切法;

一心敬礼,现在世,尽现在际,一切法。

一心敬礼,过去世,尽过去际,一切僧;

一心敬礼,未来世,尽未来际,一切僧;

一心敬礼,现在世,尽现在际,一切僧。

二、受四依

从今时,尽未来际身,皈依佛、皈依法、皈依贤圣僧、皈依法戒。(三说)

三、悔罪

若现在身口意十恶罪,愿毕竟不起,尽未来际。

若未来身口意十恶罪，愿毕竟不起，尽未来际。

若过去身口意十恶罪，愿毕竟不起，尽未来际。

如是悔过已，三业清净，如净琉璃，内外明照。

四、自誓受戒

我某甲，白十方佛，及大地菩萨等，我学菩萨五重戒。（三说）

五、说戒相

从今身，至佛身，尽未来际，于其中间，不得故杀生。若有犯，非菩萨行，失四十二贤圣法。不得犯。能持否？能。

从今身，至佛身，尽未来际，于其中间，不得故妄语。若有犯，非菩萨行，失四十二贤圣法。不得犯。能持否？能。

从今身，至佛身，尽未来际，于其中间，不得故淫。若有犯，非菩萨行，失四十二贤圣法。不得犯。能持否？能。

从今身，至佛身，尽未来际，于其中间，不得故盗。若有犯，非菩萨行，失四十二贤圣法。不得犯。能持否？能。

从今身，至佛身，尽未来际，于其中间，不得故酤酒。若有犯，非菩萨行，失四十二贤圣法。不得犯。能持否？能。

六、叹戒德

受戒已，过度四魔，越三界苦。从生至生，不失此戒，常随行人，乃至成佛。

案：灵峰蕅益大师依《梵网》《璎珞》《地持》，重定"授菩萨法"，与此大同。但悔罪之后，应发四弘誓愿（三说）。叹戒德后，应回向，今亦可增入。弘一。

癸酉（1933年）9月19日在开元寺讲

《随分自誓受菩萨戒文》析疑

随分自誓受菩萨戒文

我名□□,仰启十方一切如来,已入大地诸菩萨众。我今欲于十方世界佛菩萨所,誓受菩萨学处净戒中□□□□,谓律仪戒、摄善法戒、饶益有情戒。

如是学处,如是净戒,过去一切菩萨已具,未来一切菩萨当具,普于十方现在一切菩萨今具。

于是学处,于是净戒,过去一切菩萨已学,未来一切菩萨当学,普于十方现在一切菩萨今学。(三说)

析疑

初释"自誓受"

自誓受者,未得良师,开自受故。

若五戒、八戒自誓受者，如南山《羯磨疏》等委明。

今约菩萨戒自誓受者，如《梵网经》《占察经》等，及《瑜伽师地论》所说。《梵网》自受，须见好相。其他经论，皆无好相之文。各被一机，随宜用之。授菩萨戒师具德，如《梵网义寂疏》中略明。师具德者，应依师受。若不尔者，则开自誓。

《梵网古迹记》云："问：自受功德劣耶？答：不尔。虽无现缘，心猛利故。如《瑜伽师地论》卷五十三云：自受、从他（或自受、或从师受），若等心受，亦如是持，福德无别。"

二释"随分"

随分受者，唯受一、二戒等。

若五戒、八戒随分受者，见南山《羯磨疏》。

今约菩萨戒随分受者，见《璎珞本业经》。《梵网古迹记》及《菩萨戒本宗要》中，据此经义，广为劝赞。彼云："随其受者，意乐所堪，或受一戒，或多戒，皆得成戒，名为菩萨。乃至唯受一戒，犹胜二乘一切功德。菩萨一戒为度一切，无一众生不荷恩故。"

今文空白之处，应补写受者名，及随分所受之戒名。

三释今文改易及具列三聚名

今文，依《瑜伽》"自誓受文"稍有改易，因须适合随分受故。

问：今既随分受一、二戒，何以文中犹具列"律仪戒""摄善法戒""饶益有情戒"之三聚名耶？

答：《梵网贤首疏》云："摄三聚戒者，有二义：一、若从胜为论，各戒一一别配；二、若通辨，每一戒中皆具三聚：谓于此不犯，律仪戒摄；修彼对治之行，摄善法摄；以此二戒，教他众生，令如自所作，即为摄众生戒。"云云。

今据《疏》中第二"通辨"之义。虽受一戒，即三聚摄，亦无妨也。

附记：刘莲星慧日居士，请写《随分自誓受菩萨戒文》，将付影印。为略析其疑义，未能详尽耳。于时岁次鹑尾秋仲，居莆林禅院，弘一。

辛巳（1941年）秋作于晋江檀林福林寺

◆ 万事都从缺陷好

律学要略

我出家以来，在江浙一带并不敢随便讲经或讲律，更不敢赴什么传戒的道场，其缘故是因个人感觉着学力不足。非常惭愧的，三年来在闽南虽曾讲过些东西，自心总不满。这次本寺诸位长者再三地唤我来参加戒期胜会，在人情不得已中，故今天来与诸位谈谈。但因时间匆促，未能预备，参考书又缺少，间或个人精神衰弱，拟在此共讲三天。

一

今天先专为求授比丘戒者讲些律宗历史；他人旁听，虽不能解，亦是种植善根之事。

为比丘者应先了知戒律传入此土之因缘，及此土古今律宗盛衰之大概。由东汉至曹魏之初，僧人无归戒之举，唯剃发而已。魏嘉平年中，天竺僧人法时到中土，乃立羯磨受法，是为戒律之始。当是时可算是真实传授比丘戒的开始，后来渐渐地繁盛起来。

大部之广律，最初传来的是《十诵律》，翻译这部律的是姚秦时鸠摩罗什法师，庐山净宗初祖远公法师亦竭力劝请赞扬。六朝时此律最盛于南方。其次翻译的是《四分律》，和《十诵律》相去不远的时候，但迟至隋朝乃有人弘扬提倡，至唐初乃大盛。第三部《僧祇律》，是东晋时翻译的，六朝时北方稍有弘扬者。刘宋时继《僧祇律》后，有《五分律》，翻译这部律的人，即是译六十卷《华严经》者，文精而简，道宣律师甚赞，可惜罕有人弘扬。至其后有《有部律》，乃唐武则天时义净法师的译著，即是西藏一带最通行的律。当初义净法师在印度有二十馀年的历史，他博学强记，贯通律学精微，非至印度之其他僧人所能及，实空前绝后的中国大律师。义净回国，翻译终毕，他年亦老了，不久即圆寂，以后无有人弘扬，可惜！可惜！此外诸部律论甚多，不遑枚举。

关于《有部律》，我个人起初见之甚喜，研究多年。以后因朋友劝告，即改研南山律，其原因是南山律依《四分律》而成，又稍有变化，能适合吾国僧众之根器故。现在我即专就《四分律》之历史大略说些。

唐代是《四分律》最兴时期，前所弘扬的是《十诵律》，《四分律》少人弘扬。唐初《四分律》学者乃盛，共有三大派：一、相部律，依法砺律师为主；二、南山律，以道宣律师为主；三、东塔律，依怀素律师为主。法砺律师在道宣之前，道宣曾就学于他。

怀素律师在道宣之后，亦曾亲近法砺、道宣二律师。斯律虽有三大派之分，最盛行于世的可算南山律了。南山律师著作浩如渊海，其中《行事钞》最负盛名，是时任何宗派之学者皆须研《行事钞》。自唐至宋，解者六十馀家，唯灵芝元照律师最胜，元照律师尚有许多其他经律的注释。元照后，律学渐渐趋于消沉，罕有人发心弘扬。

南宋后禅宗益盛，律学更无人过问，所有唐、宋诸家的律学撰述数千卷悉皆散失；迨至清初，唯存南山《随机羯磨》一卷。如是观之，大足令人兴叹不已！明末清初有蕅益、见月诸大师等欲重兴律宗，但最可憾者，是唐、宋古书不得见。当时蕅益大师著述有《毗尼事义集要》，初讲时人数已不多，以后更少，结果成绩颓然。见月律师弘律颇有成绩，撰述甚多，有解《随机羯磨》者，毗尼作持，与南山颇有不同之处，因不得见南山著作故！此外尚有最负盛名的《传戒正范》一部，从明末至今，传戒之书独此一部，传戒尚存一线曙光之不绝，唯赖此书；虽与南山之作未能尽合，然其功甚大，不可轻视。但近代受戒仪轨，又依此稍有增减，亦不是见月律师《传戒正范》之本来面目了。

南宋至清七百馀年，关于唐、宋诸家律学撰述，可谓无存。清光绪末年，乃自日本请还唐、宋诸家律书之一部份。近十馀年间，在天津已刊者数百卷。此外《续藏经》中所收尚未另刊者，犹有数百卷。

今后倘有人发心专力研习弘扬，可以恢复唐代之古风，凡蕅益、见月等所欲求见者今悉俱在。我们生此时候，实比蕅益、见月诸大师幸福多多。

但学律非是容易的事情,我虽然学律近二十年,仅可谓为学律之预备,及得窥见了少许之门径;再预备数年,乃可着手研究,以后至少须研究二十年,乃可稍有成绩。奈我现在老了,恐不能久住世间。我很盼望你们有人能发心专学戒律,以继我所未竟之志,则至善矣。

我们应知道:现在所流通之《传戒正范》,非是完美之书,何况更随便增减,所以必须今后恢复古法乃可;此皆你们的责任,我甚希望大家共同勉励进行!(第一天所讲者已毕,第二天、第三天所讲的是:三皈、五戒,乃至菩萨之要略。)

二

三皈、五戒、八戒、沙弥、沙弥尼戒、式叉摩那戒、比丘、比丘尼戒、菩萨戒等,就普通说,菩萨戒为大乘,馀皆小乘,但亦未必尽然,应依受者发心如何而定。我近来研究南山律,内中有云:"无论受何戒法,皆要先发大乘心。"由此看来,哪有一种戒法专名为小乘的呢!

再就受戒方法论,如三皈、五戒、沙弥、沙弥尼戒,皆用三皈依受;至于比丘、比丘尼戒、菩萨戒,则须依羯磨文受;又如式叉摩那则是作羯磨与学戒法,不是另外得戒,与上不同。

再依在家、出家分之:就普通说,在家如三皈、五戒、八戒等,出家如沙弥、比丘等。实而言之,三皈、五戒、八戒,皆通在家、出家。诸位听着这话，或当怀疑，今我以例证之：如明灵峰蕅益大师，他初亦受比丘戒，后但退作三皈人。如是言之，只有三皈亦可算出家人。

又若单五戒亦可算出家人，因剃发以后，必先受五戒，后再受沙弥戒。未受沙弥戒前，止是五戒之出家人。故五戒通于在家、出家，有在家优婆塞、出家优婆塞之别。例如明蕅益大师之大弟子成时、性旦二师，皆自称为"出家优婆塞"。成时大师为编辑《净土十要》及《灵峰宗论》者，性旦大师为记录《弥陀要解》者，皆是明末的高僧。

八戒何为亦通在家、出家？《药师经》中说：比丘亦可受八戒。比丘再受八戒，为欲增上功德故。这样看起来，八戒亦通于僧俗。

以上略判竟，以下一一分别说之。

三皈：不属于戒，仅名三皈。三皈者，皈依佛、皈依法、皈依僧。未受以前必须要了解三皈道理，并非糊里糊涂地盲从瞎说，如这样子皆不得三皈。

所谓"三宝"有四种之别：一理体三宝、二化相三宝、三住持三宝、四一体三宝。尽讲起来很深奥复杂，现在且专就"住持三宝"来说。"三宝"意义是什么？佛、法、僧。所谓"佛"即形像，如释迦佛像、药师佛像、弥陀佛像等；"法"即佛所说之经，如《法华经》《楞严经》等，皆佛金口所流露出来之法；"僧"即出家剃发受戒有威仪之人。以上所说"佛、法、僧"道理，可谓最浅近，诸位谅皆能明了吧。

"皈依"即"回转"的意义，因前背舍三宝，而今转向三宝，故谓之皈依。但无论出家、在家之人，若受三皈时，最重要点有二：第一要注意皈依三宝是何意义。第二当受三皈时，师父所说应当十分明白，或师父所讲的话，全是文言不能了解，如是决不能得三皈；或隔离太远，听不明白，亦不得三皈；或虽能听到大致了解，其中尚有一二怀疑处，亦不得三皈。又正授之时，即是"皈依佛""皈依法""皈依僧"三说，此最要紧，应十分注意。以后之"皈依佛竟""皈依法竟""皈依僧竟"，是名三结，无关紧要。所以诸位发心受戒，应先了知三皈意义，又当正授时，要在先"皈依佛"等三遍注意，乃可得三皈。

以上三皈说已，下说五戒。

五戒：就五戒言，亦要请师先为说明。五戒者，杀、盗、淫、妄、酒。当师父说明五戒意义时，切要用白话，浅近明了，使人易懂。受戒者听毕，应先自思量如是诸戒能持否？若不能全持，或一、或二、或三、或四，皆可随意。宁可不受，万不可受而不持！且就杀生而论，未受戒者，犯之本应有罪。若已受不杀戒者犯之，则罪更加重一倍，可怕不可怕呢？你们试想一想，如果不能受持，勉强敷衍，实是自寻烦恼！据我思之：五戒中最容易持的，是"不邪淫""不饮酒"；诸位可先受这两条最为稳当。至于"杀"与"妄语"，有大小之分，大者虽不易犯，小者实为难持。又五戒中最为难持的莫如盗戒，非于盗戒戒相研究十分明了之后，万不可率尔而受。所以我盼望诸位对于盗戒一条缓缓再说，至要！至要！但以现在传戒情形看起来，在这许多人众集合场中，实际上是不能如上一一别受。我想现在受五戒时，不妨合众总受五戒，俟受戒后，再自己斟酌取舍，亦未为不可；于自己所不能奉持的数条，可以在引礼师前或俗人前舍去，这样办法，实在十分妥当，在授者减麻烦，诸位亦可免除烦恼。另外还有一句要紧的话，倘有人怀疑于此大众混杂扰乱之时，心中不能专一注想，或恐犹未得戒者，不妨请性愿老法师或其他善知识，再为重授一次，他们当即慈悲允许。诸位！你们万不可轻视三皈五戒。我有一句老实话对诸位说：菩萨戒不是容易得的，沙弥戒及比丘戒是不能得的。无论出家或在家人所希望者，唯有三皈五戒。我们倘能得三皈五戒，那就是很好的了。因受持五戒，来生定可为人。既能持五戒，再说念阿弥陀佛名号，求生西方，临终时定能往生西方极乐世界，岂不甚好。就我自己而论，对于菩萨戒是有名无实，沙弥戒及比丘戒决定未得；即以五戒而言，亦不敢说完全，止可谓为"出家多分优婆塞"而已，这是实话。所以我盼望诸位要注意三皈五戒。当受五戒，应知于前说三皈正得戒体，最宜注意；后说五戒戒相为附属之文，不是在此时得戒。又须请师先为说明五戒之广狭，例如饮酒一戒，不唯不饮泉州酒店之酒，凡尽法界虚空界之戒缘境酒，皆不可饮。杀、盗、淫、妄，亦复如是。所以受戒功德普遍法界，实非人力所能思议。

宝华山见月律师所编《三皈五戒正范》，所有开示多用骈体文，闻者万不能了解，等于虚文而已；最好请师译成白话。此外我更附带言之：近有为人授五戒者于"不饮酒"后加"不吸烟"一句，但这"不吸烟"可不必加入；应另外劝告，不应加入五戒文中。

三

以上说五戒毕，以下讲八戒。

八戒：具云"八关斋戒"。"关"者，禁闭非逸，关闭所有一切非善事。"斋"是"清"的意思，绝诸一切杂想事。八关斋戒本有九条，因其中第七条包含两条，故合计为八条。前五与五戒（大）同（大同小异，五戒不邪淫，八戒是不淫，只有这一条不同，其他四条相同），后三条是另加的。后加三者，即：

第六，华香、璎珞、香油涂身。这是印度美丽装饰之风俗，我国只有花香，并无璎珞等；但所谓香如吾国香粉、香水、香牙粉、香牙膏及香皂等，皆不可用。

第七，高胜床上坐，作倡伎乐故往观听。这就是两条合为一条的。现略为分析："高"是依佛制度，坐卧之床脚，最高不能超过一尺六寸；"胜"是指金银牙角等之装饰，此皆不可。但在他处不得已的时候，暂坐可开。佛制是专为自制的须结正罪，如别人已作成功的不是自制的，罪稍轻。"作倡伎乐故往观听"，音乐、影戏等皆属此条。所谓"故往观听"之"故"字要注意，于无意中偶然听到或看见的不犯。以上"高胜床上坐""作倡伎乐故往观听"，共合为一条。受八关斋戒的人，皆不可为。

第八，非时食。佛制受八关斋戒后，自黎明至正午可食，倘越时而食，即叫作非时食。即平常所说的"过午不食"。但正午后，不单是饭等不可食，如牛乳水果等均不可用。如病重者，于不得已中，可在大家看不到地方开食粥等。

受八关斋戒，普通于六斋日受。六斋日者，即初八、十四、十五、廿三，及月底最后二日。倘能发心日日受，那是最好不过了。受时要在每天晨起时，期限以一日一夜——天亮时至夜，夜至明早。受八关斋戒后，过午不食一条，应从今天正午后至明日黎明时皆不可食。又八戒与菩萨戒，比较别的戒有区别；因为八戒与菩萨戒，是顿立之戒。（但上说的菩萨戒，是局就《梵网》《璎珞》等而说的；若依《瑜伽戒本》，则属于渐次之戒。）这是什么缘故呢？未受五戒、沙弥戒、比丘戒，皆可即受菩萨戒或八戒，故曰顿立。若渐次之戒，必依次第，如先五戒，次沙弥戒，次比丘戒，层层上去的。以上所说八关斋戒，外江居士受的非常之多。我想闽南一带，将来亦应当提倡提倡！若嫌每月六日太多，可减至一日或两日亦无不可。因仅受一日，即有极大功德，何况六日全受呢！

沙弥戒：沙弥戒诸位已知道了吧？此乃正戒，共十条。其中九条同八戒，另加"手不捉钱宝"一条，合而为十。但"手不捉钱宝"一条，平常人不明白，听了皆怕；不知此不捉钱宝是易持之戒，律中有方便办法，叫作"说净"；经过说净的仪式后，亦可照常自己捉持。最为繁难者，是正戒十条外，于比丘戒亦应学习，犯者结罪。我初出家时不晓得，后来学律才知道。这样看起来，持沙弥戒亦是不容易的一回事。

沙弥尼戒：属女众法，戒与沙弥同。

式叉摩那戒：梵语"式叉摩那"，此云"学法女"。外江各丛林,皆谓在家贞女为"式叉摩那",这是错误的。闽南这边,那年开元寺传戒时,对于贞女不称"式叉摩那",只用"贞女"之名,这是很通的。平常人多不解何者为"式叉摩那",我现在略为解释一下:

哪一种人可以受式叉摩那戒呢?要已受沙弥尼戒的人于十八岁时,受式叉摩那法,学习二年,然后再受比丘尼戒。因为佛制二十岁乃可受戒,于十八岁时,再学二年正当二十岁。于二年学习时,僧作羯磨,与学戒法;二年学毕乃可受比丘尼戒。但式叉摩那要具学三法:一学根本法——即四重戒。二学六法——染心相触、盗减五钱、断畜命、小妄语、非时食、饮酒。三学行法——大尼诸戒,及威仪。

此仅是受学戒法,非另外得戒,故与他戒不同。以下讲比丘戒。

比丘戒:因时间很短,现在不能详细说明,唯有几句要紧话先略说之:

我们生此末法时代,沙弥戒与比丘戒皆是不能得的,原因甚多!甚多!今且举出一种来说,就是没有能授沙弥戒、比丘戒的人。若受沙弥比丘戒,必定以比丘来授才可以。如受时,沙弥戒须二比丘授,比丘戒至少要五比丘授。倘若找不到比丘的话,不单比丘戒受不成,沙弥戒亦受不成。我有一句很伤心的话要对诸位讲:从南宋迄今六、七百年来,或可谓僧种断绝了!以平常人眼光看起来,以为中国僧众很多,大有达至几百万之概。据实而论,这几百万中,要找出一个真比丘,怕也是不容易的事!

如此怎样能受沙弥、比丘戒呢？既没有能授戒的人，如何会得戒呢？我想诸位听到这话，心中一定十分扫兴。或有人以为既不得戒，我们白吃辛苦，不如早些回去好，何必在此辛辛苦苦做这种极无意味的事情呢？但如此怀疑是大不对的。我劝诸位应好好地、镇静地在此受沙弥戒、比丘戒才是！虽不得戒，亦能种植善根，兼学种种威仪，岂不是好。又若想将来学律，必先挂名受沙弥、比丘戒，否则如以白衣学律，必受他人讥评。所以你们在这儿发心受沙弥、比丘戒是很好的！

四

这次本寺诸位长老唤我来讲律学大意，我感觉着有种种困难之点。这是什么缘故呢？比方我在这儿，不依据佛所说的道理讲，一味地随顺他人顾惜情面敷衍了事，岂不是我害了你们吗？若依实在的话与你们讲，又恐怕因此引起你们的怀疑；所以我觉着十分困难。因此不得已，对于诸位分作两种说法：

（一）老实不客气地，必须要说明受戒真相；恐怕诸位出戒堂后，妄自称为沙弥或比丘，致招重罪，那是不得了的事情！我有种比方，譬如泉州这地方有司令官等，不识相的老百姓亦自称我是司令官，如司令官等听到，定遭不良结果，说不定有枪毙之危险！未得沙弥、比丘戒者，妄自称为沙弥或比丘，必定遭恶报，亦就是这个道理。我为着良心的驱使，所以要对诸位说老实话。

（二）以现在人情习惯看起来，我总劝诸位受戒，挂个虚名，受后俾可学律；不然，定招他人诽谤之虞。这样的说，诸位定必明了吧。

更进一层说，诸位中若有人真欲绍隆僧种，必须求得沙弥、比丘戒者，亦有一种特别的方法；即是如蕅益大师礼《占察忏仪》，求得清净轮相，即可得沙弥、比丘戒。除此以外，无有办法。故蕅益大师云："末世欲得净戒，舍此占察轮相之法，更无别途。"因为得清净轮相之后，即可自誓总受菩萨戒，而沙弥、比丘戒皆包括在内，以后即可称为"菩萨比丘"。礼《占察忏》得清净轮相，虽是极不容易的事，倘诸位中有真发大心者，亦可奋力进行，这是我最希望你们的。以下说比丘尼戒：

比丘尼：戒现在不能详说。依据佛制，比丘尼戒要重复受两次，先依尼僧授本法，后请大僧正授。但正得戒时，是在大僧正授时。此法南宋以后已不能实行了。

最后说菩萨戒。

菩萨戒，为着时间关系，亦不能详说。现在略举三事：

（一）要有菩萨种姓，又能发菩提心，然后可受菩萨戒。什么是种姓呢？就简单来说，就是多生以来所成就的资格。所以当受戒时，戒师问："汝是菩萨否？"应答曰："我是菩萨！"这就是菩萨种姓。戒师又问："既是菩萨，已发菩提心否？"应答曰："已发菩提心。"这就是发菩提心。如这样子才能受菩萨戒。

（二）平常人受菩萨戒者皆是全受；但依《璎珞本业经》，可以随身分受，或一或多；与前所说的受五戒法相同。

（三）犯相重轻，依《旧疏》《新疏》有种种差别，应随个人力量而行。现以例说，如妄语戒，《旧疏》说大妄语乃犯波罗夷罪，《新疏》说小妄语即犯波罗夷罪。如余所编辑之图表广明。至于起杀、盗、淫、妄之心，即犯波罗夷，乃是为地上菩萨所制。我等凡夫是做不到的。

所谓菩萨戒虽不易得，但如有真诚之心，亦非难事。且可自誓受，不比沙弥、比丘戒必须要请他人授。因为菩萨戒、五戒、八戒皆可自誓受，所以我们颇有得菩萨戒之希望！

五

今天《律学要略》已经讲完，我想在其中有不妥当处或错误处，还请诸位原谅。最后我尚有几句话：诸位在此受戒很好。在近代说，如外江最有名望的地方，虽有传戒，实不及此地完备，这是这里办事很有热心，很有精神，很有秩序，诚使我佩服，使我赞美。就以讲律来说，此地戒期中讲《沙弥律》《比丘戒本》《梵网经》，他方是难有的。几年前泉州大开元寺于戒期中提倡讲律，大家皆说是破天荒的举动。本寺此次传戒之美备，实与数年前大开元寺相同；并有露天演讲，使外人亦有种植善根之机缘，诚办事周到之处。本年天灾频仍，泉州亦跑不出例外，在人心痛苦、境遇萧条的状况中，本寺居然以极大规模，很圆满地开戒，这无非是诸位长老及大护法的道德感化所及。我这次到此地，心实无限欢喜，此是实话，并非捧场。此次能碰着这大机缘与诸位相聚,甚慰衷怀,最后还要与诸位恭喜!

乙亥(1935年)10月讲于泉州承天寺戒期胜会中
万泉记录

《佛说优婆塞五戒相经》笺要

宋天竺三藏求那跋摩译　明沙门智旭笺要　后学昙昉校并补释（此书注释者：智旭即蕅益大师，昙昉即弘一大师）

闻如是，一时佛在迦维罗卫国。尔时净饭王来诣佛所，头面礼足，合掌恭敬。而白佛言，欲所请求，以自济度。惟愿世尊，哀酬我志。佛言，可得之愿，随王所求。王白佛言，世尊已为比丘比丘尼沙弥沙弥尼，制戒轻重。唯愿如来。亦为我等优婆塞。分别五戒可悔不可悔者，令识戒相，使无疑惑。

迦维罗卫，中天竺国之名，即世尊生处也。净饭王，即世尊之父。以父王为当机而请五戒法相，正表此五戒法乃是三世诸佛之父。依于五戒出生十方三世一切诸佛，讵可忽哉。

佛言，善哉善哉。憍昙，我本心念，久欲与优婆塞分别五戒。若有善男子受持不犯者，以是因缘，当成佛道。若有犯而不悔。常在三途故。

上契佛意，下契群机，故再叹善哉也。憍昙，即瞿昙，是王之姓，西国以称姓为敬故。受持不犯，则当成佛。犯而不悔，则堕三途。五戒为法界十法界皆趣，五戒皆趣不过也。

问：受持不犯，当成佛道。受而犯者，亦当成佛否？犯而不悔，常在三途。犯而悔者，亦堕三途否？

答：受而犯者亦当成佛，惟不受戒则永无成佛因缘。犯而悔者，不堕三途。但犯分上、中、下三种差别。悔亦有作法、取相、无生三种不同。理须各就当戒委明，未可一言尽也。

尔时佛为净饭王种种说已。王闻法竟，前礼佛足，绕佛而去。

佛以是因缘，告诸比丘，我今欲为诸优婆塞，说犯戒轻重可悔不可悔者。诸比丘佥曰：唯然，愿乐欲闻。

问：比丘律仪是大僧法。所以不许俗闻。今五戒相是优婆塞所学。何故不向王说。乃待王去之后。以是因缘告比丘耶。

答：七众戒法，如来皆于比丘僧中结者，正以比丘为七众中尊，佛法藉僧宝而立。故云：佛灭度后，诸尼应从大僧而学戒法。夫尼戒尚属比丘，况五戒而不属比丘耶。故今向比丘僧说此五戒。正欲令优婆塞转从比丘学也。

杀戒第一

佛告诸比丘。犯杀，有三种夺人命。一者自作，二者教人，三者遣使。△自作者，自身作，夺他命。△教人者，教语他人言，捉是人，系缚夺命。△遣使者，语他人言，汝识某甲不，汝捉是人，系缚夺命。是使随语夺彼命时，优婆塞犯不可悔罪。

杀戒以五缘成不可悔。一、是人（谓所杀者人，非畜生等）；二、人想（谓意在杀人）；三、杀心；四、兴方便；五、前人命断。今之自作，教人，遣使，皆是以杀心而兴方便故。夺彼命时，犯不可悔罪也。不可悔者，初受优婆塞戒之时，说三归竟，即得无作戒体。今犯杀人之罪，则失无作戒体，不复成优婆塞，故不可作法忏悔也。既不可悔，则永弃佛海边外，名为边罪。不可更受五戒，亦不得受一日一夜八关斋戒，亦不得受沙弥戒及比丘戒，亦不得受菩萨大戒，惟得依大乘法修取相忏，见好相已，方许受菩萨戒，亦许重受具戒、十戒、八戒及五戒等。尔时破戒之罪，虽由取相忏灭，不堕三途，然其世间性罪仍在。故至因缘会遇之时，仍须酬偿夙债。除入涅槃或生西方，乃能脱之不受报耳，可不戒乎。

复有三种夺人命。一者用内色，二者用非内色，三者用内非内色。△内色者。优婆塞用手打他，若用足及馀身分，作如是念，令彼因死，彼因死者，是犯不可悔罪；若不即死，后因是死，亦犯不可悔；若不即死，后不因死，是中罪可悔。△用非内色者。若人以木瓦石刀稍弓箭白镴段铅锡段，遥掷彼人，作是念，令彼因死，彼因死者，犯不可悔罪；若不即死，后因是死，亦犯不可悔；若不即死，后不因死，是中罪可悔。△用内非内色者。若以手捉木瓦石刀稍弓箭白镴段铅锡段木段，打他，作如是念，令彼因死，彼因死者，是罪不可悔；若不即死，后因是死，亦犯不可悔；

若不即死，后不因死，是中罪可悔。

此三种亦皆杀法所谓兴方便也。手足身分，是凡情之所执受，故名内色。木瓦石等，是凡情所不执受，名非内色，有处亦名外色。用彼内色，捉彼外色，故为双用内非内色也。因此方便而死，不论即死后死，总是遂其杀心。故从前人命断之时，结成不可悔罪。后不因死，则但有兴杀方便之罪，未遂彼之杀心。故戒体尚未曾失，犹可殷勤悔除，名为中可悔罪也。

复有不以内色，不以非内色，亦不以内非内色，为杀人故合诸毒药。若著眼耳鼻身上疮中，若著诸食中，若被蓐（被，被褥；蓐，草席者）中，车舆中，作如是念，令彼因死，彼因死者，犯不可悔罪。若不即死，后因是死，亦犯不可悔罪。若不即死，后不因死，是中罪可悔。

此以毒药为杀方便也，既不用手足等，又不用木石刀杖等，故云不以内非内色。而前人命断是同，则不可悔罪亦同。

复有作无烟火坑杀他、核杀、弶杀、作穽杀、拨杀、毗陀罗杀、堕胎杀、按腹杀、推著水中火中、推著坑中杀，若遣令去就道中死，乃至胎中初受二根，身根命根于中起方便杀。（弶者，木槛诈取也。拨者，弩石也。）

此更广标种种杀方便也。核弶及拨，皆是杀具。毗陀罗即起尸咒术，下文自释。馀并可知。

无烟火坑杀者。若优婆塞知是人从此道来，于中先做无烟火坑，以沙土覆上；若口说，以是人从此道来故，我做此坑；若是人因是死者，是犯不可悔罪；若不即死，后因是死，犯不可悔罪；若不即死，后不因死，是中罪可悔。△为人做无烟火坑。人死者，不可悔；非人死者，是中罪可悔。（从人边得方便罪。不从非人边得杀罪也。以于非人无杀心故。）畜生死者。下罪可悔。（"下"字恐误。准一切律部，亦是中罪。亦从人边得方便罪，不从畜生边得杀罪也。以于畜生无杀心故。）△为非人作坑。非人死者，是中罪可悔。（非人，谓诸天修罗鬼神，载道义弱。故杀之者戒体未失，犹可悔除也。）人死是下罪可悔。畜生死者犯下可悔罪。（亦皆从非人边得方便罪，不从人及畜生得杀罪。以于人及畜生本无杀心故。）△若为畜生作坑。畜生死者，是下罪可悔。（畜生，较诸天鬼神更劣。故杀之者，罪又稍轻。）若人堕死，若非人堕死。皆犯下罪可悔。（还从畜生边得方便罪也）△若优婆塞不定为一事作坑，诸有来者皆令堕死。人死者，犯不可悔。非人死者，中罪可悔。畜生死者，下罪可悔，都无死者，犯三方便可悔罪，是名无烟火坑杀也。

此广释无烟火坑杀他，以例核杀、弶杀、作穽杀、拨杀，无不尔也。

问：一切有命，不得故杀，杀者非佛弟子。何故今杀天龙鬼神仅结中罪。杀畜生仅结下罪。犹不失戒，不至堕落耶。

答：凡论失戒，须破根本四重。所谓杀人，盗五钱，邪淫，大妄语。此四重中，随犯一种，决非作法之所能忏。至如杀非人畜生等，性罪虽重，而于违无作罪犹为稍轻。今云中罪可悔，下罪可悔，乃是悔除违无作罪，免堕三途，非谓并除性罪也。杀一命者，必偿一命。故杀者固当故偿。误杀者亦须误偿。纵令不受戒者，亦必有罪。故大佛顶经云，如于中间杀彼身命，或食其肉，如是乃至经微尘劫，相食相诛。犹如转轮，互为高下，无有休息。佛制杀戒，良由于此受持不犯，便可永断轮回。设复偶犯，至心忏悔，永不复造，亦可免堕三途。故名中可悔，下可悔耳。设不念佛，求生净土，何由永脱酬偿之苦哉。

毗陀罗者。若优婆塞以二十九日，求全身死人，召鬼咒尸令起。水洗著衣，令手捉刀。若心念口说，我为某甲故，做此毗陀罗。即读咒术，若所欲害人，死者，犯不可悔。若前人入诸三昧，或天神所护，或大咒师所救解，不成害，犯中可悔。是名毗陀罗杀也。△半毗陀罗者。若优婆塞二十九日做铁车。做铁车已，做铁人召鬼，咒铁人令起。水洗著衣。令铁人手捉刀。若心念口说，我为某甲读是咒。若是人死者，犯不可悔罪。若前人入诸三昧。诸天神所护。若咒师所救解，不成死者，是中罪可悔。是名半毗陀罗杀。△断命者。二十九日牛屎涂地，以酒食著中。然火已，寻便著水中。若心念口说，读咒术言，如火水中灭。若火灭时，彼命随灭，又复二十九日牛屎涂地，酒食著中，画作所欲杀人像，作像已，寻还拨灭。心念口说，读咒术言。如此像灭，彼命亦灭。若像灭时，彼命随灭。又复二十九日牛屎涂地，酒食著中，以针刺衣角头，寻还拔出。心念口说，读咒术言。如此针出，彼命随出。是名断命。若用种种咒死者，犯不可悔罪。若不死者，是中罪可悔。

三种咒术断命，并名厌祷杀。皆毗陀罗之类也。

又复堕胎者。与有胎女人吐下药，及灌一切处药。若针血脉，乃至出眼泪药。作是念，以是因缘，令女人死。死者，犯不可悔罪。若不即死，后因是死，亦犯不可悔罪。若不即死，后不因死,是中罪可悔。△若为杀母故,堕胎。若母死者,犯不可悔。若胎死者,是罪可悔。(仍于母边得方便罪,不于胎边得罪。以无杀胎心故。)若俱死者,是罪不可悔。若俱不死者,是中罪可悔。△若为杀胎故,作堕胎法。若胎死者,犯不可悔。若胎不死者,是中罪可悔。若母死者,是中罪可悔。(仍于胎得方便罪也)俱死者,是犯不可悔。是名堕胎杀法。

按腹杀。使怀妊女人重作,或担重物,教使车前走。若令上峻岸,作是念,令女人死。死者,犯不可悔;若不即死,后因是死,是罪不可悔;若不因死者,是中罪可悔。△若为胎者,如上说,是名按腹杀也。

遣令道中死者。知是道中有恶兽饥饿,遣令往至恶道中,作如是念,令彼恶道中死。死者,犯不可悔。馀者亦犯,同如上说,是名恶道中杀。

乃至母胎中初得二根身根命根加罗逻时,以杀心起方便,欲令死。死者,犯不可悔。馀犯,同如上说。

加罗逻,或云歌罗逻,或云羯逻蓝。此翻凝滑,又翻杂秽。状如凝酥,乃胎中初七日位也。

赞叹杀,有三种。一者恶戒人。二者善戒人。三者老病人。△恶戒人者,杀牛羊、养鸡猪、放鹰捕鱼、猎师围兔、射麋鹿等,偷贼魁脍咒龙守狱。若到是人所,作如是言,汝等恶戒人,何以久作罪,不如早死。是人因死者,是罪不可悔。若不因死者,是中罪可悔。若恶人作如是言,我不用是人语。不因是死,犯中可悔罪。若赞叹是人令死,便心悔。作是念,何以教是人死。还到语言，汝等恶人，或以善知识因缘故，亲近善人，得听善法，能正思惟，得离恶罪，汝勿自杀。若是人受其语，不死者，是中罪可悔。△善戒人者，如来四众是也。若到诸善人所，如是言。汝持善戒，有福德人。若死，便受天福。何不自夺命。是人因是自杀。死者，犯不可悔罪。若不自杀者，中罪可悔。若善戒人作是念。我何以受他语自杀。若不死者，是罪可悔。若教他死，已心生悔。言我不是，何以教此善人死。还往语言，汝善戒人，随寿命住。福德益多故，受福益多，莫自夺命，若不因死者，是中罪可悔。△老病者四大增减，受诸苦恼。往语是人言，汝云何久忍是苦，何不自夺命。因死者，是罪不可悔。若不因死者，是中罪可悔。若病人作是念，我何缘，受是人语自夺命。若语病人，已心生悔。我不是，何以语此病人自杀。还往语言，汝等病人，或得良药，善看病人，随药饮食，病可得瘥，莫自夺命。若不因死者，是中罪可悔。

此三种赞叹杀，皆广标中所无。然并如文可知。

馀上七种杀。说犯与不犯，同如上火坑。

七种，指广标中核、弶、窜、拨，及推著水中、火中、坑中也。

若人，作人想杀，是罪不可悔。人，作非人想杀、人中生疑杀，皆犯不可悔。非人，人想杀，非人中生疑杀，是中罪可悔。

按他部，或但人想一句结重，或人想人疑二句结重。今三句皆结重也。以理酌之，只应二句结重耳。谓人，人想，不可悔。人，人疑，亦不可悔。馀四句，结可悔。谓人，作非人想，中可悔。非人作人想，中可悔。非人，非人疑，中可悔。非人，非人想，亦中可悔。

又一人被截手足置著城堑中。又众女人来入城中，闻是啼哭声,便往就观。共相谓言,若有能与是人药浆饮,使得时死,则不久受苦。中有愚直女人,便与药浆,即死。诸女言,汝犯戒不可悔。即白佛。佛言,汝与药浆时死者,犯戒不可悔。

此结集家引事明判罪法,而文太略。准馀律部。若作此议论时,便犯小可悔罪。若同心令彼觅药者,同犯不可悔罪。若知而不遮者,亦犯中可悔罪。

若居士作方便欲杀母,而杀非母,是中罪可悔。(仍于母边得方便罪,不于非母边得罪。以是误杀本无杀心故也。)△若居士欲杀非母,而自杀母,是犯中罪可悔,非逆。(亦于非母得方便罪,不于母边得杀罪也。)△若居士方便欲杀人,而杀非人,是中罪可悔。(但于人边得方便罪)△若居士作方便欲杀非人,而杀人者,犯小可悔罪。(但于非得人方便罪)

若人怀畜生胎,堕此胎者,犯小可悔罪。△若畜生怀人胎者,堕此胎死者,犯不可悔。

若居士作杀人方便,居士先死。后若有死者,是罪犯可悔。(当未死前,仅犯方便罪。当其死时,戒体随尽。故后有死者,彼则不犯破戒重罪也。)

若居士欲杀父母,心生疑,是父母非耶。若定知是父母。杀者,是逆罪,不可悔。(此亦须六句分别。父母。父母想,父母疑。二句,是逆。父母,非父母想……及非父母四句,皆犯不可悔,非逆。)△若居士生疑。是人非人。若心定知是人。杀者犯不可悔。(亦应六句分别。二不可悔,四可悔,如前所明。)

若人捉贼,欲将杀,贼得走去。若以官力,若聚落力,追逐是贼。若居士逆道来，追者问居士言，汝见贼不。是居士先于贼有恶心瞋恨，语言，我见在是处。以是因缘，令贼失命者，犯不可悔。△若人将众多贼欲杀，是贼得走去。若以官力，若聚落力，追逐。是居士逆道来。追者问居士言，汝见贼不。是贼中，或有一人是居士所瞋者，言我见在是处。若杀非所瞋者，是罪可悔。（仍于所瞋者得方便罪）馀如上说。（若杀所瞋者，是罪不可悔也。）

若居士，母想，杀非母，犯不可悔，非逆罪。（六句分别。二逆。四非逆。上已明，今重出耳。）

若戏笑打他，若死者，是罪可悔。（本无杀心故也，但犯戏笑打他之罪。）

若狂，不自忆念。杀者无罪。（见粪而捉，如栴檀无异。见火而捉，如金无异，乃名为狂。更有心乱，痛恼所缠，二病亦尔。）

若优婆塞用有虫水及草木中杀虫皆犯罪。若有虫，无虫想，用亦犯。若无虫，有虫想，用者亦犯。

此亦应六句分别。一、有虫，有虫想；二、有虫，有虫疑；（二句，结根本小可悔罪。）三、无虫，有虫想；四、无虫，无虫疑；（二句，结方便小可悔罪。）五、有虫，无虫想；六、无虫，无虫想。（二句，无犯。）今言有虫无虫想亦犯者，欲人谛审观察，不可辄尔。轻用水及草木故也。

有居士起新舍，在屋上住。手中失梁堕木师头上，即死。居士生疑，是罪为可悔不。问佛，佛言，无罪。（本无有杀心故）△屋上梁，人力少不禁故，梁堕木师头上，杀木师，居士即生疑。佛言，无罪。从今日作，好用心，勿令杀人。△又一居士屋上作。见泥中有蝎,怖畏跳下,堕木师上,即死。居士生疑,佛言,无罪。从今日好用心作,勿令杀人。△又一居士日暮入险道,值贼,贼欲取之。舍贼而走,堕岸下织衣人上,织师即死。居士生疑。佛言,无罪。△又一居士山上推石,石下,杀人,生疑。佛言,无罪。若欲推石时,当先唱石下,令人知。

又一人病痈疮,未熟。居士为破而死。即生疑。佛言,痈疮未熟。若破者,人死,是中罪可悔。(虽无杀心,而有致死之理。故犯罪也。)若破熟痈疮,死者,无罪。(痈疮既熟,理应破故。)△又一小儿喜笑。居士捉,击历令大笑故,便死。居士生疑。佛言,戏笑故,不犯杀罪。从今不应复击历人令笑。(不应,便是小可悔罪。)△又一人坐,以衣自覆。居士唤言,起。是人言,勿唤我,起便死。复唤言,起。起便即死。居士生疑,佛言,犯中罪可悔。(初唤,无罪。第二唤,犯中罪也。)

盗戒第二

佛告诸比丘,优婆塞以三种取他重物,犯不可悔。一者用心,二者用身,三者离本处。△用心者,发心思惟,欲为偷盗。△用身者,用身分等,取他物。△离本处者,随物在处举著馀处。

盗戒以六缘成不可悔。一、他物;二、他物想;三、盗心;四、兴方便取;五、直五钱;(西域一大钱,直此方十六小钱。五钱,则是八十小钱,律摄云五磨洒。每一磨洒,八十贝齿。则是四百贝齿。滇南用贝齿五个,准银一厘,亦是八分银子耳。)六、离本处。今云取他重物,即是他物、他物想、直五钱之三缘。用心,即是盗心。用身,即是兴方便取。离本处,即第六缘。六缘具足,失无作戒体也。

复有三种取人重物,犯不可悔罪。一者自取,二者教他取,三者遣使取。△自取者,自手举离本处。△教他取者,若优婆塞教人言盗他物,是人随意取,离本处时。△遣使者,语使人言,汝知彼重物处不,答言知处。遣往盗取,是人随语取,离本处时。

此三种取,皆辨所兴方便不同,同以六缘成重也。

复有五种取他重物,犯不可悔。一者苦切取,二者轻慢取,三者诈称他名字取,四者强夺取,五者受寄取。

此五种取,亦是方便不同,同以六缘成重也。

重物者,若五钱,若直五钱物,犯不可悔。

此正释五钱以上,皆名为重物也。不论何物,但使本处价直八分银子,取离处时,即犯不可悔罪。

若居士知他有五宝,若似五宝。以偷心选择,而未离处,犯可悔罪。(未具六缘,得方便罪。)若选择已,取离本处,直五钱者,犯不可悔。(已具六缘,便失戒体。不论受用与不受用。)

五宝,即五金。所谓金银铜铁锡也。似者像也。以金银等作诸器具,名为似宝。若未成器诸金银等,名为生宝。故云生像金银宝物。谓一者生金银宝物,二者像金银宝物也。或云七宝,准例可知。

离本处者。若织物异绳名异处;若皮若衣一色名一处,异色名异处。△若皮衣物,一色名一处,异色名异处。△若毛褥者,一重毛名一处,一色名一处,异色名异处。是名诸处。

且如毛褥。自物放一重上,他物放二重上。或自物放一色上,他物放异色上。今取他物,离彼二重,置一重中。离彼异色,置一色中。则令他人生失物想,故为离处。而具六缘更犯不可悔也。

居士为他担物,以盗心移左肩著右肩。移右手著左手。如是身分,名为异处。

左肩右肩等,例皆如是。若无盗心,则虽左右数移,岂有罪哉。

车则轮轴衡轭,△船则两舷前后,△屋则梁栋椽桷四隅及奥,皆名异处。以盗心移物著诸异处者,皆犯不可悔。

衡,辕前横木,所以驾马。轭,辕前横木,所以驾牛。舷,音弦,船之边也。负栋曰梁,屋脊曰栋。椽桷,音传角,皆屋椽也。

盗水中物者。人筏材木,随水流下。居士以盗心取者,犯不可悔。若以盗心捉木令住,后流至前际(即名离处),及以盗心沉著水底(亦名离处);若举离水时(亦名处离),皆犯不可悔。△复次有主池中养鸟,居士以盗心按著池水中者,犯可悔罪(未离彼处故);若举离池水,犯不可悔。(离彼处故)△若人家养鸟,飞入野池,以盗心举离水(是为离处),及沉著水底(亦名离处),皆犯不可悔。

又有居士内外庄严之具,在楼观上诸有主鸟衔此物去。以盗心夺此鸟者,犯不可悔(具六缘故)。若见鸟衔宝而飞,以盗心遥待之时,犯中可悔(方便罪也);若以咒力,令鸟随意所欲至处,犯不可悔(具六缘故);若至馀处,犯中可悔(亦方便罪)。△若有野鸟衔宝而去,居士以盗心夺野鸟取,犯中可悔(虽非有主物,从盗心结罪)。待野鸟时,犯小可悔。△又诸野鸟衔宝而去,诸有主鸟,夺野鸟取。居士以盗心夺有主鸟取,犯不可悔(具六缘故,从鸟主边得罪)。若待鸟时,犯中可悔(是方便罪)。馀如上说。△又诸有主鸟衔宝物去,为野鸟所夺(是无主也)。居士以盗心夺野鸟取,犯中可悔(亦从盗心结罪);若待鸟时,亦犯中可悔(准上,应小可悔,"中"字恐误,不则上亦应云中可悔也)。馀亦同上。

若居士蒲博,以盗心转齿胜他,得五钱者,犯不可悔。

博钱为戏,名摴蒲。双陆戏,名六博。赌博家所用马子及围棋子、象棋子、骰子之类,皆名为齿。转齿者,偷棋换著乃至用药骰子等也。准《优婆塞戒经》及《梵网经》,则蒲博等事亦犯轻垢。今但受五戒者,容可不犯。而转齿胜他,全是盗心,故犯重也。

若有居士以盗心偷舍利,犯中可悔(不可计价直故)。若以恭敬心而作是念,佛亦我师,清净心取者,无犯。△若居士以盗心取经卷,犯不可悔,计直轻重(所盗经卷若直五钱以上,则不可悔。若减五钱,中可悔也)。

夫盗田者,有二因缘夺他田地。一者相言(即告状讼于官府也)。二者作相(即立标示界限相也)。若居士为地故,言他得胜。若作异相过分得地,直五钱者,犯不可悔。

有诸居士应输贾税而不输,至五钱者,犯不可悔。△复有居士至关税处,语诸居士,汝为我过此物,与汝半税。为持过者,违税五钱,犯不可悔。△居士若示人异道,使令失税。物直五钱,犯中可悔。若税处有贼及恶兽或饥饿,故示异道,令免斯害,不犯。

又有居士与贼共谋,破诸村落,得物共分。直五钱者,犯不可悔。

盗无足众生者,蛭虫(水虫也。蛭,音质)于投罗虫等,(未见翻译）人取举著器中，居士从器中取者，犯不可悔。选择如上。

盗二足三足众生者，人及鹅雁鹦鹉鸟等。是诸鸟在笼樊中，若盗心取者，犯不可悔。馀如上说。△盗人有二种。一者担去，二者共期。若居士以盗心担人著肩上，人两足离地，犯不可悔。若共期，行过二双步，犯不可悔。馀皆如上说。

盗四足者，象马牛羊也，人以绳系著一处，以盗心牵将过四双步，犯不可悔。△若在一处卧，以盗心驱起，过四双步，犯不可悔。△多足亦同。△若在墙壁篱障内，以盗心驱出，过群四双步者，犯不可悔。馀如上说。△若在外放之，居士以盗心念。若放牧人入林去时，我当盗取。发念之机，犯中可悔。△若杀者，自同杀罪。杀已，取五钱肉，犯不可悔。

复有七种。一非己想，二不同意，三不暂用，四知有主，五不狂，六不心乱，七不病坏心。此七者，取重物，犯不可悔。取轻物（四钱以下），犯中可悔。△又有七种。一者己想（谓是己物），二者同意（素相亲厚，闻我用时，其心欢喜），三者暂用（不久即还本主），四者谓无主（不知此物有人摄属），五狂，六心乱，七病坏心。此七者，取物无犯。

有一居士种植萝卜，又有一人来至园所。语居士言，与我萝卜。居士问言，汝有价耶，为当直索。答言，我无价也。居士曰，若须萝卜，当持价来。我若但与汝者，何以供朝夕之膳耶。客言，汝定不与我耶。主曰，吾岂得与汝。客便以咒术令菜干枯。回自生疑。将无犯不可悔耶，往决如来。佛言，计直，所犯可悔不可悔，茎叶华实，皆与根同。

有一人在祇洹间耕垦，脱衣著田一面。时有居士四望无人，便持衣去。时耕者遥见，语居士言，勿取我衣。居士不闻，犹谓无主。故持衣去。耕人即随后捉之，语居士言，汝法应不与取耶。居士答言，我谓无主，故取之耳，岂法宜然。耕人言，此是我衣。居士言曰，是汝衣者便可持去。居士生疑，我将无犯不可悔耶。即往佛所咨质此事。佛知故问，汝以何心取之。居士白言。谓言无主。佛言，无犯。自今而后，取物者善加筹量。或自有物。虽无人守，而实有主者也。

若发心欲偷未取者，犯下可悔。取而不满五钱者，犯中可悔。取而满五钱，犯不可悔。

欲偷未取，下可悔。远方便也。取而未离处，中可悔，近方便也。文缺略。不满五钱，中可悔，未失戒也。满五钱，不可悔。已失戒也。失戒须取相忏。例如杀戒中说。所有世间性罪，偿足自停，较杀业稍轻耳。

淫戒第三

佛告诸比丘，优婆塞不应生欲想欲觉，尚不应生心，何况起欲恚痴，结缚根本不净恶业。

于欲境界安立名言，名为欲想。于欲境界忽起寻求，名为欲觉。由欲不遂。而起于恚。欲之与恚，同依于痴。三毒既具，则为一切结缚根本。违清净行，能招此世他世苦报，故名不净恶业也。

是中犯邪淫有四处：男、女、黄门、二根。女者，人女，非人女，畜生女。男者，人男，非人男，畜生男。黄门、二根，亦同于上类。

若优婆塞与人女、非人女、畜生女三处行邪淫，犯不可悔。△若人男、非人男、畜生男黄门二根，二处行淫，犯不可悔。

若发心欲行淫未和合者，犯下可悔。(远方便也)若二身和合，止不淫，犯中可悔。(近方便也)

淫戒以三缘成不可悔。一淫心，谓如饥得食如渴得饮。不同热铁入身，臭尸系颈等。二是道，谓下文所明三处。三事遂，谓入如胡麻许，即失戒也。

若优婆塞，婢使已配嫁有主于中行邪淫者，犯不可悔。馀轻犯，如上说。三处者，口处、大便、小便处。除是三处，馀处行欲，皆可悔。△若优婆塞婢使未配嫁，于中非道行淫者，犯可悔罪。后生受报罪重。

婢使未配嫁，则未有他主。若欲摄受。便应如法以礼定名，为妾为妻，皆无不可。若非道行淫，坏其节操，致使此女丧德失贞。故虽不失戒体而后报罪重。所谓损阴德者幽冥所深恶也。

若优婆塞，有男子僮使人等，共彼行淫二处，犯不可悔罪。馀轻犯罪，同上说。

若优婆塞，共淫女行淫，不与直者，犯邪淫不可悔。与直，无犯。

若人死乃至畜生死者，身根未坏，共彼行邪淫，女者三处，犯不可悔。轻犯，同上说。

若优婆塞，自受八支。(谓一日一夜八关戒斋)行淫者。犯不可悔。八支无复邪正。一切皆犯。

若优婆塞，虽都不受戒，犯佛弟子净戒人者。虽无犯戒之罪，然后永不得受五戒，乃至出家受具足。

佛弟子净戒人谓比丘比丘尼、式叉摩那、沙弥沙弥尼、优婆塞优婆夷也。乃至己妻受八支戒日，亦不得犯。犯者，同名破他梵行。

问：犯他净行，固名重难。设有反被受戒人所诱者，是遮难否。或不知误犯，后乃悔恨，诚心发露，许受五戒及出家否？

答：若知彼已受戒，便不应妄从其诱。然既被诱，罪必稍减。不知误犯，理亦应然。但忏悔之方，决非轻易。应须请问威德重望深明律学者，乃能灭此罪耳。

佛告诸比丘，吾有二身。生身，戒身。若善男子，为吾生身起七宝塔，至于梵天，若人污之，其罪尚有可悔。污吾戒身，其罪无量，受罪如伊罗龙王。

此结示净戒不可污犯也。戒身，即法身。佛以戒定慧解脱解脱知见为法身故。以此戒法，师师相授，即是如来法身常住不灭。若或自破梵行，或复破他梵行，则是破坏如来法身。故较破坏生身舍利塔罪为尤重也。伊罗龙王，具云伊罗跋罗，亦云伊罗钵。伊罗，树名，此云臭气。跋罗，此云极。谓此龙王昔为迦叶佛时比丘，不过以瞋恚心。故犯折草木戒，不知忏悔。遂致头上生此臭树，苦毒无量。况杀盗淫妄根本重戒而可犯乎。然杀盗二戒，稍有慈心廉退者，犹未肯犯。独此淫戒，人最易犯。故偏于此而结示也。然犯戒之罪既有重于坏塔，则持戒之福不尤重于起塔耶。幸佛弟子思之。

妄语戒第四

佛告诸比丘，吾以种种诃妄语，赞叹不妄语者，乃至戏笑尚不应妄语，何况故妄语。

是中犯者，若优婆塞不知不见过人圣法，自言我是罗汉（断三界烦恼尽）向罗汉者（断无色界思惑将尽），犯不可悔。若言我是阿那含（断欲界烦恼尽）、斯陀含（断欲界六品惑）、若须陀洹（断见惑尽），乃至向须陀洹（世第一后心，具足八忍，智少一分）。若得初禅（离生喜乐，五支功德相应）、第二禅（定生喜乐，四支功德相应）、第三禅（离喜妙乐，五支功德相应）、第四禅（舍念清净，四支功德相应）。若得慈悲喜舍无量心。若得（四）无色定，（所谓）虚空定，识处定，无所有处定，非想非非想处定。若得不净观，阿那般那念（此云遣来遣去，即入息出息也。此二观乃佛法二甘露门。但应修习，不应云得）。诸天来到我所，诸龙、夜叉（捷疾鬼）、薜荔（亦云闭丽多，此翻祖父鬼）、毗舍阇（啖精气鬼）、鸠盘茶（瓮形厌魅鬼）、罗刹（可畏鬼）来到我所。彼问我，我答彼。我问彼，彼答我。皆犯不可悔。

此大妄语，以五缘成不可悔。一、所向人；二、是人想；三、有欺诳心；四、说重具，即罗汉乃至罗刹来到我所等；五、前人领解。若向聋人、痴人、不解语人说，及向非人畜生等说，并属中可悔罪也。

若本欲言罗汉。误言阿那含者，犯中可悔。馀亦如是犯（未遂本心故也）。△若优婆塞，人问言，汝得道耶。若默然，若以相示者,皆犯中可悔(未了了故)。

乃至言旋风土鬼来至我所者,犯中可悔。(准《十诵律》。未得外凡别总相念,妄言已得。戒未清净,妄言持戒清净。未曾读诵经典。妄言读诵等。并犯中可悔罪。)

若优婆塞,实闻而言不闻,实见而言不见。疑有而言无,无而言有。如是等妄语皆犯可悔(更有两舌、恶口、绮语,并皆犯罪,但不失戒。故云可悔。非谓无性罪也)。

若发心欲妄语,未言者,犯下可悔(远方便也)。言而不尽意者,犯中可悔(或误说,或说不了了,仅名近方便罪也)。若向人自言得道者,便犯不可悔。

若狂,若心乱,不觉语者,无犯。

酒戒第五

佛在支提国跋陀罗婆提邑(未见翻译),是处有恶龙,名庵婆罗提陀(未见翻译)。凶暴恶害,无人得到其处。象马牛羊驴骡骆驼,无能近者。乃至诸鸟,不得过上。秋谷熟时,破灭诸谷。长老莎伽陀(或云槃陀伽,或云般陀。此翻小路边生,又翻继道。往昔悭法,又喜饮酒,今生愚钝,一百日中不诵一偈。佛令调息,证阿罗汉),游行支提国,渐到跋陀罗婆提。过是夜已,晨朝著衣持钵,入村乞食。乞食时,闻此邑有恶龙,名庵婆罗提陀,凶暴恶害,人民鸟兽,不得到其住处。秋谷熟时,破灭诸谷。闻已。乞食讫。到庵婆罗提陀龙住处。泉边树下,敷坐具大坐。龙闻衣气,即发瞋恚,从身出烟。长老莎伽陀,即入三昧,以神通力,身亦出烟。龙倍瞋恚,身上出火。莎伽陀复入火光三昧,身亦出火。龙复雨雹,莎伽陀即变雨雹,作释俱饼、髓饼、波波罗饼。龙复放霹雳,莎伽陀即变作种种欢喜丸饼。龙复雨弓箭刀矟。莎伽陀即变作优钵罗花(此云青莲)、波头摩花(此云红莲)、拘牟陀花(此云黄莲)。时龙复雨毒蛇、蜈蚣、土虺蚰蜒,莎伽陀即变作优钵罗华缨络、瞻卜华缨络、婆师华缨络、阿提目多伽华缨络(瞻卜此云黄华。婆师此云夏生华,又翻雨华,雨时方生。阿提目多伽旧云善思夷华,或翻龙甜华)。如是等龙所有势力,尽现向莎伽陀。如是现德已,不能胜故,即失威力光明。长老莎伽陀,知龙势力已尽,不能复动,即变作细身,从龙两耳入,从两眼出。两眼出已,从鼻入,从口中出。在龙头上,往来经行,不伤龙身。尔时龙见如是事,心即大惊,怖畏毛竖。合掌向长老莎伽陀言,我归依汝。莎伽陀答言,汝莫归依我。当归依我师,归依佛。龙言,我从今归三宝,知我尽形作佛优婆塞。是龙受三自归,作佛弟子已,更不复做如先凶恶事。诸人及鸟兽,皆得到其所。秋谷熟时,不复伤破。如是名声,流布诸国。长老莎伽陀,能降恶龙,折伏令善。诸人及鸟兽,得到龙宫。秋谷熟时,不复破伤。因长老莎伽陀名声流布。诸人皆作食传请之。是中有一贫女人。信敬请长老莎伽陀,莎伽陀默然受已。是女人为办名酥乳糜,受而食之。女人思惟,是沙门噉是名酥乳糜,或当冷发。便取似水色酒,持与。是莎伽陀,不看饮。饮已,为说法,便去。过向寺中,尔时间酒势便发。近寺门边,倒地。僧伽黎衣等,漉水囊钵杖油囊革屣针筒,各在一处，身在一处，醉无所觉。尔时佛与阿难（此云欢喜，佛之堂弟。佛成道时生，为佛侍者。又翻庆喜，又翻无染），游行到是处。佛见是比丘，知而故问，阿难，此是何人。答言，世尊，此是长老莎伽陀。佛即语阿难，是处为我敷坐床，办水，集僧。阿难受教，即敷坐床。办水，集僧已，往白佛言，世尊，我已敷床，办水，集僧。佛自知时，佛即洗足坐。问诸比丘。曾见闻有龙，名庵婆罗提陀，凶暴恶害。先无有人到其住处。象马牛羊驴骡骆驼，无能到者。乃至诸鸟，无敢过上。秋谷熟时，破灭诸谷。善男子莎伽陀，能折伏令善。今诸人及鸟兽，得到泉上。是时众中，有见者言见，世尊，闻者言闻，世尊。佛语比丘，于汝意云何，此善男子莎伽陀，今能折伏虾蟆不。答言，不能，世尊佛言。圣人饮酒，尚如是失，何况俗凡夫。如是过罪，若过是罪，皆由饮酒故。从今日，若言我是佛弟子者，不得饮酒。乃至小草头一滴，亦不得饮。

佛种种诃责饮酒过失已，告诸比丘，优婆塞不得饮酒者，有二种：谷酒、木酒。（谷酒可知）木酒者，或用根茎叶华果，用种种子，诸药草杂作酒。酒色、酒香、酒味，饮能醉人，是名为酒。若优婆塞尝咽者，亦名为饮犯罪。若饮谷酒，咽咽犯罪。若饮酢（同"醋"）酒，随咽咽犯。若饮甜酒，随咽咽犯。若啖麹能醉者，随咽咽犯。若啖滴糟（见"补释"倒数第二条），随咽咽犯。若饮酒淀，随咽咽犯。若饮似酒酒色、酒香、酒味，能令人醉者，随咽咽犯。

若但作酒色，无酒香，无酒味，不能醉人及馀，饮皆不犯。

酢，谓味酸也。但是饮之能醉，不论味酸味甜，皆悉犯罪。麴（酿酒用的曲）者，作酒之药。滴糟者，即今烧酒。酒淀者，淀（音殿）酒之滓垽（音印）。似酒者，果浆等变熟之后，亦能醉人。此酒戒但是遮罪，为防过故，与前四根本戒同制。三缘成犯。一是酒，谓饮之醉人；二酒想，谓知是酒，或酒和合；三入口咽咽，结可悔罪也。若食中不知有酒，或酒煮物，已失酒性，不能醉人者，并皆无犯。

佛说优婆塞五戒相经笺要竟

补释

补释经义，分别三章。一引律释文，二立表辨相，三别录旁义。初引律者，凡经文脱略，译言未融。支举其要，引大律文以为补释。使昭然易喻，寻览无惑。二立表者，犯相境想开缘。经文笺要并有阙略。后学迟疑，莫知所拟。故缀集增补，列为图表。初心之侣，傥有微益。三别录者，或引前识，或率私臆，略补其遗，趣使易了，岂曰能尽，持犯之概，差见可耳。

第一章 引律释文

第五页第六行文云。无烟火坑杀他，核杀，作窂杀。大律作忧多杀，头多杀，作罗杀。

同第十三行，文云，若口说，大律作若心念，若口说。

第六页第七行已下。大律委辨头多杀乃至拨杀。律文甚繁，今录其概。头多杀者，有二种。一者地。二者木。地头多者，若作坑埋人脚踝等，令象等蹴踏。木头多者，穿木作孔，若桁人脚杻手枷颈，令象等蹴踏。弶杀者，知是人从此道来，于中依树等施弶。罗杀者施罗，拨杀者施机拨，亦如是。

第九页第一行。文云，乃至母胎中初得二根，身根命根加罗逻时。大律作乃至胎中初得二根者，谓身根命根迦罗罗时。

第十页第四行。文云，自夺命。已下，准大律，应有不因死者，中罪可悔句。

同第六行。文云，随药饮食。大律作随病饮食。

第十三页第二行。文云，在屋上住。大律住作作。

第十四页第三行。文云，用身分等，取他物。大律作若手若脚若头，若馀身分，取他人物。

同第十三行。文云，是人随意取。大律作是人随语，即偷夺取。

第十五页第三行已下。大律分别为地处，上处，虚空处，乘处，车处，船处，水处田地僧坊处，身上处，关税处，共期处，无足处，二足处，四足处，多足处。此节属地处。大律云，如人有五宝，若似五宝在地。

同第十行。此节并下文，屋则梁栋橡桷四隅及隩句，属上处。文多脱略，未易了解。大律云，上处者。若细陛绳床，粗陛绳床，蓐等，被等，树上处，屋上处，悉名为上处。细陛绳床处者，谓脚处足处乃至上头处。若以绳织，异绳名异处，若皮若衣覆，一色名一处，异色名异处。如是诸处，有五宝，若似五宝，以偷夺心取，若选择时，罪悉如上说。粗陛绳床处者，若一板名一处。

若皮若绳若衣覆，异绳名异处。馀如上说。𧄍者，一种毛。一种名一处。表处裹处，一色名一处，异色名异处。是诸处有五宝，若似五宝等。广如上说。乃至屋上处者，谓门间处向处及梁椽处等，一桄名一处。是诸处有五宝，若似五宝等。广如上说。

同第十八行。文云，居士为他担物等，属身上处。大律云，身上诸处，谓脚处乃至头处。以偷夺心取是衣囊，从此处移著彼处者，犯重。

第十六页第二行。文云，车则轮轴衡轭句，属车处。大律云，车处者，犊车等数种。犊车处者，谓辐辋辕毂箱处，栏楯处。是诸处有五宝，若似五宝等，广如上说。

同文云，船则两舷前后句，属船处。大律云，船处者，单槽船等数种。单槽船处者，两舷处两头处等。是诸处有五宝，若似五宝等。广如上说。

同第八行。此节属水处。

同第十一行。文云，按著池水中者。大律作若沈著水底。与次段文同，而结罪异。阙疑。

同第十五行。此节属虚空处。

第十七页第五行。文云，若待鸟时，亦犯中可悔。注云，准上应小可悔。中字，恐误。今检大律云，以偷夺心夺野鸟取，偷兰遮。若待鸟时，突吉罗，准是律义，此文中可悔，应是小可悔。

同第十七行。此节属田处。

同第二十行。此节关税处。

第十八页第一行，文多脱略。大律云，若估客语与过是物。与过者，是税物直五钱，犯不可悔（因随教盗者，亦同犯故）。若估客到关逻语与过是物，税直当与半。与过者，亦尔。若云税直尽与汝者，亦尔。又云，若估客到关，示异道令过，断官税物。是税物直五钱，犯不可悔。若估客未到关，示异道令过，断官税物。是税物直五钱，犯中可悔。

同第五行。此节属共期处。

同第七行。此节属无足处。文云，蛭虫于投罗虫等。大律作（螔）虫千头罗虫。

同第九行。此节属二足处。

同第十二行。文云，人两足离地，大律作过二踔。同文云。二双步。丽藏本及一切经音义皆作二叟步。大律作二踔。

同第十四行。此节属四足处，并多足处。

第二十页第十行。文云，不应生欲想欲觉。律论释云，欲想者，身口不动，但心想女人。欲觉者，心即瞢醉，身体瞪瞢。

第二十七页第十五行。文云，滴糟丽藏本作酒糟。大律亦尔。

同第十六行。文云，似酒酒色。丽藏本似字下无酒字。大律亦尔。

第二章 立表辨相

辨相中。初列犯相，次标境想，三明开缘。今初。

罪分上中下三品。杀盗淫妄四戒，皆具三品。饮酒一戒，唯有中下二品，故先后别列。

159

◆ 万事都从缺陷好

一 杀	二 盗	三 邪淫	四 妄语
犯逆罪）杀人命断（若杀生身父母、阿罗汉、圣人，即	取他物直五钱（盗他物价值超过五钱的）	二处）入道（女有三处，男有	向人说证果乃至罗刹来到我所等彼领解

上品不可悔根本罪

一 杀	二 盗	三 邪淫	四 妄语
罪）是死者，仍犯不可悔杀人不死（若后因	取而未离处	二身和合止而不淫	解。说。向聋痴不解语者不了了。前人未了误说而未遂本心。说

中品可悔近方便罪

杀发心欲杀人而未	发心欲盗而未取	发心欲淫而未淫	发心欲妄语而未言

下品可悔远方便罪

160

《佛说优婆塞五戒相经》笺要

	一杀	二盗	三邪淫	四妄语
	杀天龙鬼神（杀不死，下品可悔方便罪）	取他物，直不满五钱。入馀处（非道）	解语畜生说证果等。向天龙鬼神说，或向彼领解。（旋风土鬼，次于罗刹土鬼来至我所。（旋等。故为等流。）	罪。）了了者犯下品可悔方便口、绮语等。（若言不小妄语。又，两舌、恶
	中品可悔等流罪			
	杀畜生（杀蝇蚁蚊虫等，及用有虫水者，亦尔）	取他物，直三钱已下。	发心欲淫而未淫	向不解语畜生说证果等
	下品可悔等流罪			

五饮酒	五饮酒	五饮酒
凡作酒色、酒香、酒味，饮之能醉人者。（或阙一阙二）	欲饮而未咽	凡作酒色、酒香、酒味，饮之不能醉人者。（但体是酒）
中品可悔根本罪	下品可悔方便罪	下品可悔等流罪

◆ 万事都从缺陷好

次标境想

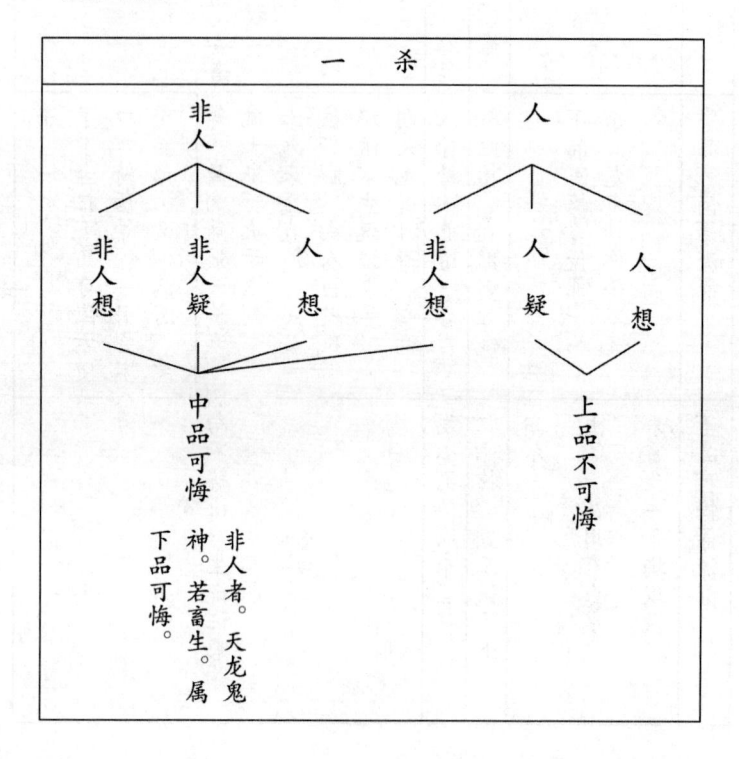

```
┌─────────────────────────────────────┐
│              一  杀                  │
│                                     │
│        非人              人          │
│      ┌──┼──┐         ┌──┼──┐       │
│     非  非  人        非  人  人     │
│     人  人  想        人  疑  想     │
│     想  疑            想            │
│      └──┬──┘            └──┬──┘     │
│         │                  │        │
│       中品可悔           上品不可悔   │
│       下品可悔                      │
│                                     │
│   非人者。天龙鬼神。若畜生。属         │
└─────────────────────────────────────┘
```

162

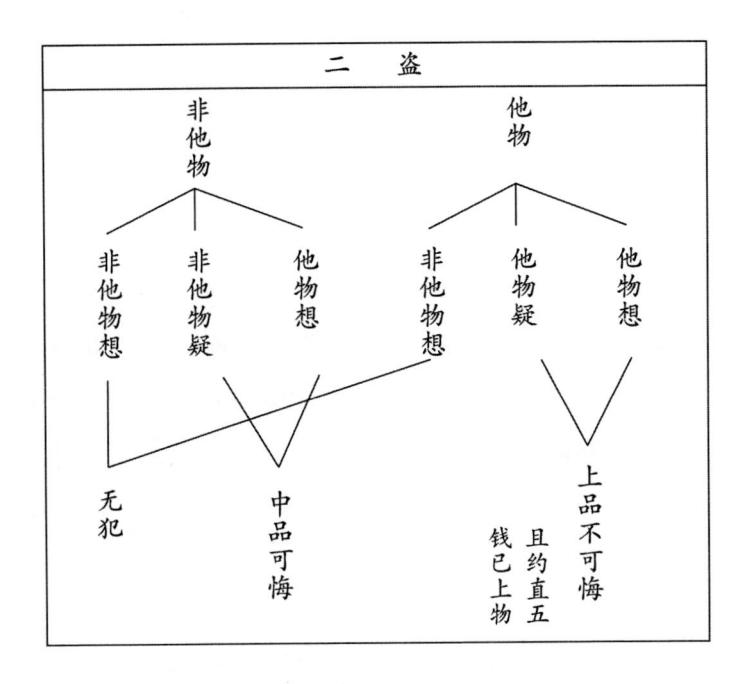

《佛说优婆塞五戒相经》笺要

二 盗

```
                    非他物                           他物
          ┌───────────┼───────────┐         ┌────────┼────────┐
        非他物      非他物       他物       非他物    他物     他物
         想          疑          想          想       疑       想
                                                      │
         │           │           │           │        │        │
        无犯       中品可悔              上品不可悔           上品不可悔
                                                  且约直五
                                                  钱已上物
```

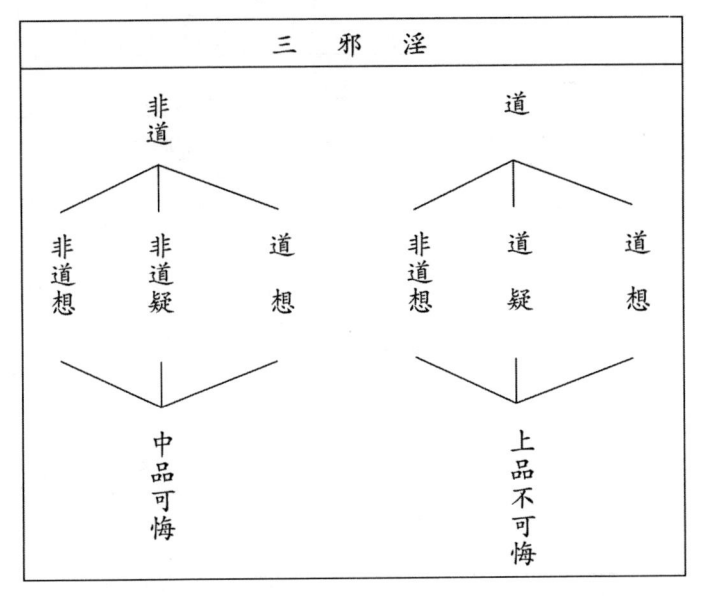

三 邪淫

```
              非道                              道
      ┌────────┼────────┐              ┌───────┼───────┐
    非道      非道      道              非道    道      道
    想        疑        想              想      疑      想
      │        │        │                │      │      │
         中品可悔                           上品不可悔
```

163

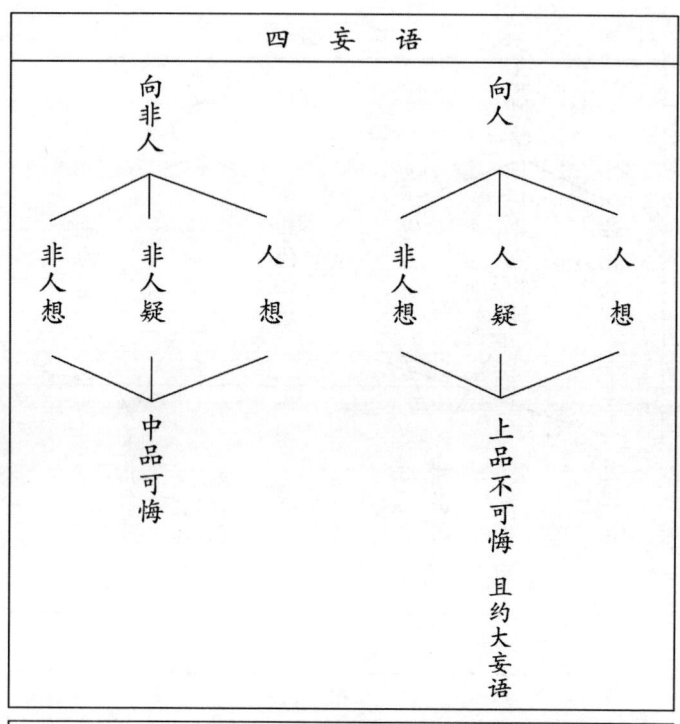

◆ 万事都从缺陷好

四 妄 语

向非人
- 非人想
- 非人疑 — 中品可悔
- 人想

向人
- 非人想
- 人疑 — 上品不可悔 且约大妄语
- 人想

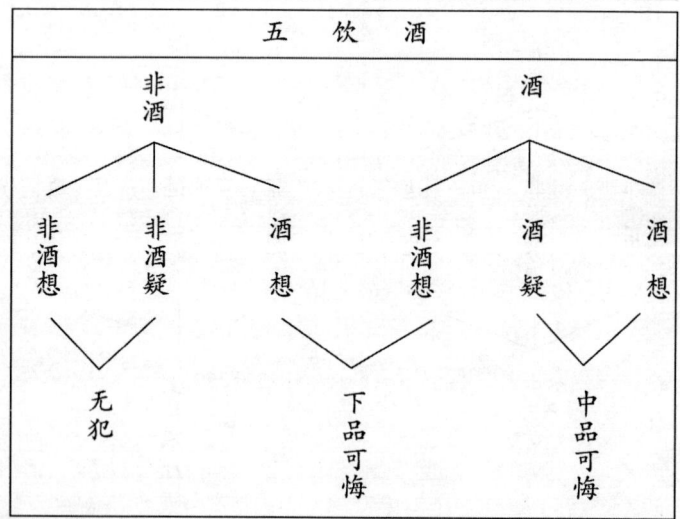

五 饮 酒

非酒
- 非酒想
- 非酒疑 — 无犯
- 酒想 — 下品可悔

酒
- 非酒想
- 酒疑 — 中品可悔
- 酒想

三明开缘

一 杀
狂乱心（见粪而捉，如栴檀无异；见火而捉，如金无异，乃名为狂）
无杀心而误致死（如经中广说）
无犯

二 盗
狂乱坏心
谓无主（亦云粪扫想。不知此物有人摄属）
暂用（不久即还本主）
同意（亦云亲厚想。素相亲厚，闻我用时，其心欢喜）
己想（谓是己物）
与想（谓彼已与己）
无犯

◆ 万事都从缺陷好

三邪淫		
狂乱坏心	熟睡不觉知	惟苦无乐。为怨家所执,如热铁入身等,
		无犯

四妄语		
狂乱坏心	戏笑说等	说证果等
	误说(欲说他事,而误证。)	向人说证果等法,不言自证。
		无犯

　　唐南山律师云,戏笑说等,虽不犯重,而犯轻罪。以非言说之仪轨故也。

《菩萨戒本》云，又如菩萨为多有情解脱命难、囹圄缚难、刖手足难、劓鼻刵耳剜眼等难。虽诸菩萨为自命难，亦不正知说于妄语。然为救脱彼有情故，知而思择，故说妄语。以要言之，菩萨唯观有情义利非无义利。自无染心。惟为饶益诸有情故，覆想正知而说异说。说是语时，于菩萨戒无所违犯，生多功德（**文**）。小乘律中，虽无此文，若为解脱命难等，亦宜准是开听。

五饮酒
狂乱坏心
以酒涂疮
以酒为药。病时，馀药治不瘥，
性，不能醉人。或酒煮物，已失酒
食中不知有酒而误饮
无犯

宋灵芝律师云，馀药不治，酒为药者，非谓有病即得饮也。须遍以馀药治之，不瘥方始服之。

第三章　别录旁义

若已受五戒而毁犯者，皆结突吉罗（*新译作突色讫里多*）罪。分其轻重，为上中下三品。突吉罗，此云恶作。《佛说犯戒罪轻重经》云，若无惭愧，轻慢佛语，犯是者，如四天王寿五百岁堕泥犁中,于人间数九百千岁。《涅槃经》云,若言如来说突吉罗如上岁数入地狱者,并是如来方便怖人。如是说者,当知决定是魔经律,非佛所说。

第三页第四行。释云,杀戒以五缘成不可悔等,是谓具支成犯。以诸戒结罪,皆须具足支缘方成犯事。若尽具者,即成上品不可悔罪;若阙一二者,是中下品可悔罪。

见他人杀而欢喜者,亦犯下品可悔罪。若见他杀,有力应救,设力不能救者,应起慈心念佛持咒,祝令解冤释结,永断恶缘。

五戒之中,小乘与大乘异者,惟是杀戒颇多差别。大乘杀畜生者,天台义疏结罪虽有二途,而灵峰《毗尼事义集要》唯用其一。谓大士杀傍生,亦犯重罪。因受菩萨戒者,必已发菩提心,自应了知众生同有佛性,慈悲爱愍如子如身,岂可轻视傍生,横加杀害?故单用结重一途也。今人唯受五戒,虽不结重,应生慈心,善行救护。

若借人物,久而不还,回为己有者,即得盗罪。

律载盗罪最繁,多至数卷,可见是戒护持非易。(今人付邮政局寄信时,以纸币加入信内;寄印刷物时,以信加入印刷物内,悉犯盗税罪。)

第二十一页第十七行。文云,共淫女行淫,与直,无犯。应是不犯上品不可悔罪,然戕身败德,宁谓无过。思之。

若己之妻妾有娠时,乳儿时,及非淫根处而交遘者,亦名邪淫。如《智论》广说。(准义应是可悔罪)

律论云,若长老闻此不净行,慎勿惊怪,何以故?如来怜愍我辈，为结戒故，说此恶言。若不说者，云何得知罪之重轻？若法师为人讲，听者慎勿露齿笑。若有笑者，驱出，何以故？佛怜愍众生，金口所说，汝等应生惭愧心而听，何以笑？

妄语戒正制大妄语，兼制小妄语。小妄语者，如经云，实闻而言不闻等，应犯中品可悔罪。

又，两舌、恶口、绮语，亦并犯中品可悔罪。两舌者，向此说彼，向彼说此，构起是非，乖离亲友；恶口者，骂詈咒诅，令他不堪；绮语者，无义无利，世俗浮辞，增长放逸，忘失正念。

口说出家、在家菩萨，比丘、比丘尼罪过。《梵网经》及《优婆塞戒经》悉结重罪。不论说者实不，并犯。今五戒中，虽不结重，弥须慎护，心生大惧。

若为利养故，种种赞叹他戒、定、慧、解脱、解脱知见成就，而密以自美；若为利养故，坐起行立、言语安详，以此现得道相，欲令人知，悉犯中品可悔方便罪。

若教他人饮酒者，咽咽二俱结罪，咽咽结罪者，随一咽结一罪，多咽结多罪。

宋灵芝律师云，此方多有糟藏之物，气味全在，犹能醉人。世多贪啖，最难节约。想西竺本无，故教所不制，准前糟麹足为明例。有道高士幸宜从急。

◆ 万事都从缺陷好

弘律愿文

  如是戒品,我今誓愿受持、修学,尽未来际,不复舍离。以此功德,愿我及众生,无始已来所作众罪,尽得消灭。若一切众生所有定业,当受报者,我皆代受。遍微尘国,历诸恶道,经微尘劫,备尝众苦,欢喜忍受,终无厌悔;令彼众生先成佛道。我所发愿,真实不虚,伏惟三宝证知者。

  演音自撰发愿句三种,行住坐卧,常常忆念,我所修持一切功德,悉以回施法界众生;众生所造无量恶业,愿我一身代受众苦。

    誓舍身命,护持三世一切佛法!
    誓舍身命,救度法界一切众生!
    愿代法界一切众生,备受众苦!
    愿护南山四分律宗弘传世间!

南山律苑住众学律发愿文

中华民国二十二年,岁次癸酉五月二十六日。即旧历五月初三日。恭值灵峰蕅益大师圣诞。学律弟子等,敬于诸佛菩萨祖师之前,同发四弘誓愿已;并别发四愿:一愿学律弟子等,生生世世,永为善友,互相提携,常不舍离。同学毗尼,同宣大法,绍隆僧种,普利众生;一愿弟子等学律及以弘法之时,身心安宁,无诸魔障,境缘顺遂,资生充足;一愿当来建立南山律院,普集多众,广为弘传。不为名闻,不求利养;一愿发大菩提心,护持佛法。誓尽心力,宣扬七百馀年湮没不传之南山律教,流布世间。冀正法再兴,佛日重耀;并愿以此发宏誓愿,及以别发四愿功德、乃至当来学律一切功德,悉以回向法界众生;惟愿诸众生等,共发大心,速消业障,往生极乐,早证菩提!伏乞十方一切诸佛

◆ 万事都从缺陷好

本师释迦牟尼佛

极乐世界阿弥陀佛

观世音菩萨摩诃萨

地藏菩萨摩诃萨

南山道宣律师

灵芝元照律师

灵峰蕅益大师，慈念哀愍，证明摄受！

学律弟子演音弘一　性常宗凝

照融广洽　传净了识

传正心灿　广演本妙

寂声谁具　寂明瑞曦

寂德瑞澄　腾观妙慧

寂护瑞卫　广信平愿

学南山律誓愿文

本师释迦牟尼如来般涅槃日，弟子演音，敬于佛前发弘誓愿，愿从今日，尽未来际，誓舍身命：

愿护弘扬，南山律宗。愿以今生，尽此形寿，悉心竭诚，熟读穷研，南山《钞》《疏》，及《灵芝记》。精进不退，誓求贯通。编述《表记》，流传后代。冀以上报三宝深恩，下利华日僧众。弟子所修，一切功德，悉以回向，法界众生，同生极乐莲邦，速证无上正觉。

时维辛未（1931年）2月15日

04 誓做地藏真子

◆ 万事都从缺陷好

地藏菩萨之灵感

地藏菩萨广大灵感,为诸大菩萨中第一。其灵感之益,见于各经中者,甚多。今且举《地藏菩萨本愿经》中"二十八种利益"略讲之。

佛言:若未来世,有善男子、善女人,见地藏形像,及闻此经,乃至读诵,香华、饮食、衣服、珍宝布施供养,赞叹瞻礼,得二十八种利益。

一者天龙护念。(以前为恶鬼神等随逐。今则不然。)二者善果日增。(恶鬼神随逐,则起恶心,行恶事,令恶果日增。今则不然。)三者集圣上因。(若行善而不发愿回向,仅成人天之因。今则不然。)四者菩提不退。五者衣食丰足。六者疾疫不临。七者离水火灾。八者无盗贼厄。九者人见钦敬。十者神鬼助持。十一者女转男身。十二者为王臣女。十三者端正相好。十四者多生天上。十五者或为帝王。十六者宿智命通。十七者有求皆从。十八者眷属欢乐。十九者诸横消灭。二十者业道永除。二十一者去处尽通。二十二者夜梦安乐。二十三者先亡离苦。二十四者宿福受生。(未发愿求生西方者，如前所说，生天上，为帝王，为王臣女等。今则不然。)二十五者诸圣赞叹。二十六者聪明利根。二十七者饶慈愍心。二十八者毕竟成佛。

以上所举者，仅二十八种利益。据实言之，所得利益无量无边。二十八种，为其利益最大，且为常人所最易了解者。且举此，令人生信仰心耳。

又须知如是种种利益，皆真实不虚。其有虽礼敬供养地藏菩萨，而未能获得如是利益者，皆因诚心未至也。倘能一心至诚礼敬供养，决定能获如是利益。

二十八种中，第八为"无盗贼厄"。余于数年前，曾亲历之。今愿为诸仁者，略说其事：

余于在家之时，房内即供养地藏菩萨圣像。香烛供奉，信心甚诚。出家以后，随所住处，皆供奉地藏菩萨。

距今七年以前，余在杭州乡间某小寺过夏。寺中正房三间，各分前后，隔成六间。上有楼，藏蓄物品，无人居住。楼下，中间前为大殿，后为客堂。上首前后二间，余居之。下首前后二间，本寺老和尚居之，楼梯即在其房中。其时老和尚抱病甚重，卧床不起。此外尚有出家者二人、在家者一人，分居客堂前小屋中。前面大门永久不开，皆由客堂侧之后门进出。

一日，有客人来，见外墙角，有大石。告余曰："此应是贼盗欲入而未得也。"

余闻其言，即知注意。因将存置楼上之物，移入房内。并将各房之窗门寻出，余室皆闩好。因以前各窗皆可随意自外开闭。并以所余之闩，转交诸师，令彼等亦各安竖，又警其注意。奈彼不信，遂即置之。

是夕，照例持诵地藏菩萨名号，心甚安静。及入夜，余睡眠甚安。但于中夜之时，闻楼上有数人行走之声，又闻老和尚说话。余以为老和尚扶病上楼，检点门窗，预防盗入也。

不久，余即睡去。次日晨起，如常开门，见客堂中，满地诸物，狼藉不堪。他人即告余云："汝尚不知夜间之事，汝实有福也。"

遂续告余云：夜间有强盗数人，执刀杖等逾墙而入。先至小房，令出家者二人、在家者一人起床。并检觅彼等室中之银钱，及在家人之衣服一件，悉已取去。后以刀逼迫彼等，令带往老和尚处。彼等不得已，乃同往见老和尚。盗遂令老和尚偕往楼上，开橱门，盗乃取洋二百馀元。又于楼上所存各物皆加检查，有欲者随意携去。后乃下楼。

盗等以为全寺诸屋中，唯有余所居之屋未经检查。遂尽力拨门，又用木棍杵之。历一小时许而不能开。（盗所拨者后室之门，余居前室，故不得闻。前室另有二门，在大殿侧，而盗等不知也。）又欲从窗而入。因内已闩，自外不能开。遂屡击玻璃，而玻璃不破。盗等精疲力尽，决不得入余房中。时天已将晓，彼等乃相率而去。

以上之事，皆由同居出家者二人为余述者。想与当时之情形相符也。此是余自己经历之一事，为"二十八种利益"之中，第八"无盗贼厄"也。

诸君倘能自今以后，发十分至诚之心，礼敬供养地藏菩萨，则于二十八种利益，必能一一具获，决定无疑。此则余可为诸君预庆者也。

余述地藏菩萨灵感已竟。请维那师领众诵地藏菩萨圣号，及以回向。（回向，用"愿以此功德"偈。）

癸酉（1933年）四月初七讲于厦门万寿岩

普劝净宗道侣兼持诵《地藏经》

予来永春,迄今一年有半。在去夏时,王梦惺居士来信,为言拟偕林子坚居士等,将来普济寺,请予讲经。斯时予曾复一函,俟秋凉后即入城讲《金刚经》大意三日。及秋七月,予以掩关习禅,乃不果往。日昨梦惺居士及诸仁者入山相访,因雨小住寺院,今日适逢地藏菩萨圣诞,故乘此胜缘,为讲净宗道侣兼持诵《地藏经》要旨,以资纪念。

净宗道侣修持之法,固以《净土三经》为主。三经之外,似宜兼诵《地藏经》以为助行。因地藏菩萨,与此土众生有大因缘。而《地藏本愿经》,尤与吾等常人之根器深相契合。故今普劝净宗道侣,应兼持诵《地藏菩萨本愿经》。谨述旨趣于下,以备净宗道侣采择焉。

一、净土之于地藏,自昔以来,因缘最深。而我八祖莲池法师,撰《地藏本愿经序》,劝赞流通。逮我九祖蕅益法师,一生奉事地藏菩萨,赞叹弘扬益力。居九华山甚久,自称为"地藏之孤臣"。并尽形勤礼《地藏忏仪》,常持《地藏真言》,以忏除业障,求生极乐。又当代净土宗泰斗印光法师,于《地藏本愿经》尤尽力弘传流布,刊印数万册,令净业学者至心读诵,依教行持。今者窃遵净宗诸祖之成规,普劝同仁兼修并习。胜缘集合,盖非偶然。

二、地藏法门以三经为主。三经者,《地藏菩萨本愿经》《地藏菩萨十轮经》《地藏菩萨占察善恶业报经》。《本愿经》中虽未显说往生净土之义,然其他二经则皆有之。《十轮经》云:"当生净佛国,导师之所居。"《占察经》云:"若人欲生他方现在净国者,应当随彼世界佛之名字,专意诵念,一心不乱,如上观察者,决定得生彼佛净国。"所以我莲宗九祖蕅益法师,礼《地藏菩萨占察忏》时,发愿文云:"舍身他世,生在佛前,面奉弥陀,历事诸佛,亲蒙授记,回入尘劳,普会群迷,同归秘藏。"由是以观,地藏法门实与净宗关系甚深,岂唯殊途同归,抑亦发趣一致。

三、《观无量寿佛经》以修三福为净业正因。三福之首,曰孝养父母。而《地藏本愿经》中,备陈地藏菩萨宿世孝母之因缘。故古德称《地藏经》为"佛门之孝经",良有以也。凡我同仁,常应读诵《地藏本愿经》,以副《观经》孝养之旨。并依教力行,特崇孝道,以报亲恩,而修胜福。

四、当代印光法师教人持佛名号、求生西方者,必先劝信因果报应,诸恶莫作,众善奉行;然后乃云:"仗佛慈力,带业往生。"而《地藏本愿经》中，广明因果报应，至为详尽。凡我同仁，常应读诵《地藏本愿经》，依教奉行，以资净业。倘未能深信因果报应，不在伦常道德上切实注意。则岂仅生西未能，抑亦三途有分。今者窃本斯意，普劝修净业者，必须深信因果，常检点平时所作所为之事。真诚忏悔，努力改过。复进而修持五戒、十善等，以为念佛之助行，而作生西之资粮。

五、吾人修净业者，倘能于现在环境之苦乐顺逆一切放下，无所挂碍。依苦境而消除身见，以逆缘而坚固净愿，则诚甚善。但如是者，千万人中罕有一二。因吾人处于凡夫地位，虽知随分随力修习净业，而于身心世界犹未能彻底看破，衣食住等不能不有所需求，水火、刀兵、饥馑等天灾人祸亦不能不有所顾虑。倘生活困难，灾患频起，即于修行作大障碍也。今若能归信地藏菩萨者，则无此虑。依《地藏经》中所载，能令吾人衣食丰足，疾疫不临，家宅永安，所求遂意，寿命增加，虚耗辟除，出入神护，离诸灾难等。古德云："身安而后道隆。"即是之谓。此为普劝修净业者，应归信地藏之要旨也。

以上略述持诵《地藏经》之旨趣。义虽未能详尽，亦可窥其梗概。唯冀净宗道侣，广为传布。于《地藏经》至心持诵，共获胜益焉。

庚辰(1940年)9月1日
地藏诞日在永春普济寺讲　王梦惺记

与李圆净居士书

《地藏菩萨本迹灵感录》已达五版,至用欢慰。

《地藏十轮经·序品》一卷,载赞叹感应之文甚多,乞仁者暇时披阅此经(金陵版《大集地藏十轮经》最善。《序品》以后,亦乞详阅之,当获益甚大。又《占察善恶业报经》,金陵版《经》并《疏》,亦地藏菩萨所说。唯此经说修唯识、真如观法,不能通俗耳。连《本愿经》,共三种,世称为"地藏三经"。又《金刚三昧经》最后一品,金陵版,亦地藏菩萨所说)。择其通俗易解者,演为浅显之文及表记,则弥善矣。他经多称为"地藏菩萨",唯有《大乘本生心地观经》,称为"地藏王菩萨"。

以上诸经之外,他经中载地藏菩萨之名者,如《华严·入法界品》四种译本(晋译六十卷内,唐译八十卷内。西秦别译,此品名《佛说罗摩伽经》。唐贞元别译，此品名《普贤行愿品》，皆载地藏菩萨之名。但西秦译曰"持地藏菩萨"，晋译曰"大地藏菩萨"）。贞元别译《华严十地经》，及《佛说八大菩萨经》等，皆有地藏菩萨之名。

此外，又有《百千颂大集经地藏菩萨请问法身赞》一卷。又秘密部，亦有载地藏菩萨者，兹不具录。朽人受菩萨慈恩甚深，故据所知，拉杂写出，以奉慧览。蕅益大师《灵峰宗论》中，屡有关于地藏菩萨之著作，亦乞仁者披阅之。《续藏经》中，有《地藏菩萨发心因缘十王经》，此是伪经，不宜流布。

问地藏菩萨经中，亦有往生净土之言否？答：有。今略举之：

秘密部《地藏菩萨仪轨》云："地藏菩萨说咒已，复说成就法。若念灭罪生善，生身后生极乐，以草护摩三万遍。"

《地藏十轮经》云："当生净佛国，导师之所居，乘于无上乘，速得最胜智。"又云："当生净佛土，远离诸过恶，住彼证菩提，令离诸瞋忿。"又云："如是菩萨福德智慧速疾圆满，不久安住清净佛国，证得无上正等菩提。"又云："速住净佛国，证得大菩提。"

《占察善恶业报经》云：地藏菩萨言："若人欲生他方现在净国者，应当随彼世界佛之名字，专意诵念，一心不乱，如是观察者，决定生彼佛净国，善根增长，速获不退。"故蕅益大师依《占察经》立忏法，谓："欲随意往生净佛国土者，应受持修行此忏悔法。"忏法中发愿文云："舍生他世，生在佛前。面奉弥陀，历侍诸佛。亲蒙授记，回入尘劳。普会群迷，同归秘藏。"

又忏法有四部：

一、《占察忏仪》（本名《占察行法》，附《义疏》后。亦有单行本，武昌印，一册）。

二、梵本《地藏忏愿仪》（扬州版，一册）。此二种为蕅益大师作，最善。

三、《地藏忏仪》（杭州版，一册），简单可用。

四、梵本《地藏忏》（扬州版，三册），太繁杂。

作于壬申（1932年）

《地藏菩萨本愿经白话解释》序

己巳九月,余来峙山,居金仙寺。翌日,宅梵居士遇谈,赍彼所作五言古诗一卷。余谓其能媲美陶王,求诸当世未之有也。是岁十月,天台静权法师莅寺,讲《地藏菩萨本愿经》义。余以《本愿》章疏,惟有科注一部。渊文奥理,未契初机。乃劝宅梵撰白话解,而为钤键。逮于明年,全编成就。乞求禾中古农长者以剟正之。尔将付刊,请书序言。为述昔日斯事因缘,以示后之学者。

于时后二十二年岁次癸酉二月
贤首院沙门胜臂(弘一)

地藏菩萨《九华垂迹图》赞

壬申仲冬，余来禾岛，始识世侯居士。时方集录《地藏菩萨圣德大观》。居士割指沥血，为绘圣像，捧持入山。余感其诚，因请续画"九华垂迹"。尔后世侯往青阳觐礼圣迹，复游钱塘、富春。逮于四月，藻绘已讫。余为忭喜，略缀赞词，并辑一帙。冀以光显往迹，式酬圣德焉耳。于时后二十二年岁次癸酉闰五月，住温陵大开元寺尊胜院结夏安居。大华严寺沙门弘一演音。

一、示生王家

佛灭度后千五百年，地藏菩萨降迹新罗王家。姓金，名乔觉。躯体雄伟，顶耸奇骨。尝自诲曰："六籍寰中，三清术内，唯第一义与方寸合耳。"赞曰：

天心一月，普印千江。菩萨度生，遍现十方。

此土垂迹，盖唯唐代。示生新罗，王家华裔。

幼而颖悟,力敌十夫。披弘誓铠,戴智慧珠。

二、航海入唐

唐高宗永徽四年,菩萨二十四岁(今列纪年,依《神僧传》,较《宋高僧传》先六十馀年。良由传闻有异,纪载乃殊耳),落发。携白犬"善听"航海入大唐国。赞曰:

示现出家,而得解脱。乃眷唐土,涉海西发。

一帆破浪,万里乘风。大哉无畏,为世之雄。

三、振锡九华

菩萨至江南池州东青阳县九华山,而好乐之。径造其峰,觅得石洞,遂居焉。赞曰:

江南山青,九华殊胜。乃凌绝顶,披榛辟径。

有谷中地,可以栖迟。在山之阳,在水之湄。

四、闵公施地

阁老闵让和,青阳人,九华山主也。菩萨向乞一袈裟地,公许之。衣张,遍覆九华。遂尽喜舍。公子求出家,名曰"道明"。今圣像左右侍者,道明及闵公也。赞曰:

大士神用,不可思议。遍覆九华,一袈裟地。

檀那功德,奕叶垂芳。常侍大士,庄严道场。

五、山神涌泉

菩萨尝为毒螫。俄有妇人作礼馈药,云:"小儿无知,愿出泉资用,以赎其过。"妇,山神也。赞曰:

九华山中,有泉甘冽。匪以人力,而为浚渫。

翳昔山灵,点石神工。清泉潺潺,萦带高峰。

六、诸葛建寺

村父诸葛节，率群老自麓登高。见菩萨独居石室，有鼎折足，以白土和少米烹食之。相惊叹曰："和尚如斯苦行，我等山下列居咎耳。"遂共建寺。不累载，成大伽蓝。赞曰：

空山无人，云日绮靡。村老相寻，探幽庋止。

乃构禅宇，龙桷宝梁。胜境巍巍，普放大光。

七、东僧云集

新罗僧众闻之，相率渡海请法。其徒且多，食有未足。菩萨乃发石得土，色青白，不碜如面，聊供众食。赞曰：

化协神州，风衍东国。缁伍云集，禀道毓德。

有法资神，无食资身。号枯槁众，为世所尊。

八、现入涅槃

玄宗开元二十六年（《宋高僧传》作德宗贞元十九年），七月三十夜，召众告别，跏趺示寂。时山鸣石陨，扣钟嘶嘎，群鸟哀啼。春秋九十九。赞曰：

法身常住，言相悉绝。随众生心，示现生灭。

化事既息，应尽源还。灵场终古，永镇名山。

九、造立浮图

肃宗至德二年，示寂后二十岁。建塔南台。塔成，发光如火。因名岭曰"神光"。赞曰：

树窣堵波，供养舍利。法化常存，真丹圣地。

神光岭表，青阳江头。灵辉仰瞻，万祀千秋。

十、信士朝山

菩萨垂迹九华,迄今千载。信心缁素,入山顶礼者,接踵而至,岁无虚日焉。赞曰:

慈风长春,慧日永曜。此土缘深,常被遗教。
若川趣海,若星拱辰。万流稽首,四方归仁。

我抒颛毫,式扬圣业。以报慈恩,而昭来叶。
一切功德,回施含灵。同生安养,共利有情。

地藏菩萨圣德大观

《地藏菩萨圣德大观》序

永宁大华严寺沙门弘一演音敬撰

后二十一年岁次壬申九月,余居峙山。上海李圆净居士来书,谓将助编《九华山志》,属为供其资料。自惟剃染已来,至心归依地藏菩萨十又五载,受恩最厚。久欲辑录教迹,流传于世,赞扬圣德而报深恩。今其时矣!后二月,云游南闽,住万寿岩。乃从事辑录,都为一卷,题曰《地藏菩萨圣德大观》。将付书局别以刊布,并贡诸圆净居士备采择焉。

近代缁素赞述菩萨化迹等书,已有数帙。然其取材,多据《本愿》一经。今则遍探《大藏》,并及诸家撰述。前详言者今略指之,如《本愿》大旨,及"九华垂迹"等是也。前阙遗者今补集之,如馀诸文等是也。唯所憾者，余于十数年来，凡菩萨化迹见于《大藏》及诸家撰述，虽复留意，未尝钞录。今以疾遽属稿，不获遍检，唯就其忆及者略集一卷，未免有所遗忘耳。

大分十章：

第一章　译名辨异。以诸经传译地藏名号，文字小有增减不同。今为列举，示其差别。

第二章　《十轮经》大旨。提挈经义，录写较详。《序品》赞地藏菩萨功德之文，录者尤繁。唯愿见闻皆大欢喜，同生深信，至心归依。

第三章　《占察经》大旨。亦详录之。

第四章　《本愿经》大旨。唯依《阅藏知津》，录写纲要。并录付嘱经文二节，以示我等今日得受化度之因。

第五章　《法身赞》及《仪轨》大旨，并《灭定业真言》。

第六章　他经流传。

第七章　诸家章疏。

第八章　诸家忏仪。

第九章　诸家赞述。《灵峰赞地藏菩萨别集》，录其原文有十之九，共涉十纸。可见蕅益大师一生，铭心沥血，归信赞扬之迹。唯冀后之学者，承斯遗范，精进修持，绍隆而光大焉。

第十章　问答遣疑。唯有四问，当不止此，且从阙略也。

录写之时，亦以仓卒不及详斟，故其布列形式高下未能尽善。具录全文者低二格写，撮录原文大意及引文片段者皆顶格写，微示区别。唯录写经文而低二格，非是尊经之道。良用悚惧，未能释怀，而又别无善法可以变易。且俟当来，重复辑录，假以岁月审慎斟定，或可无大过耳。

是稿成就前二日，卢世侯居士割指滴血，绘地藏菩萨圣像一尊，捧奉入山。胜缘巧值，诚不思议。谨以写影，冠于卷首。卢居士，一字虬儿，善绘画。随侍老父，旅居思明。天性醇厚，事两亲以孝闻。殆亦多生已来，常受地藏菩萨教化者耶！

第一章 译名辨异

梵名"乞叉底蘖沙"，此云"地藏"。而诸经译传，亦有增文。列举如下：

地藏菩萨此为诸经论通译之名。"地藏"之义，如明蕅益大师《占察善恶业报经疏》广释。

大地藏菩萨出晋译《大方广佛华严经·入法界品》。

持地藏菩萨出西秦译《佛说罗摩伽经》，即是《入法界品》别译。

地藏王菩萨出唐译《大乘本生心地观经》。清来舟释云："主执幽冥，随愿自在，故尊为王。"然"王"义甚广，此释未能尽也。

第二章 《十轮经》大旨

（以下三章大旨，皆依明蕅益大师《阅藏知津》文而增减之。）

此经共有两译：

《佛说大方广十轮经》八卷，出《北凉录》，失译人名。与后同本，而文缺略。

《大乘大集地藏十轮经》十卷，唐玄奘译。今依此本，略录大旨。

是经执笔译文者为大乘昉师，并撰序文，冠于经首。师谓："《十轮经》者，则此土末法之教也。何以明之？佛以末法恶时，去圣寖远。败根比之坏器，空见借喻生盲。沉醉五欲，类石田之不苗。放肆十恶，似臭身之垢秽。故此经能濯臭身、开盲目、陶坯器、沃石田。"观此数言，可以略知是经所被之机矣。

序品第一

佛在佉罗帝耶山。南方云来，雨诸供养，演诸法声。众会手中，各各现如意珠，雨宝放光，见十方土。又见身各地界增强，坚重难举。有天帝释，名无垢生，以颂问佛。佛为广叹地藏菩萨功德。文云：

尔时世尊告无垢生天帝释曰："汝等当知，有菩萨摩诃萨，名曰地藏。已于无量无数大劫，五浊恶时，无佛世界，成熟有情。今与八十百千那庾多频跋罗菩萨俱。为欲来此礼敬亲近供养我故，观大集会生随喜故。并诸眷属，作声闻像，将来至此。以神通力，现是变化。

"是地藏菩萨摩诃萨，有无量无数不可思议殊胜功德之所庄严，一切世间声闻、独觉所不能测。

"此大菩萨，是诸微妙功德伏藏，是诸解脱珍宝出处，是诸菩萨明净眼目,是趣涅槃商人导首。如如意珠,雨众财宝,随所希求,皆令满足。譬诸商人所采宝渚,是能生长善根良田,是能盛贮解脱乐器,是出妙宝功德贤瓶。照行善者,犹如朗日。照失道者,犹如明炬。除烦恼热,如月清凉。如无足者所得车乘,如远涉者所备资粮,如迷方者所逢示导,如狂乱者所服妙药,如疾病者所遇良医,如羸老者所凭几杖,如疲倦者所止床座。度四流者,为作桥梁。趣彼岸者,为作船筏。是三善根殊胜果报,是三善本所引等流。常行惠施,如轮恒转。持戒坚固,如妙高山。精进难坏,如金刚宝。安忍不动,犹如大地。静虑深密,犹如秘藏。等至严丽,如妙花鬘。智慧深广,犹如大海。无所染著,譬太虚空。妙果近因,如众花叶。伏诸外道,如狮子王。降诸天魔,如大龙象。斩烦恼贼,犹如神剑。厌诸喧杂,如独觉乘。洗烦恼垢,如清净水。能除臭秽,如疾飘风。断众结缚,如利刀剑。护诸怖畏,如亲如友。防诸怨敌,如堑如城。救诸危难,犹如父母。藏诸怯劣,犹若丛林。如夏远行,所投大树。与热渴者,作清冷水。与饥乏者,作诸甘果。为露形者,作诸衣服。为热乏者,作大密云。为贫匮者,作如意宝。为恐惧者,作所归依。为诸稼穑,作甘泽雨。为诸浊水,作月爱珠。令诸有情,善根不坏。现妙境界,令众欣悦。劝发有情,增上惭愧。求福慧者,令具庄严。能除烦恼,如吐下药。能摄乱心,如等持境。辩才无滞,如水激轮。摄事系心,如观妙色。安忍坚住,如妙高山。总持深广,犹如大海。神足无碍,譬若虚空。灭除一切惑障习气,犹如烈日销释轻冰。常游静虑无色正道。一切智智妙宝洲渚。能无功用,转大法轮。

"善男子，是地藏菩萨摩诃萨，具如是等无量无数不可思议殊胜功德。与诸眷属欲来至此，先现如是神通之相。"

菩萨寻与无量眷属，现声闻像，来礼佛足，赞叹供养。

佛复因好疑问菩萨问，广述地藏菩萨无量功德。文云：

佛言："谛听，善思念之，吾当为汝略说少分。如是大士，成就无量不可思议殊胜功德。已能安住首楞伽摩胜三摩地，善能悟入如来境界，已得最胜无生法忍，于诸佛法已得自在，已能堪忍一切智位，已能超度一切智海，已能安住狮子奋迅幢三摩地，善能登上一切智山，已能摧伏外道邪论。为欲成熟一切有情，所在佛国悉皆止住。如是大士，随所止住诸佛国土，随所安住诸三摩地，发起无量殊胜功德，成熟无量所化有情。"

以下广说地藏菩萨入种种定，由此定力，令彼有情利益安乐。今举其概，列表如下：

地藏菩萨圣德大观

令彼佛土一切有情 {
- 皆悉同见诸三摩地所行境界。
- 随其所应，能以无量上妙供具，恭敬供养诸佛世尊。
- 皆悉同见诸欲境界无量过患，心得清净。
- 皆得具足增上惭愧，离诸恶法，心无忘失。
- 皆得善巧天眼智通等，了达此世、他世因果。
- 皆离一切愁忧昏昧。
- 皆得具足神通善巧。
- 普见十方诸佛国土。
- 舍邪归正，归依三宝。
- 皆悉远离后世恐怖，得法安慰。
- 随念皆得饮食充足。
- 无不皆得增上力势，离诸病苦。
- 随乐皆得床座、敷具、衣服、宝饰、诸资身具，无所乏少，殊妙端严，甚可爱乐。
- 身心勇健，远离一切怨憎系缚，和顺欢娱，爱乐具足，施戒安忍，勇猛精进，心无散乱，成就智慧。
- 皆受无量胜妙欢喜。
- 得无碍智，能修种种清净事业。
- 皆得诸根具足无缺，常乐远离，其心寂静。
- 皆深呵厌自恶业过，咸善护持十善业道生天要路。
- 皆悉发起慈心、悲心、无怨害心、普平等心、更相利益安乐之心。
- 离诸斗诤、疾疫、饥馑、非时风雨、苦涩辛酸诸恶色触，悉皆消灭。
}

令彼佛土 {
- 所有一切小轮围山、大轮围山、苏迷卢山及诸余山、溪涧沟壑、瓦砾毒刺、诸秽草木，皆悉不现。
- 所有一切众邪蛊毒、诸恶虫兽、灾横疫疠、昏暗尘垢、不净臭秽，悉皆销灭。地平如掌，种种嘉祥自然涌现，清净殊胜，众相庄严。
- 一切魔王及诸眷属，皆悉惊怖，归依三宝。
- 一切大地，众宝合成。一切过患，皆悉远离。种种宝树、衣树、器树、诸璎珞树、花树、果树、诸音乐树，无量乐具，周遍庄严。
}

197

以下又广说有能至心称名念诵归敬供养地藏菩萨摩诃萨者，所获种种利益安乐。文云：

随所在处，若诸有情，种种希求，忧苦逼切。有能至心称名念诵归敬供养地藏菩萨摩诃萨者，一切皆得如法所求，离诸忧苦；随其所应，安置生天涅槃之道。

随所在处，若诸有情，饥渴所逼。有能至心称名念诵归敬供养地藏菩萨摩诃萨者，一切皆得如法所求，饮食充足；随其所应，安置生天涅槃之道。

随所在处，若诸有情，乏少种种衣服、宝饰、医药、床敷及诸资具。有能至心称名念诵归敬供养地藏菩萨摩诃萨者，一切皆得如法所求，衣服、宝饰、医药、床敷及诸资具无不备足；随其所应，安置生天涅槃之道。

随所在处，若诸有情，爱乐别离，怨憎合会。有能至心称名念诵归敬供养地藏菩萨摩诃萨者，一切皆得爱乐合会，怨憎别离；随其所应，安置生天涅槃之道。

随所在处，若诸有情，身心忧苦，众病所恼。有能至心称名念诵归敬供养地藏菩萨摩诃萨者，一切皆得身心安隐，众病除愈；随其所应，安置生天涅槃之道。

随所在处，若诸有情，互相乖违，兴诸斗诤。有能至心称名念诵归敬供养地藏菩萨摩诃萨者，一切皆得舍毒害心，共相和穆，欢喜忍受，展转悔愧，慈心相向；随其所应，安置生天涅槃之道。

随所在处，若诸有情，闭在牢狱，杻械枷锁检系其身，具受众苦。有能至心称名念诵归敬供养地藏菩萨摩诃萨者，一切皆得解脱牢狱杻械枷锁，自在欢乐；随其所应，安置生天涅槃之道。

随所在处，若诸有情，应被囚执，鞭挞拷楚，临当被害。有能至心称名念诵归敬供养地藏菩萨摩诃萨者，一切皆得免离囚执鞭挞加害；随其所应，安置生天涅槃之道。

随所在处，若诸有情，身心疲倦，气力羸惙。有能至心称名念诵归敬供养地藏菩萨摩诃萨者，一切皆得身心畅适，气力强盛；随其所应，安置生天涅槃之道。

随所在处，若诸有情，诸根不具，随有损坏。有能至心称名念诵归敬供养地藏菩萨摩诃萨者，一切皆得诸根具足，无有损坏；随其所应，安置生天涅槃之道。

随所在处，若诸有情，颠狂心乱，鬼魅所著。有能至心称名念诵归敬供养地藏菩萨摩诃萨者，一切皆得心无狂乱，离诸扰恼；随其所应，安置生天涅槃之道。

随所在处，若诸有情，贪欲、嗔恚、愚痴、忿恨、悭嫉、骄慢、恶见、睡眠、放逸、疑等皆悉炽盛，恼乱身心，常不安乐。有能至心称名念诵归敬供养地藏菩萨摩诃萨者，一切皆得离贪欲等，身心安乐；随其所应，安置生天涅槃之道。

随所在处，若诸有情，为火所焚，为水所溺，为风所飘，或于山岩、崖岸、树舍颠坠堕落，其心憳惶。有能至心称名念诵归敬供养地藏菩萨摩诃萨者，一切皆得离诸危难，安隐无损；随其所应，安置生天涅槃之道。

◆ 万事都从缺陷好

随所在处，若诸有情，为诸毒蛇、毒虫所螫，或被种种毒药所中。有能至心称名念诵归敬供养地藏菩萨摩诃萨者，一切皆得离诸恼害；随其所应，安置生天涅槃之道。

随所在处，若诸有情，恶鬼所持，成诸疟病，或日日发，或隔日发，或三、四日而一发者。或令狂乱，身心颤掉，迷闷失念，无所了知。有能至心称名念诵归敬供养地藏菩萨摩诃萨者，一切皆得解脱无畏，身心安适；随其所应，安置生天涅槃之道。

随所在处，若诸有情，为诸药叉、罗刹、饿鬼、毕舍遮鬼、布怛那鬼、鸠畔荼鬼、羯吒布怛那鬼、吸精气鬼，及诸虎、狼、狮子、恶兽，蛊毒、厌祷、诸恶咒术，怨贼、军阵，及馀种种诸怖畏事之所缠绕。身心惶惶，惧失身命，恶死贪生，厌苦求乐。有能至心称名念诵归敬供养地藏菩萨摩诃萨者，一切皆得离诸怖畏，保全身命；随其所应，安置生天涅槃之道。

随所在处，若诸有情，或为多闻，或为净信，或为净戒，或为静虑，或为神通，或为般若，或为解脱，或为妙色，或为妙声，或为妙香，或为妙味，或为妙触，或为利养，或为名闻，或为功德，或为工巧，或为花果，或为树林，或为床座，或为敷具，或为道路，或为财谷，或为医药，或为舍宅，或为仆使，或为彩色，或为甘雨，或为求水，或为稼穑，或为扇拂，或为凉风，或为求火，或为车乘，或为男女，或为方便，或为修福，或为温暖，或为清凉，或为忆念，或为种种世出世间诸利乐事，于追求时，为诸忧苦之所逼切。有能至心称名念诵归敬供养地藏菩萨摩诃萨者，此善男子功德妙定威神力故，令彼一切皆离忧苦，意愿满足；随其所应，安置生天涅槃之道。

随所在处，若诸有情，以诸种子植于荒田或熟田中，若勤营务，或不营务。有能至心称名念诵归敬供养地藏菩萨摩诃萨者，此善男子功德妙定威神力故，令彼一切果实丰稔。所以者何？此善男子曾过无量无数大劫，于过数量佛世尊所，发大精进坚固誓愿。由此愿力，为欲成熟诸有情故，常普任持一切大地，常普任持一切种子，常普令彼一切有情随意受用。此善男子威神力故，能令大地一切草木，根须芽茎、枝叶花果，皆悉生长。药谷苗稼，花果茂实，成熟润泽，香洁软美。

随所在处，若诸有情，贪瞋痴等皆猛利故，造作杀生，或不与取，或欲邪行，或虚诳语，或粗恶语，或离间语，或杂秽语，或贪，或瞋，或复邪见，十恶业道。有能至心称名念诵归敬供养地藏菩萨摩诃萨者，一切烦恼悉皆销灭，远离十恶，成就十善，于诸众生起慈悲心及利益心。

此善男子，成就如是功德妙定威神之力，勇猛精进，于一食顷能于无量无数佛土，一一土中，以一食顷皆能度脱无量无数殑伽沙等所化有情，令离众苦，皆得安乐；随其所应，安置生天涅槃之道。

佛复广说地藏菩萨现种种身，于十方界，为诸有情如应说法。文云：

或时现作大梵王身，为诸有情如应说法。或复现作大自在天身，或作欲界他化自在天身，或作乐变化天身，或作睹史多天身，或作夜摩天身，或作帝释天身，或作四大王天身，或作佛身，或作菩萨身,或作独觉身,或作声闻身,或作转轮王身,或作刹帝利身,或作婆罗门身,或作筏舍身,或作戍达罗身,或作丈夫身,或作妇女身,或作童男身,或作童女身,或作健达缚身,或作阿素洛身,或作紧捺洛身,或作莫呼洛伽身,或作龙身,或作药叉身,或作罗刹身,或作鸠畔荼身,或作毕舍遮身,或作饿鬼身,或作布怛那身,或作羯吒布怛那身,或作奥阇诃洛鬼身,或作狮子身,或作香象身,或作马身,或作牛身,或作种种禽兽之身,或作剡魔王身,或作地狱卒身,或作地狱诸有情身,现作如是等无量无数异类之身,为诸有情如应说法。随其所应,安置三乘不退转位。

佛复较量,至心归依、称名、念诵、礼拜、供养地藏菩萨,求诸所愿,最为殊胜。文云:

"假使有人,于其弥勒及妙吉祥,并观自在、普贤之类而为上首,殑伽沙等诸大菩萨摩诃萨所,于百劫中,至心归依、称名、念诵、礼拜、供养,求诸所愿。不如有人于一食顷,至心归依、称名、念诵、礼拜、供养地藏菩萨,求诸所愿,速得满足。所以者何?地藏菩萨利益安乐一切有情,令诸有情,所愿满足。如如意宝,亦如伏藏。如是大士,为欲成熟诸有情故,久修坚固大愿大悲,勇猛精进,过诸菩萨。是故汝等应当供养。"

佛既广述地藏菩萨不可思议诸功德已,众会兴供。文云:

尔时十方诸来大众,一切菩萨摩诃萨,及诸声闻、天、人、药叉、健达缚等,皆从座起,随力所能,各持种种金银等屑、众宝花香,奉散地藏菩萨摩诃萨。复持种种上妙衣服、末尼宝珠、真珠花鬘、真珠璎珞、金银宝缕、幢幡盖等，奉上地藏菩萨摩诃萨。复以无量上妙音乐、种种赞颂，恭敬供养地藏菩萨。

众会既兴供已。地藏菩萨转供世尊，兼说神咒，利益一切。

以上悉为《序品第一》大旨。此品之文，多赞地藏菩萨功德，故挈（古同"锲"，刻）录较繁。以下诸品，多从略录。

十轮品第二

地藏菩萨问佛："云何于五浊世能转佛轮？"佛答："由本愿力，成就十种佛轮，能居此土。"即"十力"也。——喻如转轮圣王。

无依行品第三

尔时会中有大梵天，名曰天藏。问佛禅定、读诵、营福等。佛言二种"十无依行"。若修定者，随有一行，终不能成诸三摩地。世尊复赞修定行者，应受释、梵、护世四王、转轮王等赞叹礼拜恭敬承事，奉施百千那庾多供。及说偈颂，文云：

"修定能断惑，馀业所不能。故修定为尊，智者应供养。"

次明出家破戒，犹能生人十种殊胜思惟，国王、大臣不宜非理辱害。

次明五无间罪、四根本罪、谤正法及疑三宝罪，名为极重大罪恶业无依行法，皆非佛之弟子。宜极护持四根本戒。

次因尊者优波离问："未来世有恶行苾刍，云何方便呵举、驱摈及以治罚？"佛具答之。

次因地藏菩萨愿救末世，为说末世有十恶轮。谓国王、宰官等护恶苾刍，恼害净众，即名为旃荼罗。乃至破戒、无戒，不应辱害，引古罗刹醉象敬重袈裟为证。若能远离十恶轮者，则得十法增长，离二十过。

天藏复说《护国不退轮心神咒》。

有依行品第四

金刚藏菩萨问：既言破戒非佛弟子，云何不许辱害？又他经处处独赞大乘，今经云何说三乘法，悉皆不许隐没？佛答：十种有情，难得人身。复有十种无依行法差别，有四种僧及四沙门。是故破戒虽非佛子，不应受供，犹有圣贤幢相，不得辱害。三乘并是如来度生方便，虽修大乘，不得废二。

次示十有依行，三乘所共。复有十有依行，独觉、大乘所共。

次复广示大乘无尘垢行轮，无取行轮。随众生根，说三乘法。戒净慈悲，安乐一切，乃名大乘。

忏悔品第五

众会闻法，各忏先罪。佛为说十种法，能令菩萨获得无罪正路法忍。

次明已得法忍，许处王位。或行十善，或信三宝，亦可为王。否则决当堕落。

善业道品第六

金刚藏菩萨复问：云何于三乘人法，得无过失；乃至菩提行愿，心无厌足。佛答：十善业道，即菩萨十轮。广说因果利益。以下又复斥非劝修，文云：

"是故善男子，若不真实希求如是十善业道所证佛果，及不真实下至守护一善业道。乃至命终，而自称言：'我是真实行大乘者，我求无上正等菩提。'当知如是补特伽罗，是极虚诈，是大妄语，对十方界佛世尊前诳惑世间，无惭无愧，说空断见，诱诳愚痴。身坏命终，堕诸恶趣。

"善男子，若但言说，及但听闻，不由修行十善业道，能得菩提般涅槃者；于一劫中，或一念顷，可令十方一切佛土地界微尘算数众生皆登正觉，入般涅槃。然无是事。所以者何？十善业道是大乘本，是菩提因，是证涅槃坚固梯磴。

"善男子，若但发心，发誓愿力，不由修行十善业道，能得菩提般涅槃者；于一劫中，或一念顷，可令十方一切佛土地界微尘算数众生皆登正觉，入般涅槃。然无是事。所以者何？十善业道，是世出世，殊胜果报功德根本。

"善男子，若不修行十善业道，设经十方一切佛土微尘数劫，自号大乘，或说或听，或但发心，或发誓愿，终不能证菩提涅槃，亦不令他脱生死苦。善男子，要由修行十善业道，世间方有诸刹帝利、婆罗门等大富贵族。四天王天，乃至非想非非想处，或声闻乘，或独觉乘，乃至无上正等菩提，皆由修行十善业道品类差别。

"是故善男子，若欲速满无上正等菩提愿者，当修如是十善业道，以自庄严。非住十恶不律仪者，能满如是无上正等菩提大愿。若求速悟大乘境界，速证无上正等菩提，速满一切善法愿者，先应护持十善业道。所以者何？十善业道是能安立一切善法功德根本，是世出世胜果报因。是故应修十善业道。"

福田相品第七

复明菩萨十财施大甲胄轮、十法施大甲胄轮、净戒大甲胄轮、安忍大甲胄轮、精进大甲胄轮、静虑大甲胄轮、般若及善巧方便大甲胄轮、大慈大甲胄轮、大悲大甲胄轮、坚固大忍大甲胄轮。故为一切声闻、独觉作大福田。

获益嘱累品第八

众各获益无量。佛以此法付嘱虚空藏菩萨，文云：

"善男子，吾今持此地藏十轮大记法门，付嘱汝手。汝当受持，广令流布。若诸众生，于此法门，有能读诵，思惟其义，为他解说，住正行者。汝当为彼守护十法，令于长夜利益安乐。何等为十？一者为彼守护一切财位，令无损乏；二者为彼守护，一切怨敌，令不侵害；三者为彼守护，令舍一切邪见邪归、十恶业道；四者为彼守护，令免一切身语谪罚；五者为彼守护，遮断一切谤毁轻弄；六者为彼守护，令于一切轨范、尸罗，皆得无犯；七者为彼守护，令悉除灭一切非人四大乖反、非时老病；八者为彼守护，不遭一切非时非理灾横夭殁；九者为彼守护，命欲终时，得见一切诸佛色像；十者为彼守护，令其终后，往生善趣，利益安乐。善男子，若诸有情于此法门，有能读诵，思惟其义，为他解说，住正行者。汝当为彼勤加守护如是十法，令于长夜利益安乐。"

附：《地藏菩萨陀罗尼》一卷，唐慧琳译，载《一切经音义》卷第十八中。即是《十轮经·序品》陀罗尼别译本。

唐慧琳法师云："《地藏菩萨陀罗尼》，经中本为是古译。或有音旨不切，用字乖僻。今有自受持梵本。因修音义，依文再译。

识梵文者,请校勘前后二译,方知疏密。"

案此《陀罗尼》先后共三译。一载北凉录《十轮经·序品》中,二载唐译《十轮经·序品》中,三即今译别行之本。

第三章 《占察经》大旨

《占察善恶业报经》二卷,隋外国沙门菩提登译。

明蕅益大师云:"此经诚末世救病神丹,不可不急流通。"

卷上

佛在王舍城耆阇崛山中。坚净信菩萨为末世众生请问方便。文云:

坚净信菩萨言:"如佛先说:'若我去世,正法灭后,像法向尽,及入末世。如是之时,众生福薄,多诸衰恼。国土数乱,灾害频起。种种厄难,怖惧逼绕。我诸弟子失其善念,唯长贪、瞋、嫉妒、我慢。设有像似行善法者,但求世间利养名称,以之为主,不能专心修出要法。尔时众生睹世灾乱,心常怯弱,忧畏己身及诸亲属不得衣食,充养躯命。以如此等众多障碍因缘故,于佛法中,钝根少信,得道者极少。乃至渐渐于三乘中,信心成就者,亦复甚鲜。所有修学世间禅定,发诸通业,自知宿命者,次转无有。如是于后入末法中经久,得道、获信、禅定、通业等,一切全无。'

"我今为此未来恶世,像法向尽,及末法中,有微少善根者,请问如来,设何方便,开示化导,令生信心,得除衰恼?以彼众生遭值恶时，多障碍故，退其善心。于世间、出世间因果法中，数起疑惑，不能坚心专求善法。如是众生，可愍可救。世尊大慈，一切种智，愿兴方便而晓喻之。令离疑网，除诸障碍，信得增长，随于何乘速获不退。"

佛令转问地藏菩萨。并示位高，兼明缘胜。文云：

"地藏菩萨发心已来，过无量无边不可思议阿僧祇劫，久已能度萨婆若海，功德满足。但依本愿自在力故，权巧现化，影应十方。

"虽复普游一切刹土，常起功业。而于五浊恶世，化益偏厚。亦依本愿力所熏习故，及因众生应受化业故也。彼从十一劫来，庄严此世界，成熟众生。是故在斯会中，身相端严，威德殊胜。唯除如来，无能过者。又于此世界，所有化业，唯除遍吉、观世音等，诸大菩萨皆不能及。以是菩萨本誓愿力，速满众生一切所求，能灭众生一切重罪，除诸障碍，现得安隐。

"又是菩萨名为善安慰说者。所谓巧说深法，能善开导初学发意求大乘者，令不怯弱。

"以如是等因缘，于此世界，众生渴仰，受化得度。是故我今令彼说之。"

地藏菩萨为示三种轮相，占察三世善恶业报。兼示忏悔之法。如经广说。

卷下

地藏菩萨复示一实境界，及唯心识观、真如实观二种观法。

地藏菩萨又复为善根薄、烦恼厚、多疑多障者，别示方便。

令离障缘,求生净土。文云:

"若人虽学如是信解,而善根业薄,未能进趣。诸恶烦恼,不得渐伏。其心疑怯,畏堕三恶道,生八难处;畏不常值佛菩萨等,不得供养听受正法;畏菩提行难可成就。有如此疑怖,及种种障碍等者,应于一切时一切处,常勤诵念我之名字。若得一心,善根增长,其意猛利。当观我法身及一切诸佛法身,与己自身体性平等,无二无别,不生不灭,常乐我净,功德圆满,是可归依。又复观察已身心相,无常苦无我不净,如幻如化,是可厌离。

"若能修学如是观者,速得增长净信之心,所有诸障,渐渐损减。何以故?此人名为学习闻我名者,亦能学习闻十方诸佛名者。名为学至心礼拜供养我者,亦能学至心礼拜供养十方诸佛者。名为学闻大乘深经者,名为学执持、书写、供养、恭敬大乘深经者,名为学受持、读诵大乘深经者。名为学远离邪见、于深正义中不堕谤者,名为于究竟甚深第一实义中学信解者。名为能除诸罪障者,名为当得无量功德聚者。此人舍身,终不堕恶道八难之处,还闻正法,习信修行。亦能随愿往生他方净佛国土。

"复次,若人欲生他方现在净国者,应当随彼世界佛之名字,专意诵念,一心不乱,如上观察者,决定得生彼佛净国,善根增长,速获不退。"

复示三忍、四佛,以彰圆位。及善巧说法,安慰怯弱,离相违过。

地藏菩萨说法已,佛嘱付受持。文云:

尔时佛告诸大众言:"汝等各各应当受持此法门,随所住处,广令流布。所以者何? 如此法门甚为难值,能大利益。若人得闻彼地藏菩萨摩诃萨名号,及信其所说者,当知是人速能得离一切所有诸障碍事,疾至无上道。"

于是大众皆同发言:"我当受持,流布世间,不敢令忘。"

第四章 《本愿经》大旨

《地藏菩萨本愿经》二卷(流通本作三卷),唐于阗国沙门实叉难陀译。

忉利天宫神通品第一

佛在忉利天,为母说法。十方诸佛菩萨集会赞叹。如来含笑,放光明云,出微妙音。十方天龙鬼神亦皆集会。佛为文殊菩萨说地藏菩萨往因。

分身集会品第二

十方地狱处分身地藏菩萨,与诸受化众生,来见世尊。世尊摩顶付嘱,文云:

"汝观吾累劫勤苦,度脱如是等难化刚强罪苦众生。其有未调伏者,随业报应,若堕恶趣,受大苦时。汝当忆吾在忉利天宫殷勤付嘱,令娑婆世界至弥勒出世已来众生,悉使解脱,永离诸苦,遇佛授记。"

观众生业缘品第三

摩耶夫人问业报所感恶趣。地藏菩萨略答五无间事。

阎浮众生业感品第四

定自在王菩萨更问往因。佛又略说二事。

四天王请问菩萨大愿方便。佛述其所说报应之法。

地狱名号品第五

普贤菩萨问。地藏菩萨答。

如来赞叹品第六

佛放身光,出大音声,赞叹地藏菩萨。

普广菩萨请问利益。佛为说供像、读经、持名等,分别答之。

利益存亡品第七

地藏菩萨白佛,普劝众生断恶修善。

大辨长者请问荐亡功德。地藏菩萨为说七分获一。

阎罗王众赞叹品第八

鬼王与阎罗天子,承佛菩萨神力,俱诣忉利,请问众生不依善道之故。佛以如迷路人喻之。

次有恶毒鬼王、主命鬼王,各发善愿。佛赞印之,并授主命道记。

称佛名号品第九

地藏菩萨为利众生,演说过去诸佛名号功德。

校量布施功德缘品第十

地藏菩萨请问。佛分别答。

地神护法品第十一

坚牢地神明供像十利。

见闻利益品第十二

佛放顶光,妙音称赞地藏菩萨。

观世音菩萨请问不思议事。佛为说供像、持名等,分别答之。

嘱累人天品第十三

佛又摩地藏菩萨顶,以诸众生付嘱令度。文云:

"地藏!地藏!记吾今日,在忉利天中,于百千万亿不可说不可说一切诸佛菩萨、天龙八部大会之中,再以人天诸众生等,未出三界,在火宅中者,付嘱于汝。无令是诸众生,堕恶趣中一日一夜。何况更落五无间及阿鼻地狱,动经千万亿劫,无有出期。

"地藏,是南阎浮提众生,志性无定,习恶者多。纵发善心,须臾即退。若遇恶缘,念念增长。以是之故,吾分是形百千亿化度,随其根性而度脱之。

"地藏,吾今殷勤以人天众,付嘱于汝。未来之世,若有天人,及善男子、善女人,于佛法中,种少善根,一毛一尘、一沙一渧。汝以道力,拥护是人,渐修无上,勿令退失。

"复次地藏,未来世中,若天若人,随业报应,落在恶趣。临堕趣中,或至门首,是诸众生若能念得一佛一菩萨名、一句一偈大乘经典。是诸众生,汝以神力,方便救拔。于是人所,现无边身,为碎地狱,遣令生天,受胜妙乐。"

尔时世尊而说偈言:"现在未来天人众,吾今殷勤付嘱汝,以大神通方便度,勿令堕在诸恶趣。"

次为虚空藏菩萨说见像、闻经二十八益。又说七益。

附：《佛说地藏菩萨发心因缘十王经》一卷，唐藏川述，载日本《续藏经》中。乃是人造伪经，不宜流通。

第五章 《法身赞》及《仪轨》大旨并《灭定业真言》

《百千颂大集经地藏菩萨请问法身赞》一卷，唐不空译。

赞法身、法界、菩提、涅槃、十地、等觉、妙觉功德。皆五言偈。

最后有七言一偈，文云：

"若有相应显此理，唯身以慧作分析。彼人生于净莲华，闻法所说无量寿。"

《地藏菩萨仪轨》一卷，唐天竺输婆迦罗此云善无畏译。

佛在佉罗提耶山。地藏菩萨腾空说咒。

次说画像法等。

复说成就法中云："若念灭罪生善，生（或作"舍"）身后生极乐，以草护摩三万遍"等。

《地藏菩萨灭定业真言》载于宋蒙山甘露法师不动集《蒙山施食仪》中。未审出何经，后贤幸为考证焉。咒云：

唵，钵啰末邻（有本作"宁"）陀宁，娑婆诃。

第六章 他经流传

《金刚三昧经》二卷，出《北凉录》。

总持品第八

地藏菩萨白佛问答,广为分别无生之义,以决众疑。经文甚广,须者寻之。

后众疑既决,地藏菩萨知众心已,而为说偈。文云:

"我知众心疑,所以殷固问。如来大慈善,分别无有馀。是诸二众等,皆悉得明了。我今于了处,普化诸众生。如佛之大悲,不舍于本愿。故于一子地,而住于烦恼。"

如来复告大众,广说持经、持名功德。文云:

"是菩萨者,不可思议,恒以大慈拔众生苦。若有众生持是经法,持是菩萨名,即不堕于恶趣,一切障难皆悉除灭。若有众生持此经者,无馀杂念,专念是经,如法修习。尔时菩萨常作化身而为说法,拥护是人,终不暂舍,令是人等速得阿耨多罗三藐三菩提。汝等菩萨若化众生,皆令修习如是大乘决定了义。"

明圆澄法师注云:"偈云'不舍本愿'。而菩萨之愿云:'众生度尽,方证菩提;地狱未空,终不成佛。'以其誓愿不可思议,慈悲不可思议,拔众生苦,而众生不可不知报恩也。若欲报恩者无他,若持此经,若持菩萨名,非唯知恩报本,抑且广获自利,不堕恶道,灭障除罪也。汝等现前菩萨,有二种缘:一者当学地藏菩萨大慈普护,二者常教众生修习如是经典。"

《大集须弥藏经》二卷,今合部《大集经》卷五十七、五十八《须弥藏分》,高齐乌苌国那连提耶舍共法智译。

菩萨禅品第二

佛说菩萨不堕二乘定聚,如实观察,得一切法无语言空三昧。如地藏菩萨，于此三昧到自在彼岸，能利益一切众生。

以下经文，广说地藏菩萨入定利生之事。经文甚广，今为略举。文云：

"或令诸众生，所须资生之具，如饮食、衣服、卧具、园宅等，一切可爱色、声、香、味、触等，悉皆充足。

或令诸众生，风、黄、癊等分之病，乃至贪、瞋、痴等烦恼诸病，如是身心病苦，悉皆除灭。

或令三恶道苦，及寒热、怨憎会、爱别离、求不得诸苦，悉皆除灭。令诸众生离一切苦恼及不善法，成就一切善法，慈心相向，乃至令诸众生于第一义谛心善安住。"

灭非时风雨品第三

功德天为地藏菩萨述其往昔誓愿，复求地藏菩萨起悲愍心。地藏菩萨令其请佛演说《水风摩尼宫陀罗尼》。说已，大地震动。地藏菩萨亦说《磨刀大陀罗尼》。

地藏菩萨说《陀罗尼》已。世尊广赞地藏菩萨《陀罗尼》功德。文云：

"善哉善哉！善男子，汝今能为一切众生如大妙药。能灭一切众生苦恼，能施一切众生乐具，成就大悲。乃至以此《陀罗尼》力故，令我三宝种，及以法眼，得久住世。使此愚闇薄福、我慢所坏者，不修善根，恶刹利及诸宰相，于我如是百千万亿阿僧祇劫精勤苦行所集之法，不灭不坏。比丘、比丘尼、优婆塞、优婆夷，无有恼乱。以无恼故，诸天不忿。天不忿故，一切众生悉皆获得如上乐具。"

陀罗尼品第四

地藏菩萨复说《幢杖大陀罗尼》。

《华严经普贤行愿品》（贞元译）、《华严十地经》、《大乘本生心地观经》、《佛说八大菩萨经》等，皆列有地藏菩萨之名。

秘密部中，常有礼诵供养地藏菩萨之文。今举其例：

《佛说大轮金刚总持陀罗尼经》，说念诵"南无地藏菩萨摩诃萨"等。

《焰罗王供行法次第》，说一心奉请地藏菩萨摩诃萨等。

《胜军不动明王四十八使者秘密成就仪轨》，说第二十三火罗诸天王是地藏菩萨所变身等。

《大毗卢遮那成佛神变加持经成就仪轨》，载《地藏菩萨真言》。又有偈颂，文云："北方地藏尊，其座极巧严。身处于焰胎，杂宝庄严地。绮错互相间，四宝为莲华。圣者所安住，金刚不可坏。行境界三昧，及与大名称，无量诸眷属"等。

以上所列，皆此方《大藏》未收，近自日本传来者，为略举之。已外尚多，若欲具知者，披藏检寻。

又在密教，其密号为"悲愿金刚"，或称"与愿金刚"。在金刚界示现南方宝生如来之幢菩萨。在胎藏界则为地藏院中九尊之中尊地藏萨埵也。

附：《莲华三昧经》，说六地藏菩萨，及胜军地藏菩萨。《延命地藏经》，说延命地藏菩萨。《地藏菩萨念诵仪轨》，说地藏菩萨六使者。此三经，皆日本台密一派所传。疑似伪经，今不写录。又有日本古传种种杜撰之说，今亦不录。

第七章 诸家章疏

《大乘大集地藏十轮经解》明蕅益大师拟撰未就。

《占察善恶业报经玄义》一卷，明蕅益大师述。

《占察善恶业报经疏》二卷，同上。

明蕅益大师《占察善恶业报经疏·自跋》，文云：

忆辛未冬，寓北天目。有温陵徐雨海居士，法名弘铠，向予说此《占察》妙典。予乃倩人特往云栖，请得书本。一展读之，悲欣交集。癸酉冬日，寓金庭西湖寺，依经立忏。乙亥夏初，寓武水智月庵，讲演分科。是时即有作疏之愿。病冗交沓，弗克如愿。屈指十五年来，《梵网》《佛顶》《唯识》《法华》皆已注释，独此夙愿尚未填还，亦可叹也。今庚寅年，阅世已及五十二岁，百念灰尽。偶有同志数人，仍来结夏北天目之藏堂，究心毗尼。予念末世欲得净戒，舍此占察轮相之法，更无别途。爰命笔于六月朔日，成稿于十有四日。输一滴以益大海，捧一尘而培须弥。虽无补于高深，庶善钻于乳酪。公我同志，共享醍醐。

《地藏菩萨本愿经疏》明蕅益大师拟撰未就。

《地藏菩萨本愿经科文》一卷，清灵乘撰。

《地藏菩萨本愿经纶贯》一卷，同上。

《地藏菩萨本愿经科注》六卷，同上。

《地藏菩萨本愿经开蒙》三卷，清品玕集。依《科注》抄集而成。紊乱糅杂,无足流通。

《地藏菩萨本愿经演孝疏》三卷,清知性述。

《地藏菩萨本愿经白话解》未就,清胡宅梵述。

第八章 诸家忏仪

《赞礼地藏菩萨忏愿仪》一卷,明蕅益大师述。

明蕅益大师《赞礼地藏菩萨忏愿仪·后自序》,文云:

大法久湮,人多谬解。执大谤小,举世皆然。然地狱众苦,已随其后。喑哑馀报,复更难穷。故地藏慈尊,大集会中,现声闻相。世尊广叹胜德,且较云:"假于弥勒、妙吉祥、观自在、普贤,殑伽沙等大菩萨所,百劫至心归依、称念、礼供,求诸所愿。不如一食顷,归依、称念、礼供地藏菩萨。以久修坚固大愿大悲,勇猛精进,过诸菩萨故也。"盖末世驾言大乘甚易,躬行僧行实难。宁知废小谈大,并大亦非。悟大用小,即小本胜。故《法华》诫弘经者,必依四安乐行。《涅槃》极谈常住佛性,尤扶戒律。大士功德独盛,得非亦在此乎!智旭深憾夙生恶习,少年力诋三宝,造无间罪。赖善根未殒,得闻《本愿》尊经,知出世大孝,乃转邪见而生正信。仍以谤法馀业,辛勤修证,不登法忍。每展读大士三经,辄不禁涕泗横流。悲昔日之无知,感大士之拯拔也。因念浊智流转之日,同此过者不少。敬宗《十轮》,并《本愿》《占察》二典,述此仪法。庶几共涤先愆,克求后果,不终为无依行乎!未登无生正位,皆可修之,无论初心、久学也。

清印光法师《赞礼地藏菩萨忏愿仪重刻序》，文云：

心体本净，因根尘而浊念斯兴。佛性常存，由迷背而凡情孔炽。于是承寂照之力，反作昏动之缘。于常住之中，妄受生死之苦。执著五阴，不知毕竟皆空。障蔽一心，曷了本不可得。耽染六尘之幻境，坠堕三恶之苦途。纵经微尘劫数，莫出六道轮回。故我世尊特垂哀愍，因地藏菩萨之问，说十力佛法之轮，摧碾烦惑，成就道器。由兹弃舍恶法，断除一切无依行。修持善法，具足一切有依行。然欲得无生法忍，须忏宿世愆尤。若能不著五阴，自可圆证三身。外承佛力、法力、菩萨誓愿力，内仗诚力、悔力、自性功德力。故得弥空罪雾，彻底消灭。本有性天，全体显现。是知《十轮》《本愿》《占察》三经，同由地藏大悲愿力，令末世孤露无依众生，悉皆得大恃怙也。蕅益大师已证法身，乘愿再来。初现阐提之迹，后为如来之使。一生行解，事理圆融。毕世著述，性修双备。欲令浊智成净智，依三经而制忏仪。冀使凡心作佛心，即十轮而明赞悔。宝镜既磨，光明自发。摩尼既濯，珍宝斯雨。诚可谓反本还元之妙法，即心作佛之达道也。弘一上人宿钦大师著述，特为刻板，用广流通。俾有志于灭幻妄之惑业，证本有之真心，上续如来之慧命，下作末世之典型者，咸得受持云。

《占察善恶业报经行法》一卷，明蕅益大师集。

明蕅益大师《占察善恶业报经行法》，分为六门。

第一缘起。文云：

夫诸佛菩萨愍念群迷，不啻如母忆子。故种种方便，教出苦轮。而众生不了业报因缘，罔知断恶修善。净信日微，五浊增盛。由此剧苦机感，倍关无缘慈应。爰有当机，名坚净信，咨请世尊，曲垂悲救。佛乃广叹地藏功德，令其建立方便。于是以三种轮相，示善恶差别。以二种观道，归一实境界。仍诫业重之人，不得先修定慧，应依忏法得清净已，然后修习二观，克获无难。此诚末世对症之神剂，而方便中之殊胜方便也。予悲障深，丁兹法乱。律、教、禅宗，淆讹匪一。幸逢斯典，开我迷云。理观、事仪，昭然可践。窃以诸忏十科行法，详略稍殊。一一阐陈，纤疑始决。罔敢师心，乃述缘起。

第二劝修。文云：

若佛弟子，欲修出世正法者，欲现在无诸障缘者，欲除灭五逆十恶无间重业者，欲求资生众具皆得充饶者，欲令重难轻遮皆得消灭者，欲得优婆塞、沙弥、比丘清净律仪者，欲得菩萨三聚净戒者，欲获诸禅三昧者，欲获无相智慧者，欲求现证三乘果位者，欲随意往生净佛国土者，欲悟无生法忍、圆满证入一实境界者，皆应受持修行此忏悔法。何以故？此是释迦如来格外弘慈，地藏菩萨称机悲愿。无苦不拔，无乐不与。依此修行，净信坚固。如经广明，所宜谛信。

以下四门，《行法》中广明。

上列二种忏仪，最为完善。《忏愿仪》多依《十轮》，《行法》专宗《占察》。后之学者，随己所乐，勉力行之。

《慈悲地藏菩萨忏法》三卷，此书繁杂，未能适用。

《地藏菩萨本愿忏仪》一卷，清乘戒集。此书简明，尚未完善。

第九章 诸家赞述

自古迄今，诸家撰录之中，赞述地藏菩萨者甚多。或有别编一卷，专述地藏菩萨灵感等事。今以匆促，未及遍检。唯就所忆及者，依时代先后略录如下。

天台宗诸撰述中，常引《占察经》文。《占察经》渐次作佛有四种。蕅益大师谓："天台六即，盖本诸此。"

唐南山律祖《四分律行事钞》等，常引《十轮经》文。

唐贤首国师《华严经传记》，述地藏菩萨灵感。文云：

文明元年，京师人，姓王，失其名。既无戒行，曾不修善。因患致死。被二人引至地狱门前，见有一僧，云是地藏菩萨。乃教王氏诵一行偈。其文曰："若人欲求知，三世一切佛，应当如是观，心造诸如来。"菩萨既授经文，谓之云："诵得此偈，能排地狱。"王氏尽诵，遂入见阎罗王。王问："此人有何功德？"答云："唯受持一四句偈。"具如上说。王遂放免。当诵此偈时，声所及处，受苦人皆得解脱。王氏三日始苏，忆持此偈，向诸沙门说之。参验偈文，方知是晋译《华严经·第十二卷·夜摩天宫无量诸菩萨云集说法品》。王氏自向空观寺僧定法师说云然也。

唐清凉国师释《华严经·十回向品》初章"代苦救护"，亦赞叹地藏菩萨。文云：

由菩萨初修正愿，为生受苦。至究竟位，愿成自在，常在恶趣救代众生。如地藏菩萨等。

《宋高僧传》《神僧传》载：唐永徽时，新罗国王族，姓金，名乔觉。至中国，居九华山。灵迹甚多，具载传中。相传是地藏菩萨垂迹。

《地藏菩萨像灵验记》一卷，宋常谨集。载日本《续藏经》中。今编入《地藏菩萨本迹灵感录》。

明莲池大师为比丘性安撰《地藏菩萨本愿经跋》，文云：

《地藏经》译于唐实叉难陀。而时本译人为法灯、法炬，不著世代，不载里族，于藏无所考。虽小异大同，理固无伤。而核实传信，必应有据。乃比丘性安者，承先志刻唐译易之。或谓是经谆谆乎众生因果、地狱名相，无复玄论，不足新世耳目，恶用是订正为？噫！布帛、菽粟，平时不如明珠，凶年则为至宝。救末法之凶年，是经其可少耶？若夫"众生度尽，方证菩提；地狱未空，誓不成佛。"探玄上士，试终身味之！

《灵峰赞地藏菩萨别集》一卷，明蕅益大师撰，清演音集。

蕅益大师少年在俗常谤佛法，后闻地藏菩萨本愿，乃发出世之心。故其一生尽力宏扬赞叹地藏菩萨。余见《灵峰宗论》中，赞地藏文甚多。因挈录之，辑为一卷，名曰《灵峰赞地藏菩萨别集》。今附录之，以广法益。是书分为五门：

一、关于《十轮经》者

《赞礼地藏菩萨忏愿仪·后自序》，文见前第八章。

二、关于《占察经》者

《占察善恶业报经疏·自跋》，文见前第七章。

《刻占察行法助缘疏》，文云：

《易》曰："积善之家，必有馀庆。积不善之家，必有馀殃。"《书》曰："惠迪吉，从逆凶，唯影响。""作善降之百祥，作恶降之百殃。"因果报应之说，未尝不彰明较著于世间也。但儒就现世论，未足尽愚者之疑情。自释典入支那，备明三世果报，益觉南宫所悟，及孔子"尚德"之称，事理不诬。然三藏权诠，只明因缘生法，未直明因缘无性，故云："佛能转一切业，不能转定业。"逮大乘会中，始广明格外深慈，建胜异方便。依万法唯心、缘生无性之理，设取相、无生二忏，以通作法之穷。然后罪无大小，障无浅深，依教行持，悉堪消灭。如赫日当空，霜露顿收也。昧者谓重罪许忏，开造罪门。盖不唯罔识佛菩萨之弘慈，亦岂知儒者之了义。孔子曰："过而不改，是谓过矣。""忧悔吝者存乎介，震无咎者存乎悔。"盖明示人以自新之端矣。夫罪有重轻，事非一概。世法不能治，佛法治之。作法不能治，取相治之。取相不能治，无生治之。则究竟离苦解脱之法，不得不归功佛门，又不得不归功观音、地藏诸大士也。观音应十方世界，尤于五浊有缘。地藏游五浊娑婆，尤于三途悲重。如父母等爱诸子，而于幼者及无能者尤所钟情。此《占察善恶业报经》，诚末世多障者之第一津梁也。坚净信菩萨殷勤致请，释迦牟尼佛珍重付嘱。三根普利，四悉咸周。无障不除，无疑不破。三种轮相，全依理以成事，故可即事达理。二种观道，全即事而入理，未尝执理废事。

又复详陈忏法,即取相即无生,初无歧指。开示称名,观法身观己身,顿同一致。乃至善安慰说,种种巧便,不违实理。此二卷经,已收括一代时教之大纲,提挈性、相、禅宗之要领,曲尽佛祖为人之婆心矣!予依经立忏。程用九居士捐资,并募善信助成之。此正欲立立人、欲达达人之极致也。谁谓学佛非儒者分内事哉!

《与沈甫受、甫敦书》,文云:

《占察行法》蒙昆玉梓梵册。而不肖屡结坛,俱不获清净轮相。此可信天下后世耶?今誓作背水阵,掩死关礼之。

《与圣可书》,文云:

不肖三业罪过不少,杂乱垢心,岂致清净轮相?爰发惭愧,退作但三归人。誓不为师作范,誓不受人礼拜,誓不出山,誓得清净轮相。不论百日千日,六年九年,毕死为期。辞嘉兴事竟,嗣当辞留都事也。

《与了因及一切缁素书》,文云:

宋儒云:"才过德者不祥,名过实者有殃,文过质者莫之与长。"旭一人犯此三病,无怪久滞凡地,不登圣阶也。旭十二、三时,因任道学而谤三宝,此应堕无间狱,弥陀四十八愿所不收。善根未殒,密承观音、地藏二大士力,转疑得信,转邪归正。二十年来力弘正法,冀消谤法之罪。奈烦恼深厚,于诸戒品说不能行。癸酉中元拈阄,退作菩萨沙弥。盖以为今比丘则有馀,为古沙弥则不足,宁舍有馀企不足也。凤障深重,病魔相缠,从此为九华之隐,以为可终身矣。半年馀,又渐流布。浸假而新安,而闽地，而苕城、樵李、留都，虚名益盛，实德益荒。今夏感两番奇疾，求死不得。平日慧解虽了了，实不曾得大受用。且如《占察行法》一书，细玩精思，方敢遵古式述成。仔细简点，并无违背经宗。乃西湖礼四七，不得清净轮相；去年礼二七不得；今入山礼一七又一日，仍不得。礼忏时，烦恼习气现起，更觉异常。故发决定心，尽舍菩萨沙弥所有净戒，作一但三归弟子。待了因进山，作千日关房，邀佛菩萨慈悲拔济。不然者，宁粉此骨于关中矣。

《佛菩萨上座忏愿文》，文云：

（上略）曾闻造像功德，最能灭罪除愆。礼拜忏摩，实可洗心涤虑。爰发虔诚，集资改造一佛二菩萨像。仍发誓愿，恒礼《占察行法》，不论年月，专祈纯善轮相。众生虽垢重，诸佛不厌舍。必以大慈悲，哀愍度脱我。使我从今以后，心无掉举，身得轻安。护口过而勿出绮语恶言，净意地而不起杂思欲觉。速得清净三轮，克臻自他二利。普化众生，同生净土。

《赠石淙掩关礼忏占轮相序》，文云：

（上略）曩觉比丘多惭，退为"求寂"。今更愧"沙弥"真义，仅称但三归矣。敢更以空言赠人？然窃玩《占察善恶业报》一经，原属释迦大圣彻底悲心，地藏菩萨格外方便。三种轮相，巧示业报因缘，无疑不决。二种观道，深明进趣方便，大乘可登。以五悔称名，为发轫先容。以一实境界，为平等归趣。夫五悔者，敌体反世情者也。二观者，敌体反妄想计著者也。忏悔发露，永断相续，灭业障。劝请说法，灭魔障。随喜功德，灭嫉妒障。善巧回向，灭著有障。发坚固愿，灭退忘障。唯心识观，先知外境本虚，皆心所现；次达内心如幻，了无真实。真如实观，深达若境若心，统唯法性；法性不生不灭，故诸法皆当体不生不灭。如千沤万波，统唯湿性；千器万像，统唯金性。五悔翻破无始事障，二观翻破无始理障。二障既净，成真、应二身，三聚净戒一念圆发。而三轮清净之相，特表示取信，以显住持僧宝，绝仍可续。孟轲所谓"豪杰之士，无文王犹兴"，"闻而知之，不异见而知之"云尔。嗟乎！予能知《占察》大旨，依经立忏，而未能自得轮相，人谁信之？此实说药不服，咎不在药也。良方良药，昭昭具在，地藏菩萨决不我欺。我已知不服之咎，誓将服之。而石淙法友先得我心，亦将掩关，以祈清净。愿各努力，日夜涂抹。并慎药忌，避风寒。他日绍舍那真胤，灵峰片石当与灵鹫第一峰，同时点首矣。

《祖堂结大悲坛忏文》，文云：

（上略）智旭于四十六岁，自反多愧，退作但三归人。勤礼千佛万佛，及《占察行法》。幸蒙诸佛菩萨大慈大悲，于今年正月元旦，锡以清净轮相，稍自慰安。（下略）

案大师于癸酉三十五岁七月十五日，退为菩萨沙弥，遂发心礼《占察忏法》。甲申四十六岁，退为但三归人。乙酉四十七岁正月元旦，乃获清净轮相，得比丘戒。

《占察行法愿文》案此文为大师既获清净相后一年丙戌所作。文云：

归命慈威无等尊，拔苦与乐真出要，定力能除三劫灾，救世真士垂悲拯。弟子智旭，痛念劫浊难逃，刀兵竞起。虽云同分妄见，实非无因误招。往业莫追，来事可谏。爰偕同志某等（十人），各捐净资，营修供养。三日方便，七日正修。如法结清净坛，顶礼《占察行法》。六时行道，五悔炼心。哀吁同体大悲，恳乞无缘拔济。伏念众生障垢，虽至重至深。三宝洪慈，终不厌不舍。苟一念知改过，必随许以自新。况释迦本师，勇猛称最。地藏大士，誓愿无忘。子幼弱，父爱偏强。儿不肖，母怜益甚。悯兹匍匐入井之愚，赐以身手衣裓之用。俾毫光照处，消兵戈为瑞日祥云。法雨沾时，转邪孽为道芽灵种。所愿风调雨顺，国泰民安。正教流通，魔邪窜绝。次祈比丘智旭，身无病苦，心脱结缠。定与慧而等持，戒并乘而悉净。期主某，法社虽复三年，摄护愿如一日。某等各各真为生死，发菩提心。克除习气，臻修法门。三学圆成，二严克备。续佛慧命，普利人天。又祈外坛随喜缁素，悟知一实，开显三因。二观圆修，三忍圆证。又祈外护助缘，广及法界含识，若见若闻，若不闻见，等植良因，均沾胜益。又祈江北、江南，乃至震旦域内，近日遭兵难者，种种债负消除，一一怨嫌解释。脱幽冥之剧苦，胎莲萼以超升。恭干法界三宝、地藏圣师，真实证知，真实摄受。

《化持地藏菩萨名号缘起》，文云：

吾人最切要者，莫若自心。世间善明心要者，莫若佛法。然佛法非僧不传，僧宝非戒不立。戒也者，其佛法纲维，明心要径乎！慨自正教日替，习俗移人。髡首染衣，不知比丘戒为何事。一二弘律学者，世谛流布，开遮持犯茫无所晓，况增上威仪、增上净行、增上波罗提木叉乎？又况依四念处行道，增心增慧，以成三聚五支者乎？嗟嗟！三聚五支不明，谓大乘僧宝，吾不信也。僧既有名无义，谓传持佛法，明了自心，吾尤不信也。坚净信菩萨悯之，以问释尊。释尊倍悯之，委责地藏大士。大士更深悯之，爰说《占察善恶业报经》。经云："恶业多厚者，不得即学定慧，当先修忏法。所以者何？此人宿习恶心猛利，现在必多造恶，毁犯重禁。若不忏净，而修定慧，则多障碍，不能克获。或失心错乱，或外邪所恼，或纳受邪法、增长恶见。故先修忏悔，若戒根清净，及宿世重罪得微薄者，则离诸障。"又云："虽学信解，修唯心识观、真如实观。而善根业薄，未能进趣。诸恶烦恼，不得渐伏。其心疑怯怖畏，及种种障碍。应一切时处，常勤诵念我之名字。若得一心，善根增长，其意猛利。当观我及诸佛法身，与己自身体性平等，无二无别，不生不灭，常乐我净，功德圆满，是可归依。又观自身心相，无常、苦、无我、不净，如幻如化，是可厌离。如是观者，速得增长净信之心，所有诸障渐渐损减。此人名为学习闻我名者。若杂乱垢心诵我名字，不名为闻。以不能生决定信解，但获世间善报，不得广大深妙利益。"（**案已上九行余皆撮引经文**）嗟嗟！由此观之，戒不清净，二观决不易修。二观不修，一实何由证契？而欲戒根清净，舍忏悔、持名，岂更有方便哉？且持名一法，自其浅近言之，愚夫愚妇孰不能矢口。自其深远言之，不达法身平等，杂乱垢心不得名为闻矣。故知以二观为指南，能修二观，方为闻菩萨名。以闻名为方便，真实持名，便是圆摄二观。故名闻障净，障净戒得，戒得定慧发生，定慧而一实证入矣。明心见性，是真僧宝，真传佛法。吾辈生末叶，闻此真法，宜如何努力以自勉也！

三、关于《本愿经》者

《警心居士持〈地藏本愿经〉兼劝人序》，文云：

"唯圣罔念作狂，唯狂克念作圣"，此"危微"的传也。佛法亦尔，一念迷，常寂光土便成阿鼻地狱；一念悟，阿鼻地狱便是常寂光土。所以地藏本愿，直与《华严》同一血脉。试观华严世界，即空即假即中，不可思议。地狱众苦，亦即空即假即中，不可思议。《华严》明自心本具之净土，令人知归。地藏明自心本具之苦轮，令人知避。一归一避，旨趣永殊。而归亦唯心，避亦唯心，心外决无别法。儒所谓："道二，仁与不仁而已。"危乎微乎！善、利分舜、跖之关，去、存为人、禽之别。熟读《本愿经》，不思自觉觉他，出地狱，归华藏者，必不仁之甚者也。警心居士悯之，遂毕世受持，兼以劝人。予谓适发此心，地狱苦轮便当顿息。欢喜为序，代法界众生普劝云。

《九华芙蓉阁建华严期疏》，文云：

予每谓《地藏本愿》一经，当与八十一卷《华严》并参。《华严》明佛境界，称性不可思议。《本愿》明地狱境界，亦称性不可思议。一则顺性而修，享不思议法性之乐。一则逆性而修，受不思议法性之苦。顺逆虽殊，全性起修，全修在性，一也。一念迷佛界不思议性，则常寂光土，应念化成刀山剑树、炉炭镬汤。一念悟地狱不思议性，则泥犁苦具，应念化成普光明殿、寂灭道场。迷悟虽殊，性德无增无减，又一也。然性德虽无增减，非逆顺不属迷悟。而迷之为九界逆修，遂感分段、变易二死苦报。

悟之为佛界顺修,遂成菩提、涅槃二种转依。迷为三惑,悟为三智。逆修为十恶五逆,顺修为六度万行。生死为三界四相,转依为三身四德。苦即法身,惑即般若,业即解脱。谚谓:"推人扶人只是一手,赞人毁人只是一口。"《大佛顶》谓:"如水成冰,冰还成水。"讵不信然!然则芙蓉九朵,信可与华严九会,同其表法。岂谓《地藏本愿经》,仅谈地狱因果事相而已。况华藏世界,安住大莲华中。如来成道,亦坐宝莲华。而优钵罗、波头摩等地狱,亦复名"青莲华""赤莲华"。可见一名一喻、一事一法,皆悉具足十界。在当人迷悟顺逆何如耳。不思议法性,体非群相,不碍诸相发挥,又奚间于地狱及寂光哉!愿诸开士,率诸檀越,即以此为顺修因缘,开发正悟。则铁围两山,即是金刚菩提道场。无令火焰幻作金莲,斯大妙矣。

四、关于《灭定业真言》者

《化持灭定业真言一世界数庄严地藏圣像疏》,文云:

释迦佛谓"定业不可救",所以寒造罪之心。地藏菩萨说《灭定业真言》,所以慰穷途之客。旭少习东鲁,每谤西乾。承观音大士感触摄受,后闻《地藏本愿》尊经,始发大心,誓空九界。今得与僧伦,染神乘戒,皆慈愿冥加,不可诬也。爰念娑婆弊恶,惑、业、苦三,如恶叉聚。无上醍醐,悉成毒药。持律者唯事衣钵,作犯止持茫无所晓。习教者唯事口耳,禅那、理观瞢无所得。参宗者流入机境,播弄精魂,心佛真源毫无亲证。净土一门稍切时机,亦苦多成退托,未合不思议大乘。良由业重障深,浊智流转。虽有圣者,末如何也!唯地藏慈尊,悲深愿重,专愍刚强。尚能转我当年殷厚邪心，使得正信出家。岂难转大地众生无知过犯，使归真际乎？故于三宝前发心，欲造万佛铜殿，中供大士，永镇九华。爰受一食法，结百日坛，持《灭定业真言》五百万。又化大心缁素，或持十万，或百千万。共成十万万，表三千大千世界数。以其总数，供大士像中，作尽未来广化十方左券云。

《宗论》卷一中，有《续持回向偈》《补总持疏》《灭定业咒坛忏愿文》，及其他愿文中附言持《灭定业咒》者，今悉阙略未录。欲广览者，幸披寻焉。

《答黄稚谷问》二则，原问附文云：

问：佛不能灭定业，地藏菩萨胡为有《灭定业真言》耶？且既达本来罪福皆空，又何谓耶？

答：业之与报，皆是自心现量。心空一切皆空，心假一切皆假，心中一切皆中。特凡夫不达能造所造，能受所受，当体三德秘藏。而以殷重倒心，作殷重恶业，必招殷重苦报，名为定业。彼心既定不可挽回，大觉亦不能即令消灭。故大慈悲巧设方便，令地藏大士说咒劝持，即是转其定心，渐使消灭也。是故菩萨功能，全是佛之功能。佛既不居，菩萨亦不居，究竟只在当人一念信受持咒之心耳。此正所谓既达本来罪福皆空之旨，原非拨无因果。以罪福因果，当体即空，亦复即假即中。迷则灭与不灭，俱非达本。达则灭与不灭，总不碍空也。古人云："如何是本来空？业障是。如何是业障？本来空是。"透此二语，便出野狐窠臼矣。

进问：毕竟佛何不自说？所谓佛不能灭，尚有疑在。

答：释此须知三义：一、诸佛说法，必系四悉因缘。有闻佛说而欢喜、生善、灭恶、入理者，佛即自说，如《楞严》《尊胜》诸咒皆灭定业也。有闻菩萨说而欢喜、生善、灭恶、入理者，须菩萨说，如此咒及《大悲》等咒是也。二、罪不自灭，不他灭，不共灭，不无因灭。而有时唯说自灭，云心空业空。有时唯说他灭，云佛菩萨力。有时说须共灭，双举内因外缘。有时说无因灭，云非自非他。皆四悉因缘，否则便成四谤也。三、不能灭，约三藏迹佛。能灭，指圆教因人。如《华严》云："初发心时，已胜牟尼。"亦其例也。知此三义，一切法无不通达。

五、杂著

《九华地藏塔前愿文》，文云：

稽首慈悲大愿王，本源心地如来藏，善安慰说真救世，现声闻相护法者。愿承本誓度众生，鉴我微忱垂加护。智旭凤造深殃，丁兹末世。虽受戒品，轻犯多端。虽习禅思，粗惑不断。读诵大乘，仅开义解。称念名号，未入三摩。外睹魔党纵横，痛心疾首。内见烦恼纷动，愧地惭天。复由恶业，备受病苦。痛娑婆之弊恶，叹沉溺之无端。由是扶病入山，求哀大士。矢菩提于永劫，付身命于浮云。臂香六炷：三炷供忉利胜会，化身无数；大集胜会，现声闻相；六根聚会，善巧说法，地藏菩萨摩诃萨。一炷悔三业重失，生来杀业、淫机、谤三宝罪、口过、恶念，乃至旧岁染疾后种种不尽如法，如是等愿尽消除。一炷为求四愿：律仪清净、断惑证真、长康无病、广作福事。一炷为决疑网：若先礼忏，求净律仪；若先习禅，断除烦惑；若先阅藏，以开慧解；若先立行，以广福缘。唯愿救世真士、大智开士、一切知见者、于诸众生得不忘念者，必垂哀鉴，开我迷云。我复于大慈悲父前，沥血铭心，作如是愿：如一众生未成佛，终不先自取泥洹。倘夙业因缘，牵入恶道，愿菩萨弘慈，常觉悟我，使我念念忆菩提心，令菩提心相续不断。若夙障稍轻，愿大士威神，令我早成念佛三昧，决生阿弥陀佛世界。乘本愿力，无边刹海，化度有情。尽未来际，无有疲厌。

《化铁地藏疏》，文云：

洪钟具无边音性，一击而顿彻铁围。地藏圆同体大悲，瞻礼而顿蒙与拔。幽冥之觉悟可期，现在之障缘宜转。灵峰心怀礼公，既已铸钟打钟，复思是像作像。虽丹青刻画，咸皆性同虚空。而炼就纯钢，可表坚固不坏。四德非尘，藉一尘而圆显。三身无像，即影像以妙彰。寄语高贤，共行檀施。助铁者如正因心发，法身妙果可登。助炭者如了因心发，般若光明可悟。助食用者如缘因心发，解脱神通可基。从大士而发其心，正是全性起修。由众信而成此像，正是全修在性。如是事，如是理，如是因，如是果。真语实语，谛思谛行。

《九华山海灯油疏》，文云：

劫初人有身光，不假日月。身光渐减，日月出生。而日月有时不照，则继以膏火。此膏火功德，不唯等于日月而已。日月属悲田。灯火供养，悲敬双具。又况地藏大士，以无缘慈力，同体悲心，示居九子峰头，遍救尘沙含识。肉身灵塔，四海归依。由是有海灯之供。当知一茎光照，全彰自性妙明。缘善既孚，正了同显。

倘谓是事相，是尘缘，无关修证者。则离事谈理，离境觅心，理若龟毛，心同兔角。谁与万善庄严，成两足果哉！昔有盗寺物，剔佛灯者，尚感多劫身光之报，况以好心施供。藉大士慈悲，俾焰焰普烛幽途。方将续如来慧灯，耀法界宝炬。若自若他，同开长夜幽关。又岂止生死中乐报已耶！请速发心，毋贻后悔。

《九华山营建众僧塔疏》，文云：

福田有二，曰敬、曰悲。敬田以田胜，悲田以心胜。供舍利而福等虚空，敬田也。泽及枯骨，万世称为仁主，悲田也。一田功德，已不思议，况悲敬具足者乎！夫罗汉四果，证入无生，永离我执，既入涅槃，不爱枯骨。凡夫比丘未断思惑，倘尸骸暴露，则神识不安。神识不安，可悲也。堂堂僧宝，可敬也。矧凡圣莫测，神圣渊府，龙蛇混居。安知肉眼所谓凡僧，非即大士曲示乎？是故随供一骨，罔不具悲敬二田。九华为天下第一名山，乃荒原暴骼，悚目伤心。予初到山，首以此事经怀。适有众耆，快为鼓舞。不揣陋拙，倡作先声。其有见闻随喜，无论若缁若素，若少若多，既投最胜之因，必克无上之果。敬则成佛道而有馀，悲则度众生而无量。系以偈曰：

僧相堂堂，福德之海，纵令朽骨，福性奚改。起塔供养，应至梵天，况复丈许，讵云不然。大士示形，遍在生死，青淤朽骨，黄金锁子。弹指合掌，的的真因，谁为证佐，《妙法华经》。

《复九华常住书》，文云：

向年托迹宝山，于一切精律行者，作地藏大士想。即一二不拘小节者，亦作志公、济颠等想。圣道场地，龙蛇混杂，凡圣交参。不敢以牛羊眼妄测，自招无间重罪也。适闻山中稍稍构难，虽大菩萨示现作略，然经云："宁破千佛戒，莫与外人知。"又世典云："胡越人相为仇敌，及乘舟遇风，则相救如左右手。"九华实地藏慈尊现化地，山中大众，无非地藏真实子孙。不知历几劫修行，到此名山福地。乃为小小一朝之忿，遂使智不若胡越同舟。非所谓一芥翳天，一尘覆地者耶？不肖智旭，少时无知，毁谤三宝，罪满虚空。仗地藏大士深慈厚愿，拔我邪见，令厕僧流。故今日称地藏孤臣。山中大众，皆吾幼主。臣无轻君之念，而有谏君之职。惟是诚惶诚恐，稽首顿首，遥向宝山披陈忠告：惟愿众师，各各舍是非人我之心，念法门山门之体。同修无诤三昧，永播大士道风。古人云："官不容针，私通车马。"又云："家无小人，不成君子。"纵有实非大士真正眷属，亦须慈恕，令其渐种善根可也。

《地藏慈尊像赞》五首，文云：

其一，同体大悲，无缘宏誓。千佛之祖，群生之裔。定入刹尘，珠悬三际。轮相破疑，辩才显谛。欲令戒学重明，顶礼莫存分剂。

其二，人但知其地狱救苦，不知其无处不现。人但知其临终扶持，不知其无时不念。三部经王，二种妙观。十轮重匡末法，三轮尽裂疑罥。此无量门中第一神速法门，从来若逢不逢似见非见。不肖子一生极力举扬，独许归信无间。尚有一事怀疑，问取法身莫辨。

其三，众生堕落地狱，皆由破戒重障。大士入狱救苦，独现声闻戒相。不解剖判法身，偏解拈提向上。此是无作妙色，众生性具家当。握珠坚强戒身,地藏人人地藏。

其四,五乘该尽孝慈心,最是医王愿力深。百草根茎皆不弃,赢来大地足知音。

其五,涕出何须更著惭,馆人相识恨长含。一衰偶遇横流泪,处处临丧欲脱骖。

《遣病歌》,文云:

九华峰头云雾浓,三月四月如隆冬,厚拥敝袍供高卧,暖气远遁来无从。九华山中泉味逸,百滚千沸中边蜜,拾取松毹镇日煨,权作参苓疗我疾。我疾堪嗟疗偏难,阿难隔日我三日,岂向旦暮恋空华,悲我知门未诣室。是以持名日孜孜,拟开同体妙三慈,我病治时生界治,刹那非速劫非迟。

《礼千佛于九华藏楼赠诸友五偈》,文云:

非干苦瓠换甜瓜,处处慈尊并我家。念性枉劳参水月,低头已驾白牛车。

堆山积岳尽尘埃,力把慈风一夕摧。吹散铁围无暗地,何须拭目问明来。

昔年窠臼刹那掀,腊尽春回日已暄。欲信昆仑泉脉动,但看河冻不胜辕。

灵犀一点性元通,触境逢渠道自融。蓦地举时声历历,相看同在宝楼中。

一体横分想与情,冷然性计即无生。功成五悔非留惑,莫替楼头最后盟。

丙戌春,幻游石城。随缘阅藏,以偿夙愿。夜梦塑地藏大士，身首具，手足未成，感赋，文云：

积雨溟濛缛客思，鸠声传怨度新枝。千年学脉凭谁寄，万古愁怀只自知。镜里病容衰已甚，梦中慈相体犹亏。何时了却文言债，蓦入重岩就故医。

《地藏菩萨行愿纪》一卷，清显荫述。

《地藏菩萨本迹灵感录》一卷，清李圆净述。

《地藏大士圣迹》一卷，清范幻修述。

《地藏菩萨往劫救母记》一卷，清汪奉持述。

《地藏菩萨九华垂迹图赞》一卷，清演音赞书，清卢世侯绘。

《九华山志》未就，清许止净编。旧刊《山志》未善，无足流通。

第十章 问答遣疑

问：第一章谓"地藏菩萨"为诸经等通译之名。而近世中持名号者，皆曰"地藏王菩萨"。未审应依何者为善？

答：《占察经》卷上，详示占法中云："一心告言南无地藏菩萨摩诃萨。"准此，持名之时，应云"南无地藏菩萨摩诃萨"，斯为善矣。若因句长未易持诵者，可略"摩诃萨"字，直云"南无地藏菩萨"。但有仍欲依彼旧习念"南无地藏王菩萨"者，亦宜随其好乐，因与《大乘本生心地观经》相符合也。

问：《十轮经》谓："于弥勒、文殊、观音、普贤诸大菩萨所，百劫之中，至心归依、称名、念诵、礼拜、供养。不如于一食顷，归依乃至供养地藏菩萨。"《本愿经》亦谓："文殊、普贤、观音、弥勒，其愿尚有毕竟。是地藏菩萨所发誓愿劫数，如千百亿恒河沙。"准此二经，地藏为胜，其他诸大菩萨悉为劣耶？

答：文殊、普贤、观音、弥勒，乃至地藏，诸大菩萨，皆示位居等觉，未有高下之殊。而诸众生多劫已来所结法缘，不无深浅之异。是约机感，似有胜劣。若约菩萨位置，决无胜劣可言也。地藏菩萨于此世界诸众生等有大因缘。故释迦如来偏赞最胜，令诸众生信心坚固，悉皆渴仰，受化得度耳。

问：《地藏经》中，何以广说人天果报，未有劝赞往生净土耶？

答：《本愿经》中虽未显说，而于他经劝赞者多。今略举之。

《地藏十轮经》云："当生净佛国，导师之所居。"又云："当生净佛土，远离诸过恶。"又云："不久安住清净佛国，证得无上正等菩提。"又云："速住净佛国，证得大菩提。"

《占察善恶业报经》中，如前第三章所引文云："此人舍身，亦能随愿往生他方净佛国土。"又云："若人欲生他方现在净国者，应当随彼世界佛之名字，专意诵念，一心不乱，如上观察者，决定得生彼佛净国。"

《地藏菩萨请问法身赞》中，如前第五章所引七言偈云："彼人生于净莲华，闻法所说无量寿。"

《地藏菩萨仪轨》中，如前第五章所引文云："舍身后生极乐。"

又蕅益大师《占察行法》中,如前第八章所引文云:"欲随意往生净佛国土者,应受持修行此忏悔法。"故《行法》中最后发愿云:"舍身他世,生在佛前。面奉弥陀,历侍诸佛。亲蒙授记,回入尘劳。普会群迷,同归秘藏。"大师所撰《行法》,悉宗地藏《占察经》文。劝赞往生,可为诚证矣。

问:后世缁侣(即僧侣)所传地藏赞文,未能雅饬,不足承用。今欲于菩萨前称扬赞叹诸功德者,应唱何偈乃为殊胜?

答:余所用者,依《十轮经·序品》偈文,挈集二种。又蕅益大师《忏愿仪》中所述赞偈,悉宗《十轮》长行经文,称美圣德无不周遍,叹观止矣。今并写录于此章后,藉以为《圣德大观》一卷作综结焉。

依经挈集赞偈二种:

第一文云:

七圣财伏藏,无畏佛音声,诸菩萨胜幢,众生之尊首。与怖者为城,如明月示道,生善根如地,破惑如金刚。假使百劫中,赞说其功德,犹尚不能尽,故皆当供养。

第二文云:

一日称地藏,功德大名闻,胜俱胝劫中,称余智者德。众生五趣身,诸苦所逼切,归敬地藏者,有苦悉皆除。现作种种身,为众生说法,具足施功德,悲愍诸众生。假使百劫中,赞说其功德,犹尚不能尽,故皆当供养。

蕅益大师《忏愿仪》中赞偈,文云:

南无地藏菩萨摩诃萨。以神通力,现声闻像。是诸微妙功德伏

◆ 万事都从缺陷好

藏,是诸解脱珍宝出处,是诸菩萨明净眼目,是趣涅槃商人导首。如如意珠,雨众财宝,随所希求,皆令满足。照行善者,犹如朗日。照失道者,犹如明炬。除烦恼热,如月清凉。渡四流者,为作桥梁。趣彼岸者,为作船筏。伏诸外道,如狮子王。降诸天魔,如大龙象。护诸怖畏,如亲如友。防诸怨敌,如堑如城。救诸危难,犹如父母。藏诸怯劣,犹若丛林。令诸有情,善根不坏。现妙境界,令众欣悦。劝发有情,增上惭愧。求福慧者,令具庄严。能无功用,转大法轮。殊胜功德,不能测量。久修坚固大愿大悲,勇猛精进,过诸菩萨。于一食顷,至心归依、称名、念诵、礼拜、供养,能令一切皆离忧苦,求诸所愿,速得满足,安置生天涅槃之道。故我一心,归命顶礼。

《地藏菩萨圣德大观》竟

占察法

本轮相： 〈 不杀 〉 共十九轮

轮相有三种差别 ｛ 一、能示宿世所作善恶业种差别。（但观善恶种子有无。）
二、观善恶业力强弱。
三、遍示三世受报差别。

一、共十轮。书十善十恶之名。一面书善，一面书恶，令使相对。则余两面皆空；故使善恶有现有不现也。

二、共三轮。书身口意之名。

三、共六轮。书1到18之数。

占时用初二：初轮念相应否。（二皆有、不再掷；或再掷。）次轮，唯取前相应者问，不符再掷。

菩萨戒　自誓受，依瑜伽羯磨。（先羯磨，后戒相。）

比丘及比丘尼戒　羯磨同上。（菩萨一，比丘二。)年未满,似亦应依前羯磨受;年满时,仍依前羯磨受。

行法

先洒净——增加(楞严咒绕坛)。

礼忏七日后,掷三业。(最好用九个,闭目三掷后再看。)

05 药师法门

药师如来法门略录

药师法门依据《药师经》而建立。此土所译《药师经》有四种：

（一）《佛说灌顶拔除过罪生死得脱经》一卷，即《大灌顶神咒经》卷十二，东晋帛尸梨蜜多罗译。又相传有刘宋慧简译《药师琉璃光经》一卷，今已佚失，或云即是东晋所译之《灌顶经》。

（二）《佛说药师如来本愿经》一卷，隋达摩笈多译。

（三）《药师琉璃光如来本愿功德经》一卷，唐玄奘译。此即现今流通本所据之译本。现今流通本与原译本稍有不同者，有增文两段：一为依东晋译本补入之八大菩萨名，二为依唐义净译本补入神咒及前后文二十馀行。

（四）《药师琉璃光七佛本愿功德经》二卷，唐义净译。前数译唯述药师佛，此译复增六佛，故云

《七佛本愿功德经》，以外增加之文甚多。西藏僧众所读诵者为此本。

修持之法，具如经文所载。今且举四种如下：

（一）持名。经中屡云：闻名、持名。因其法最为简易，其所获之益亦最为广大也。今人持名者，皆曰"消灾延寿药师佛"，似未尽善。佛名唯举"药师"二字，未能具足。佛德唯举"消灾延寿"四字，亦多所缺略。故须依据经文，而曰"药师琉璃光如来"，斯为最妥善矣。

（二）供养。如香、华、幡、灯等。

（三）诵经，及演说、开示、书写等。

（四）持咒。

所获利益，广如经文所载。今且举十种如下：

（一）速得成佛。经中屡言之。

（二）行邪道者令入正道，行小乘者令入大乘。

（三）能得种种戒；又犯戒者，还得清净，不堕恶趣。

（四）得长寿、富饶、官位、男女等。

（五）得无尽，所受用物无所乏少。

（六）一切痛苦皆除，水火、刀兵、盗贼、刑戮诸灾难等悉免。

（七）转女成男。

（八）产时无苦，生子聪明少病。

（九）命终后随其所愿往生：

（1）人中，得大富贵。

(2) 天上，不复更生诸恶趣。

(3) 西方极乐世界，有八大菩萨接引。

(4) 东方净琉璃世界。

（十）在恶趣中，暂闻佛名，即生人道，修诸善行，速证菩提。

灵感事迹甚多，如旧录所载。今且举近事一则如下：

泉州承天寺觉圆法师，于未出家时，体弱多病。既出家后两年之内，病苦缠绵，诸事不顺。后得闻药师如来法门，遂专心诵经、持名、忏悔，精勤不懈。迄至于今，身体康健，诸事顺利。法师近拟编辑《药师圣典汇集》，凡经文、疏释及仪轨等，悉搜集之，刊版流布，以报佛恩焉。

跋

曩（以往，从前）余在清尘堂讲药师如来法门，后由诸善友印施讲录，其时经他人辗转钞写，颇有讹误。兹由觉圆法师捐资再版印行，请余校正原稿，广为流布。法师出家以来，于药师法门最为信仰，近拟于泉州兴建大药师寺，其愿力广大，尤足令人赞叹云。

戊寅（1938年）11月在泉州清尘堂讲

药师如来法门一斑

今天所讲，就是深契时机的药师如来法门。我近年来，与人谈及药师法门时，所偏注重的有几样意思，今且举出，略说一下。

药师法门甚为广大，今所举出的几样，殊不足以包括药师法门的全体，亦只说是法门之一斑了。

一、维持世法

佛法本以出世间为归趣，其意义高深，常人每难了解。若药师法门，不但对于出世间往生成佛的道理屡屡言及，就是最浅近的现代实际上人类生活亦特别注重。如经中所说："消灾除难，离苦得乐。福寿康宁，所求如意。不相侵陵，互为饶益"等，皆属于此类。就此可见佛法亦能资助家庭社会的生活，与维持国家世界的安宁，使人类在这现生之中即可得到佛法的利益。

或有人谓佛法是消极的、厌世的,无益于人类生活的。闻以上所说药师法门亦能维持世法,当不至对于佛法再生种种误解了。

二、辅助戒律

佛法之中,是以戒为根本的,所以佛经说:"若无净戒,诸善功德不生。"但是受戒容易,得戒为难,持戒不犯更为难。今若能依照药师法门去修持力行,就可以得到上品圆满的戒。假使于所受之戒有毁犯时,但能至心诚恳持念药师佛号并礼敬供养者,即可消除犯戒的罪,还得清净,不至再堕落在三恶道中。

三、决定生西

佛法的宗派非常之繁,其中以净土宗最为兴盛。现今出家人或在家人修持此宗,求生西方极乐世界者甚多。但修净土宗者,若再能兼修药师法门,亦有资助决定生西的利益。依《药师经》说:"若有众生能受持八关斋戒,又能听见药师佛名,于其临命终时,有八位大菩萨来接引往西方极乐世界众宝莲花之中。"依此看来,药师虽是东方的佛,而也可以资助往生西方,能使吾人获得决定往生西方的利益。

再者,吾人修净土宗的,倘能于现在环境的苦乐顺逆一切放下,无所挂碍,则固至善。但是切实能够如此的,千万人中也难得一二。因为我们是处于凡夫的地位,在这尘世之时,对于身体、衣食、住处等,以及水火、刀兵的天灾人祸,在在都不能不有所顾虑。倘使身体多病,衣食、住处等困难,又或常常遇着天灾人祸的危难,皆足为用功办道的障碍。若欲免除此等障碍,必须兼修药师法门以为之资助,即可得到《药师经》中所说"消灾除难、离苦得乐"等种种利益也。

四、速得成佛

《药师经》,决非专说世间法的。因药师法门,唯是一乘速得成佛的法门。所以经中屡云:"速证无上正等菩提,速得圆满"等。

若欲成佛,其主要的原因,即是"悲""智"两种愿心。《药师经》云:"应生无垢浊心,无怒害心,于一切有情起利益安乐慈悲喜舍平等之心。"就是这个意思。前两句从反面转说,"无垢浊心"就是智心,"无怒害心"就是悲心。下一句正说,"舍"及"平等之心"就是智心,余属悲心。

悲智为因,菩提为果,乃是佛法之通途。凡修持药师法门者,对于以上几句经文,尤宜特别注意,尽力奉行。

假使不如此,仅仅注意在资养现实人生的事,则唯获人天福报,与夫出世间之佛法了无关系。若是受戒,也不能得上品圆满的戒。若是生西,也不能往生上品。

所以我们修持药师法门的,应该把以上几句经文特别注意,依此发起"悲""智"的弘愿。假使如此,则能以出世的精神来做世间的事业,也能得上品圆满的戒,也能往生上品,将来速得成佛可无容疑了。

药师法门甚为广大,上所述者,不过是我常对人讲的几样意思。将来暇时,尚拟依据全部经义,编辑较完备的药师法门著作,以备诸君参考。

最后,再就持念药师佛名的方法,略说一下。念佛名时,应依经文,念曰"南无药师琉璃光如来",不可念"消灾延寿药师佛"。

己卯(1939年)5月在福建永春普济寺讲 王世英记

药师法门修持课仪略录

药师如来法门大略，如大药师寺已印行之《药师如来法门略录》所载。

今所述者，为吾人平常修持简单之课仪。若正式供养法，乃至以五色缕结药叉神将名字法等，将来拟别辑一卷专载其事，今不述及。

欲修持药师如来法门者，应供药师如来像。上海佛学书局有石印彩色之像，可以供奉，宜装入玻璃镜中。供像之处，不可在卧室。若不得已，在卧室中供奉者，睡眠之时，宜以净布覆盖像上。

《药师经》供于几上。不读诵时，宜以净布覆盖。

供佛像之室内，须十分洁净，每日宜扫地，并常常拂试几案。

供佛之香，须择上等有香气者。

供佛之花，须择开放圆满者。若稍残萎，即除去。花瓶之水，宜每日更换。若无鲜花时，可用纸制者代之。

此外如供净水、供食物等，随各人意。但所供食物，须人可食者乃供之。若未熟之水果，及未烹调之蔬菜等，皆不可供。

以上所举之供物，应于礼佛之前预先供好。凡在佛前供物或礼佛时，必须先洗手漱口。

此外如能悬幡燃灯尤善，无者亦可。

以下略述修持课仪，分为七门。其中礼敬、赞叹、供养、回向发愿，必须行之。诵经、持名、持咒，可随己意，或唯修二法，或仅修一法，皆可。

一、礼敬

十方三宝一拜，或分礼佛、法、僧三拜。本师释迦牟尼佛一拜。药师琉璃光如来三拜。此外若欲多拜，或兼礼敬其他佛菩萨者，随己意增加。

礼敬之时，须至诚恭敬，缓缓拜起，万不可匆忙。宁可少拜，不可草率。

二、赞叹

礼敬既毕，于佛前长跪合掌，唱赞偈云：

归命满月界，净妙琉璃尊。

法药救人天，因中十二愿。

慈悲弘誓广，愿度诸含生。

我今申赞扬，志心头面礼。

右赞偈出《药师如来消灾除难念诵仪轨》。

唱赞之时，声宜迟缓，宜庄重。

三、供养

赞叹既毕，于佛前长跪合掌，唱《供养偈》云：

愿此香花云，遍满十方界。

一一诸佛土，无量香庄严。

具足菩萨道，成就如来香。

供养毕，或随已意增诵忏悔文，或可略之。

四、诵经

字音不可讹误，宜详考之。

诵经时，或跪或立或坐或经行皆可。

五、持名

先唱赞偈云：

药师如来琉璃光，焰网庄严无等伦，

无边行愿利有情，各遂所求皆不退。

续云：

南无东方净琉璃世界药师琉璃光如来。

以后即持念药师琉璃光如来名号一百八遍。若欲多念者，随意。

六、持咒

或据经中译音持念，或别依师学梵文原音持念，皆可。

或念全咒一百八遍。或先念全咒七遍，继念心咒一百八遍，后复念全咒七遍。心咒者，即是咒中"唵"字以下之文。

未经密宗阿阇黎传授，不可结手印。擅结者，有大罪。

持咒时，不宜大声，唯令自己耳中得闻。

持咒时,以坐为正式,或经行亦可。

七、回向发愿

回向与发愿大同,故今并举。其稍异者,回向须先修功德,再以此功德回向,唯愿如何云云。若先未修功德者,仅可云发愿也。

回向发愿,为修持者最切要之事。若不回向,则前所修之功德,无所归趣。今修持药师如来法门者,回向之愿,各随己意。凡《药师经》中所载者,皆可发之,应详阅经文,自适其宜可耳。

以上所述之修持课仪,每日行一次,或二次、三次。必须至心诚恳,未可潦草塞责。印光老法师云:"有一分恭敬,得一分利益。有十分恭敬,得十分利益。"吾人修持药师如来法门者,应深味斯言,以自求多福也。

己卯(1939年)2月于泉州光明寺讲演

《药师琉璃光如来功德经》讲录

今日,在这里讲解《药师光如来本愿功德经》。先将经文的意义略为解释。药师琉璃光如来的名号,就是我们各寺院,每日功课通常所念诵的,消灾延寿药师佛名号。又我们学佛的通常僧侣居士,修持净土,专念阿弥陀佛,求生西方。琉璃光土,虽在东方,持念药师琉璃光如来名号,亦可以补助往生西方资料。

以下解释经题。"药师"二字是一个名词,称颂他有道德,又高尚,能救拔世人苦恼的意义。"琉璃光"是指彼佛所居之地,有如琉璃一般。光明似的,可以遍照乎大千世界,无有众苦,但有众乐的意义。"如来"是尊称彼佛威神广大,遍满三千大千的意义。"本愿"二字,是彼佛的愿力,欲救度一切一切的众生苦恼,无有穷期的意义。"功德"二字,是彼佛的功高德迈,超越乎一切,其特殊优点,未曾有的意义。"经"是指平常的经文经偈。所以收束上列各种称赞,而为题的意义。

以下解释经文,"如是我闻"为经文开章明义的发端,词旨虽广泛的,欲说下文,作引导的口词,亦佛典中通常应有的词句。"一时",是有个时期。"薄伽梵"释迦佛的别名。游历教化诸国,是周游的许多的国份。释迦佛曾行抵一城,名广严城。在一树下,名乐音树。与八千个苾刍僧,以其均有有僧行故称为大,"苾刍"即是比丘。"众"即是僧,"俱"是同在一处地方的意义。又有三万六千菩萨。"摩诃萨"三字是高等地位的意义,"国王"是诸国之首领。"大臣"是诸国办事的官僚,"婆罗门",是印度南部,崇奉四梵天王的教门,为人极尚清净。"居士"是称谓的名词,凡在家僧众,均可称为居士。"天",是天界,"龙",是龙界,"人"是人道的人,"非人"是一切鬼魔、夜叉、阿修罗,以至昆虫、飞禽等类,别乎人类者。"等"是大家众等极其多数,很恭敬诚谨,环围释迦佛,为他们说法。

当其时,有一位曼殊室利,就是文殊师利,"法王子",是称谓他这释迦佛法王的弟子,恭承释迦的威力,从其所座的地方而起立解下左袒的衣,右足跪在地下。向释迦将身弯曲,然后合其双掌,启口称释迦佛曰,"世尊"是赞养仰世间的至尊之人。惟愿演说同样各佛名号,及其所有愿力殊胜功勋道德,使一切闻法之人,宿业得以消除,此是文殊师利请求的意义。

当此时期,释迦佛为利益一切有情的人的缘故。称赞文殊师利,故呼童子。非小孩子的童子。善哉善哉,是欢喜说好的意思。"汝"指文殊师利,以大慈大悲的心,劝我请我,演说诸佛名号,及其愿力功行道德,以为与佛有缘之人,拔除一切业障烦恼所缚束,使之利益安乐。汝今当谛思静听更须勤慎,当为汝说此名号及本愿功德。

文殊师利,欢喜说,"我等乐闻",是代表全体答复的意思。释迦佛当告曼殊室利云,东方距离此地,逾过恒河沙的佛土,有一个世界。名叫净琉璃,中间有一佛,名叫药师琉璃光如来,功行是很圆满的,在因地中曾发十二个大愿,欲令一切众生,凡所要求,均能具足。

(一)愿以后得成无上正等正觉时,自己身上发生光明,光亮照彻无量无数无边的世界,成就三十二丈夫相好,及八十庄严身份,欲使一切众生,均得与自己相同,证得无上佛道。

(二)愿以后得成佛道,自己的身,如琉璃一般,内外光明,无丝毫尘秽,功高德迈,安住自在,其光焰胜过天上日月,处在黑暗地带的众生,能得其照耀,随其意志所趋向,去作一切的工作。

(三)愿以后得成佛道时,以无限量的智慧方便,使一切众生,对予日常受用物件毫不乏少。

(四)愿以后得成佛道时,若一切众生,错误信仰邪教,如能专心修持,当令安住佛道。

(五)愿以后得成佛道时,若有无量的众生,信仰修持梵行,当令对于戒法,无有缺失。设有破戒过犯,如再专心修持,又当令其恢复清净法体,不致堕入恶道,仍可证得无上佛道。

（六）愿以后成佛道时，一切众生，其身体不完整、丑陋、顽蠢、目盲、耳聋、口哑无声、手足挛缺、发癫疯狂，如能专念修持，一切的病，皆可除愈，身心不具，亦可变为端正黠慧，成为完整的人，无有种种疾苦，证得无上菩提。

（七）愿以后得成佛道时，一切众生，因为病苦交迫，无人救援，无有医药，亦无亲眷，成为孤苦无靠的人，如闻上名号，一切病痛，悉可消除，身心安乐，日常应用物品，又皆丰足，无有欠缺，证得无上佛道。

（八）愿以后成佛道时，若有女人厌恶女身，种种恶业，如能专念修持，来世决得转女为男，具足丈夫相好，乃至证得无上佛道。

（九）愿以后得成佛道时，一切众生，被外道邪魔所缚束，或为一切恶业稠林所压迫，当引其归于正见，更令修习无上佛道。

（十）愿以后得佛道时，一切众生，为王法所缚束，或受鞭挞或禁闭牢狱受了刑罚，及无量的灾难，悲愁煎迫，身心痛苦，无可自由，若能专心修持，当以无畏佛力，令其解脱一切痛苦，更令证得无上佛道。

（十一）愿以后得佛道时，一切众生，为饥渴故，无处求食，得专念受持，当以上好饮食，使其饱足，更教以佛法，使其建立安乐境界。

（十二）愿以后得佛道时，一切众生，因贫缺少衣服，昼夜为蚊虫迫恼，能专念受持，当就其所爱，与以上好的衣服，及一切室庄严具,并好花塗香,使其簪髻及涂身,又有音乐等随其所爱,满足无缺。

又告于曼殊室利云,上十二愿乃是彼药师琉璃光如来,在因地中的时候,所发的微妙大愿。彼药师琉璃光的国土是常的庄严,且彼佛的功德,若说一劫,都说不尽。国土中并无女人及恶趣乃至痛苦的声音。琉璃为地,金绳为道,城阙宫殿轩窗罗网皆用七宝造的,与西方阿弥陀佛的极乐世界是一样无异,且有二位大菩萨,一为日光遍照,一为月光遍照,为无量数的菩萨首座,次补琉璃光如来为正法宝藏,一切众生善信应当立愿生彼佛世界。

释迦佛复告文殊师利云,一切众生不能分别善恶时,常存贪心,不晓得布施及果报的道理,信根愚蠢毫无智慧,积聚许多钱财,见有乞丐便不欢喜,假使万不得已须要施与,亦如刀割身上的肉,痛惜不已,更有无数量的悭吝众生,多积资财自己还不肯受用,何况家中父母妻子奴婢及来乞者,此等众生命终后决定生饿鬼傍生,倘在前世作人时闻药师琉璃光如来名号,今虽在饿鬼傍生趣中,畏惧恶趣使乐惠施与赞叹施者,纵施与头目手足血肉身分亦无吝惜。(一段)

一切众生虽能信仰佛道而易破尸罗大戒,有不破坏然将佛法正见毁弃,有虽不毁正见而弃多闻,於佛法正义致不能了解设有不弃多闻,能旁参博览而自以为通达,贡高我慢,由我慢觉故自是非他,甚且毁谤佛法,邪魔为伴,如此愚人自行邪法亦令无量数众生随他堕入险坑内,在地狱傍生鬼趣中轮转无有了期,若得闻药师琉璃光如来名使离去恶趣,设有能离恶趣,以彼如来威力从恶趣中没生在人中,专心受持得正见精进,使能离家趋于非家,如来法中受持佛法无有毁犯大小戒,不毁正见多闻离增上慢,不谤佛法,不为邪伴,能证得无上佛道。(二段)

一切众生悭贪嫉妒,称赞自己,毁谤他人,当堕恶趣,受苦无量,从彼命终,来欲界中,或为牛马,或为驼驴,常被鞭挞,饥渴痛苦负重而行,若得人身亦多无智,若在前世众生曾闻药师琉璃光如来名,有此苦因今忽忆及至心依皈,仗彼佛力众苦解脱,六根聪利,智慧,多闻,常遇善友,求离魔障,破无明壳,竭烦恼河。解脱生老病死一切苦恼。(三段)

一切众生好说离间的话,又好争斗涉讼告成自他是非,以身语意造作种种恶业,时常不利益的事互相谋害,杀伤生命,将血肉祭祀牛鬼蛇神等,写仇人的名作仇人形象用恶咒诅之,断丧仇人生命,损坏仇人身体,一切若能虔谓药师如来名,彼诸恶事,均不能害,并使作恶的人起慈悲心,消去损坏之意,彼此欢悦不相侵凌。(四段)

本文为最新发现的弘一大师讲解《药师经》的演讲,刊登于1941年3月15日《狮子吼月刊》第一卷第三、四期合刊。

《药师经》析疑

例言

一、经文据《丽藏》(高丽版《大藏经》)玄奘译本,与世所习诵者异。

二、科依《义疏》。(《药师琉璃光如来本愿功德经义疏》三卷,收入日本《大正藏》中,1783年日本宽水寺实观法师撰。)

三、问多增文。答据《义疏》,间或遗略,时有润文;而观解、表法多缺。

四、唯引他文而略疏释,引文止处未易见者,旁加"文"字。

五、若述私意,则上冠"案"字,以区别也。

六、唐疏者,指《药师本愿经疏》,唐慧观撰。系敦煌石室所发现之佚本。

七、经文句读,据大师写本。(目次中甲一之

◆ 万事都从缺陷好

"一",即内文子目之"初"字。)

八、析疑文标点,乃后人所加。

序

《药师经析疑》,原系弘一律师遗稿。弘公圆寂后,该稿经圆拙法师整理完成,圆师并嘱余筹印。数年前余曾请慧剑居士协助付梓(把稿件交付刊印),但因缘未能圆满,故于中止,仅就岷市先印一千馀本。慧剑居士崇仰弘一大师,其情殷诚,曾撰写《弘一大师传》流通行世,今又再印《药师经析疑》及《弘一大师文钞》,以供世人同飨,嘱余为序,故略述其因缘,以表赞喜!

菲律宾三宝颜福泉寺沙门传贯
丙辰(1936年)2月12日叙

药师经析疑

问:若依台宗,说玄义五重,今应如何分判耶?

答:玄义五重:一、人法为名;二、正法宝藏为体;三、如来因果为宗;四、与拔功德为用;五、大乘方等为教相。

一、人法为名者。魏塘云:"'药师琉璃光如来'是人名,'本愿功德'是法名。"此说是也。青丘、秋篠及长谷,同以药师为喻者,此等不知从德立名。

二、正法宝藏为体者。"正"谓中正，"法"谓妙法，贵重为"宝"，包容为"藏"。与《华严》之诸法实性相，《方等》之实相如来藏，《般若》之佛母，《法华》之秘要之藏，《涅槃》之三德秘藏、金刚宝藏，同出异名。下文云："于其国中有二菩萨摩诃萨，乃至悉能持彼世尊药师琉璃光如来正法宝藏。"若"正法宝藏"非经体者，二菩萨云何奉持耶？虽魏塘云"诸佛甚深行处为体"者，今所不取。何者？"诸佛"言通，"甚深"叹行，"行"字是宗，"处"字非体。如下文云："流行之处"。故"行处"字不正指体。

三、如来因果为宗者。"本愿"二字，是如来因。其馀九字，是如来果。魏塘以愿行方便为宗，引下文证者。今谓此昧宗致。既是因果，岂非因而不该始末耶！

四、与拔功德为用者。此与魏塘同，彼云："此经始终，只明拔苦与乐。"

释经文

大科为三：初序，二正宗，三流通。

甲初序分二：初通序，二别序。

今初。

如是我闻。一时薄伽梵游化诸国，至广严城，住乐音树下，与大苾刍众八千人俱。菩萨摩诃萨三万六千，及国王、大臣、婆罗门、居士、天、龙、药叉、人非人等，无量大众，恭敬围绕，而为说法。

问:"广严",梵语旧云"毗舍离"等。秋篠云:"此是城名。"而隋译本称为国者,误欤?

答:非也。国总城别耳。《西域记》云:"吠舍厘国(即是隋云毗舍离国),周五千馀里。吠舍厘城,已甚倾毁,其故基址周六、七十里,宫城周四、五里。"

问:诸经列声闻众数,每云千二百五十人,今何甚多?

答:聚散随缘,何必一概。而经列千二百五十人者,如南山云:"重其初故。"又八千何多?如《金光明》云"九万八千"。

问:凡诸列众,何故数全耶?

答:《大论》释云:"若过若减,皆存大数。"

乙二 别序三:初文殊请,二如来许,三文殊领。

今丙初。

尔时曼殊室利法王子,承佛威神,从座而起,偏袒一肩,右膝着地,向薄伽梵曲躬合掌,白言:世尊,唯愿演说如是相类诸佛名号,及本大愿殊胜功德。令诸闻者业障消除,为欲利乐像法转时诸有情故。

问:"像法转时",是何义耶?

答:长谷云:"转者,变也,恐指末法。"今谓不尔。《七佛经》中,虽于此云"末法之时",其后《救脱章》则云:"于后末世像法起时"。对佛灭后,虽蒙"末"名,实是像法。秋篠云:"转者,起也。"其说则是。

丙二 如来许。

尔时世尊赞曼殊室利童子言:善哉善哉!曼殊室利,汝以大

悲，劝请我说诸佛名号、本愿功德。为拔业障所缠有情，利益安乐像法转时诸有情故。汝今谛听，极善思惟，当为汝说。

丙三　文殊领。

曼殊室利言：唯然愿说，我等乐闻。

甲二　正宗分二：初举依正名号，二明本誓利益。

今乙初。

佛告曼殊室利：东方去此过十殑伽沙等佛土，有世界名净琉璃，佛号药师琉璃光如来、应供、正等觉、明行圆满、善逝、世间解、无上士、调御丈夫、天人师、佛、薄伽梵。

问：药师在东方者，魏塘云："震方为群动之首，甲木又发生之相，以药治病，贵乎起死回生，不当同金方肃杀之号。"其说然欤？

答：八卦释经，起自李长者，此是一期之说，何必拘泥。有物于此，自东观之为西，自西观之在东。西观岂但生长，东观不定肃杀。故东方过十殑伽沙佛土，应云西方有世界名净琉璃；西方过十万亿佛土，应云东方有世界名曰极乐。须知诸佛有无量德，应有无量名，莫认一名而固执矣。又诸佛各有别缘，且示方位。皆悉无不竖穷横遍。故密教五大云："大悲胎藏包合万行，且在东方生长万物之首。金刚智界显现万德，且在西方成就万物之终。此是随方布教标帜，非谓真如法界定有方面。四方四佛，亦复如是，只是标帜，非谓定位。"（文）斯言得之。

问：前文殊请云："唯愿演说诸佛名号。"世尊许云："劝请我说诸佛名号。"何至于此，但约一佛？

答：若约《七佛经》，"七"岂非"诸"？若约今经，乃是《华严》"一身一智慧，力无畏亦然"之义。故下文云："如我称扬药师如来所有功德，此是诸佛甚深行处。"又云："若闻药师如来名号，此是诸佛甚深所行。"须知请诸答一，理不乖背。

乙二明本誓利益二：初明依正庄严，二明种种功德。

丙初明依正庄严二：初正明本愿，二明佛土及侍。

丁初正明本愿三：初标，二列，三结。

今戊初。

曼殊室利，彼世尊药师琉璃光如来，本行菩萨道时，发十二大愿。令诸有情，所求皆得。

问：何谓愿耶？

答：愿是要求之名。又《摩诃止观》云："发愿者，誓也。若无誓愿，如牛无御，不知所趣。愿来持行，将至所在。"愿有四种：一、众生无边誓愿度，依苦谛立。二、烦恼无边誓愿断，依集谛立。三、法门无尽誓愿知，依道谛立。四、佛道无上誓愿成，依灭谛立。初二愿拔众生苦集二谛苦，后二愿与众生道灭二谛乐，此四为总愿。而今佛十二，弥陀四十八等，皆是别愿。《止观辅行记》云："一切菩萨凡见诸佛，无不发于总愿、别愿。应知总，总于别；别，别于总。故彼别愿，不出四弘而缘四谛。"（文）下文十二大愿中，魏塘约四谛分，不失旨矣。

案：今据魏塘《直解》文，列表如下：

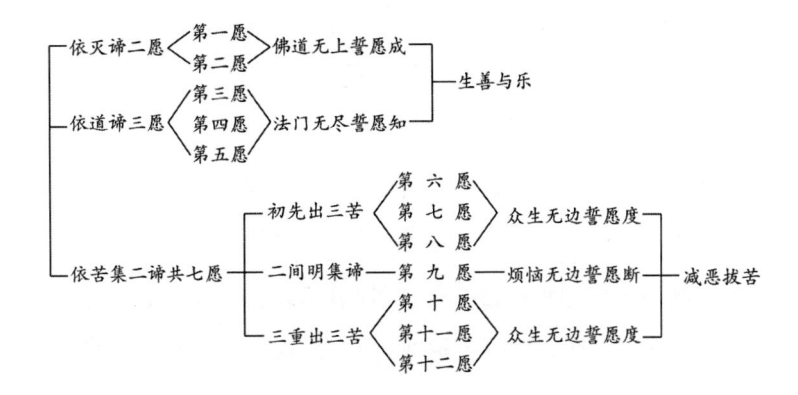

```
                    ┌第一愿┐
       ┌依灭谛二愿┤      ├佛道无上誓愿成┐
       │         └第二愿┘              │
       │         ┌第三愿┐              ├生善与乐
       │依道谛三愿┤第四愿├法门无尽誓愿知┘
       │         └第五愿┘
       │              ┌第 六 愿┐
       │              │第 七 愿├众生无边誓愿度┐
       │       ┌初先出三苦└第 八 愿┘              │
依苦集二谛共七愿┤二间明集谛──第 九 愿──烦恼无边誓愿断├减恶拔苦
       │       │       ┌第 十 愿┐              │
       │       └三重出三苦┤第十一愿├众生无边誓愿度┘
       │                └第十二愿┘
```

第一大愿：愿我来世得阿耨多罗三藐三菩提时，自身光明，炽然照曜无量无数无边世界。以三十二大丈夫相、八十随好，庄严其身。令一切有情，如我无异。

第二大愿：愿我来世得菩提时，身如琉璃，内外明彻，净无瑕秽。光明广大，功德巍巍，身善安住，焰网庄严，过于日月。幽冥众生，悉蒙开晓，随意所趣，作诸事业。

问：儒胤云："初愿约应，次愿约报。"其说然欤？

答：初愿约三身：光明照耀，即报身；相好严身，即应身；其所庄严，乃是法身。次愿亦尔，"身"下三句，应也；"光"下五句，报也；所净、所住，无非法身。

第三大愿：愿我来世得菩提时，以无量无边智慧方便，令诸有情皆得无尽所受用物，莫令众生有所乏少。

问：青丘、秋篠，以第三、第四愿为世出世间门，而第三愿约人天乘者。其说然欤？

答：此说局矣。晋云："无量众生饥渴。"何隔出世耶？

问：此愿与最后二愿何异？

答：长谷云："后别，此总。"今谓不尔，皆是别愿。此重权实二智，后在衣食，故不同也。

第四大愿：愿我来世得菩提时，若诸有情行邪道者，悉令安住菩提道中。若行声闻、独觉乘者，皆以大乘而安立之。

第五大愿：愿我来世得菩提时，若有无量无边有情，于我法中修行梵行，一切皆令得不缺戒，具三聚戒。设有毁犯，闻我名已，还得清净，不堕恶趣。

问：何谓"还得清净"？

答：因忏戒复，故云"还得"。《止观》云："大乘许悔斯罪。罪从重缘生，还从重心忏悔，可得相治。无殷重心，徒忏无益。"（文）故欲至心发露，宜修药师妙忏。

第六大愿：愿我来世得菩提时，若诸有情，其身下劣，诸根不具，丑陋顽愚，盲聋喑哑，挛躄背偻，白癞癫狂，种种病苦。闻我名已，一切皆得端正黠慧，诸根完具，无诸疾苦。

问：第六大愿中，先列诸苦。"闻我名已"下，次第翻上。应如何分配耶？

答：青丘云云。

案：今据青丘《古迹记》文，列表如下：

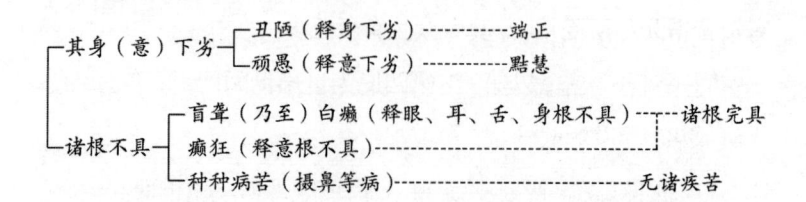

```
┌ 其身（意）下劣 ┬ 丑陋（释身下劣）----------端正
│               └ 顽愚（释意下劣）----------黠慧
│               ┌ 盲聋（乃至）白癞（释眼、耳、舌、身根不具）---诸根完具
└ 诸根不具 ─────┤ 癫狂（释意根不具）------------
                └ 种种病苦（摄鼻等病）--------------------无诸疾苦
```

第七大愿：愿我来世得菩提时，若诸有情，众病逼切，无救无归，无医无药，无亲无家，贫穷多苦。我之名号，一经其耳，众病悉除，身心安乐，家属资具，悉皆丰足，乃至证得无上菩提。

问：第七大愿中，先列诸苦。"我之名号"下，次第翻上。应如何分配耶？

答：秋篠有释，今不取。今谓云云。

案：今据《义疏》文，列表如下：

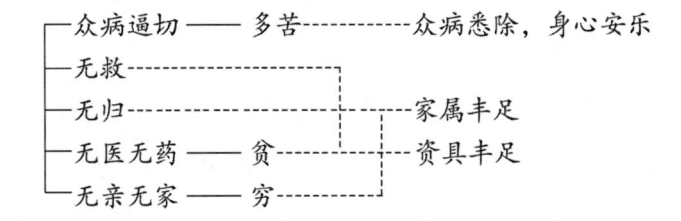

```
┌─ 众病逼切 ──── 多苦 ············ 众病悉除，身心安乐
├─ 无救 ─────────────────┐
├─ 无归 ─────────────── 家属丰足
├─ 无医无药 ──── 贫 ┤
└─ 无亲无家 ──── 穷 ············ 资具丰足
```

问：药师除病救苦，是其本旨。但众病悉除，足矣。云何便复证得无上菩提？

答：杨氏有释，今不取。今谓不尽一品无明，岂真众病悉除？以知证得菩提，是真除病。

第八大愿：愿我来世得菩提时，若有女人，为女百恶之所逼恼，极生厌离，愿舍女身。闻我名已，一切皆得转女成男，具丈夫相，乃至证得无上菩提。

问：杨氏谓转女成男，为来世受男身者。其说然欤？

答：不尔。长谷云："今愿现世转女成男。"其说则是，以符《七佛经》故。

第九大愿：愿我来世得菩提时，令诸有情，出魔罥网，解脱一切外道缠缚。若堕种种恶见稠林,皆当引摄置于正见。渐令修习诸菩萨行,速证无上正等菩提。

问:"渐令修习诸菩萨行,速证无上正等菩提"者。秋篠释云:"渐修菩萨十地之行,因中渐出四魔胃网,终至菩提究竟出离。"其说然欤?

答:如是释者,速证之义不成。今谓三教纡曲,故云渐修;皆入圆住,故云速证。若就圆论者,此约理外七种方便,渐入圆因,谓之渐圆。当知住前作意,未免渐修;住上任运,故速证耳。

第十大愿:愿我来世得菩提时,若诸有情,王法所录,绳缚鞭挞,系闭牢狱,或当刑戮。及余无量灾难陵辱,悲愁煎迫,身心受苦。若闻我名,以我福德威神力故,皆得解脱一切忧苦。

第十一大愿:愿我来世得菩提时,若诸有情,饥渴所恼,为求食故,造诸恶业。得闻我名,专念受持。我当先以上妙饮食,饱足其身。后以法味,毕竟安乐而建立之。

第十二大愿:愿我来世得菩提时,若诸有情,贫无衣服,蚊虻寒热,昼夜逼恼。若闻我名,专念受持,如其所好,即得种种上妙衣服,亦得一切宝庄严具、华鬘涂香、鼓乐众伎,随心所玩,皆令满足。

戊三 结。

曼殊室利,是为彼世尊药师琉璃光如来、应、正等觉,行菩萨道时,所发十二微妙上愿。

丁二 明佛土及侍三:初总标,二别明,三结劝。

今戊初。

复次曼殊室利，彼世尊药师琉璃光如来行菩萨道时所发大愿，及彼佛土功德庄严，我若一劫，若一劫余，说不能尽。

戊二　别明二：初佛土，二侍者。

今己初。

然彼佛土一向清净，无有女人，亦无恶趣及苦音声。琉璃为地，金绳界道。城阙宫阁，轩窗罗网，皆七宝成。亦如西方极乐世界功德庄严，等无差别。

问：秋篠谓净琉璃土为报土，其说然欤？

答：报土虽胜，不接凡夫。台宗以西方为同居净土。西方既尔，东方亦然。又据下文，有二菩萨次补佛处。既有补处，知同居土。

问：既与西方等无差别，何遣八士引导西方？

答：佛事门头，等无差别。随机门时，随彼所好。

己二　侍者。

于其国中有二菩萨摩诃萨，一名日光遍照，二名月光遍照，是彼无量无数菩萨众之上首，悉能持彼世尊药师琉璃光如来正法宝藏。

戊三　结劝。

是故曼殊室利，诸有信心善男子、善女人等，应当愿生彼佛世界。

丙二　明种种功德二：初灭恶，二生善。

丁初灭恶四：初悭贪，二破戒，三赞毁，四乖离。

戊初悭贪二：初举过，二获益。

己初举过二：初生报，二后报。

今庚初。

尔时世尊复告曼殊室利童子言：曼殊室利，有诸众生，不识善恶，唯怀贪恪，不知布施及施果报，愚痴无智，阙于信根，多聚财宝，勤加守护。见乞者来，其心不喜，设不获已而行施时，如割身肉，深生痛惜。复有无量悭贪有情，积集资财，于其自身尚不受用，何况能与父母妻子、奴婢作使，及来乞者。

庚二　后报。

彼诸有情，从此命终，生饿鬼界，或傍生趣。

问：今译本云"饿鬼""傍生"，晋云"地狱"，应如何合会欤？

答：境有三品，于心亦然。此约中下品说。若晋本所云，恐就心境上品言耳。

己二　获益二：初在彼忆念，二转生获益。

今庚初。

　　由昔人间，曾得暂闻药师琉璃光如来名故，今在恶趣，暂得忆念彼如来名。

庚二　转生获益。

　　即于念时，从彼处没，还生人中。得宿命念，畏恶趣苦，不乐欲乐，好行惠施，赞叹施者，一切所有，悉无贪惜。渐次尚能以头目手足、血肉身分，施来求者，况馀财物。

问：此获益文，如何翻上而分配耶？

答：青丘云云。

案：今据青丘《古迹记》文，列表如下：

- 不识恶 -- 畏恶趣苦，不乐欲乐。
- 不识善，唯怀贪吝，不知布施，及施果报 --- 好行惠施，赞叹施者。
- 愚痴无智 -- 得宿命念。
- 阙于信根。多聚财宝，勤加守护 ------------- 一切所有，悉无贪惜。
- 见乞者来，其心不喜，（乃至）及来乞者 --- 渐次尚能，（乃至）况余财物。

戊二　破戒二：初举过，二获益。

己初举过二：初自过，二及他。

庚初自过二：初示过，二示报。

今辛初。

复次曼殊室利，若诸有情，虽于如来受诸学处，而破尸罗。有虽不破尸罗，而破轨则。有于尸罗、轨则，虽得不坏，然毁正见。有虽不毁正见，而弃多闻，于佛所说契经深义，不能解了。有虽多闻，而增上慢。

辛二　示报。

由增上慢覆蔽心故，自是非他，嫌谤正法，为魔伴党。

庚二　及他二：初现报，二后报。

今辛初。

如是愚人，自行邪见，复令无量俱胝有情，堕大险坑。

辛二　后报。

此诸有情，应于地狱、傍生、鬼趣，流转无穷。

己二　获益。

若得闻此药师琉璃光如来名号，便舍恶行，修诸善法，不堕

恶趣。设有不能舍诸恶行，修行善法，堕恶趣者，以彼如来本愿威力，令其现前暂闻名号。从彼命终，还生人趣。得正见精进，善调意乐，便能舍家，趣于非家，如来法中，受持学处，无有毁犯。正见多闻，解甚深义，离增上慢，不谤正法，不为魔伴。渐次修行诸菩萨行，速得圆满。

问：同闻药师名号，或便舍恶修善，不堕恶趣；或不能舍恶修善，先堕恶趣，乃生人趣者。是何故欤？

答：秋篠云："有情业有轻重，根有利钝。若业轻根利者，现闻佛名，即能舍恶行善，不堕恶趣。若业重根钝者，要先堕恶趣，深生厌离，更闻佛名，方生人趣。"（文）案：此文本唐疏。

问：此获益文，如何翻上而分配耶？

答：秋篠云云。

案：今据秋篠《记抄》文，列表如下：

- 虽于如来受诸学处，（乃至）而破轨则 ———— 无有毁犯。
- 有于尸罗、轨则，（乃至）然毁正见 ———— 正见。
- 有虽不毁正见，（乃至）不能解了 ———— 多闻，解甚深义。
- 有虽多闻，而增上慢 ———— 离增上慢。
- 由增上慢，（乃至）为魔伴党 ———— 不谤正法，不为魔伴。

戊三　赞毁三：初举过，二明报，三获益。

今已初。

复次曼殊室利，若诸有情，悭贪嫉妒，自赞毁他。

问：青丘、秋篠、魏塘等，释"悭贪嫉妒，自赞毁他"，互有不同。今须宗何说欤？

答：诸释皆非。今据青丘释《梵网》"自赞毁他戒"云："《瑜伽戒本》谓：为欲贪求利养、恭敬，自赞毁他，是即多分以贪究竟；若无所得，但由嫉妒，以瞋究竟。"（文）以故乃知今文所云，即是或起悭贪，或嫉妒心，而自赞毁他。其主意在自赞毁他，不在悭妒。又对余三释之文，亦应如是释也。

己二　明报。

当堕三恶趣中，无量千岁受诸剧苦。受剧苦已，从彼命终，来生人间，作牛马驼驴，恒被鞭挞，饥渴逼恼，又常负重，随路而行。或得为人，生居下贱，作人奴婢，受他驱役，恒不自在。

己三　获益。

若昔人中，曾闻世尊药师琉璃光如来名号。由此善因，今复忆念，至心归依。以佛神力，众苦解脱，诸根聪利，智慧多闻，恒求胜法，常遇善友，永断魔罥（网），破无明壳，竭烦恼河，解脱一切生老病死、忧悲苦恼。

戊四　乖离二：初举过，二获益。

今己初。

复次曼殊室利，若诸有情，好喜乖离，更相斗讼，恼乱自他。以身语意，造作增长种种恶业。展转常为不饶益事，互相谋害。告召山林树冢等神；杀诸众生，取其血肉，祭祀药叉、罗刹婆等；书怨人名，作其形像，以恶咒术而咒诅之；厌媚蛊道，咒起尸鬼，令断彼命及坏其身。

问：文云"以身语意"，如何分配上文耶？

答：青丘有释，今不取。今谓"好喜乖离"是总称耳，"斗"是身业，"讼"是语业，"恼乱"属意。

案:"众生",新译为"有情"。故此经中多作"有情"。亦有数处仍作"众生"者,如此段文云"杀诸众生";前文中第二大愿云"幽冥众生";第三大愿云"莫令众生";《悭贪章》云"有诸众生";后文中《阿难章》云"有诸众生";《救脱章》云"有诸众生",又云"杂类众生",又云"杀种种众生"。此或是随宜润文,或亦疏于检校欤!

己二 获益。

是诸有情,若得闻此药师琉璃光如来名号,彼诸恶事,悉不能害。一切展转皆起慈心,利益安乐。无损恼意,及嫌恨心,各各欢悦。于自所受,生于喜足。不相侵陵,互为饶益。

丁二 生善二:初生净土,二生善道。

戊初生净土二:初举机,二明益。

今己初。

复次曼殊室利,若有四众,苾刍、苾刍尼、邬波索迦、邬波斯迦,及余净信善男子、善女人等,有能受持八分斋戒,或经一年,或复三月,受持学处。以此善根,愿生西方极乐世界无量寿佛所,听闻正法,而未定者。

己二 明益。

若闻世尊药师琉璃光如来名号,临命终时,有八菩萨,乘神通来,示其道路。即于彼界种种杂色众宝华中,自然化生。

问:各有净土,何以示导西方耶?

答:如《心地观经》云:"或一菩萨多佛化。"是也。

问:应生极乐何品耶?

答：难以定知。或上三品，文云"具诸戒行"故。或中二品，文说持戒故。或虽秉戒而回向心弱者，生中下品，或下三品。岂止极乐，生十方者亦然。故晋本云："若欲生十方妙乐国土者，亦当礼敬药师琉璃光佛。若欲得生兜率天上见弥勒者，亦当礼敬药师琉璃光佛。"

问：十方、兜率亦引导否？

答：或不导，经不说故。或导，愿力无边故。

戊二　生善道二：初正明，二转报。

今己初。

或有因此，生于天上。虽生天中，而本善根亦未穷尽，不复更生诸馀恶趣。天上寿尽，还生人间。或为轮王，统摄四洲，威德自在，安立无量百千有情于十善道。或生刹帝利、婆罗门、居士、大家，多饶财宝，仓库盈溢，形相端严，眷属具足，聪明智慧，勇健威猛，如大力士。

问：何谓"因此"，及"本善根"？

答："因此"者，秋篠云："因此闻药师如来名故。"长谷云："指戒善也。"今从秋篠，符晋本故。"本善根"者，秋篠云："谓本出世善根，或闻药师如来名号善根。"今用后解。案：秋篠二段文，皆本唐疏。

己二　转报。

若是女人，得闻世尊药师如来名号，至心受持，于后不复更受女身。

问：何谓"于后"？

答:"后"谓后报。上文第八大愿现身转者,例如《法华》龙女现身变成男子。此是后报,例如《法华·药王品》中约命终后。故《七佛经》中,前大愿云"即于现身转成男子",此文亦云"于后"而已。

问:《七佛经》中于此文后有说咒文,他译皆无。后人常取《七佛经》中咒文及其前后之文四百馀字,增入今本,谓为完足。其说然欤?

答:同是佛语,糅杂无妨。《七佛经》本,别行于世。今本不增,有何不足?如《法华经·普门品偈》,什公不译。荆溪判云:"此亦未测什公深意。"今可例云:此亦未测奘公深意也。

甲三　流通分。

问:诸师将经末"尔时阿难白佛言",云为流通分,今何不然?

答:曼殊、救脱及以药叉发誓弘经,岂非流通?

流通分三:初诸士发誓弘经,二佛说题名奉持,三大众闻说奉行。

乙初诸士发誓弘经三:初曼殊发誓,二救脱明益,三药叉发誓。

丙初曼殊发誓三:初对佛发誓,二如来许说,三因阿难称赞。

丁初对佛发誓二:初正誓,二利益。

戊初正誓二:初闻名,二持经。

今己初。

尔时曼殊室利童子白佛言：世尊，我当誓于像法转时，以种种方便，令诸净信善男子、善女人等，得闻世尊药师琉璃光如来名号。乃至睡中，亦以佛名觉悟其耳。

己二 持经。

世尊，若于此经受持读诵，或复为他演说开示，若自书，若教人书，恭敬尊重。以种种华、香、涂香、末香、烧香、华鬘、璎珞、幡盖、伎乐，而为供养。以五色彩，作囊盛之，扫洒净处，敷设高座，而用安处。尔时四大天王与其眷属，及余无量百千天众，皆诣其所，供养守护。

问：以伎乐供佛，是何意欤？

答：《大智度论》云："问曰：诸佛贤圣是离欲人，则不须音乐歌舞，何以伎乐供养？答曰：诸佛虽于一切法中，心无所著；于世间法，尽无所须。诸佛怜愍众生故出世，应随供养者，令随愿得福故受。如以华、香供养，亦非佛所须，佛身常有妙香，诸天所不及，为利益众生故受。"

问：出家诸众，亦应以伎乐供佛欤？

答：《法华经方便品》记云："音乐供养者，有出家内众，音乐自随，云供养者。自思己行，与何心俱。虽有此文，必须裁择，《梵网》诚制，何待固言。只恐供养心微，增己放逸，长他贪慢，敬想难成。"

戊二 利益。

世尊，若此经宝流行之处，有能受持。以彼世尊药师琉璃光如来本愿功德，及闻名号。当知是处无复横死，亦复不为诸恶鬼神夺其精气。设已夺者，还得如故，身心安乐。

问：既云"经宝流行之处"，应连向之"持经科"中，今何不尔？

答：虽蹑（跟随）向云"经宝流行"，复有"及闻名号"之言，须知此举闻持之益。

丁二 如来许说二：初略许可，二广印定。

今戊初。

佛告曼殊室利：如是如是，如汝所说。

戊二 广印定二：初印向持经，二印向闻名（文但不次耳）。

今己初。

曼殊室利，若有净信善男子、善女人等，欲供养彼世尊药师琉璃光如来者。应先造立彼佛形像，敷清净座，而安处之。散种种华，烧种种香，以种种幢幡，庄严其处。七日七夜，受八分斋戒，食清净食。澡浴香洁，着新净衣。应生无垢浊心，无怒害心，于一切有情，起利益安乐、慈悲喜舍、平等之心。鼓乐歌赞，右绕佛像。复应念彼如来本愿功德，读诵此经，思惟其义，演说开示。随所乐愿，一切皆遂。求长寿得长寿，求富饶得富饶，求官位得官位，求男女得男女。若复有人，忽得恶梦，见诸恶相，或怪鸟来集，或于住处百怪出现。此人若以众妙资具，恭敬供养彼世尊药师琉璃光如来者，恶梦恶相，诸不吉祥，皆悉隐没，不能为患。或有水、火、刀、毒、悬险、恶象、狮子、虎狼、熊罴、毒蛇、恶蝎、蜈蚣、蚰蜒、蚊虻等怖。若能至心忆念彼佛，恭敬供养，一切怖畏，皆得解脱。若他国侵扰，盗贼反乱。忆念恭敬彼如来者，亦皆解脱。

问：澡浴之文，《七佛经》云："日别三时，澡浴清净。"不繁数欤？

答：《摩诃止观》云："日三时洗浴，一日，即一实谛也。三洗，即观一实，修三观，荡三障，净三智也。"《辅行》云："三时洗者，纵无他缘，亦须三洗，有所表故。"

问："随所乐愿，一切皆遂，乃至得男女"之文。魏塘云："一切皆遂句，则该四教圣贤三昧辩才、愿生佛国等出世正求。下四即遂世间浅深富寿之求。"其说然欤？

答：今谓初二句，总举。求长寿，别列。所举寿等，岂"一切"外？若知"一切皆遂"，乃是出世正求。谁言"富""寿"等四，但是世间倒求？文似语近，意实穷远。故释四求者，应例《观音普门品疏》释之。

问：水、火、虎、狼等文，魏塘谓："此皆灭世间之恶，不必约《普门》烦恼业报释之。"其说然欤？

答：今谓如请《观音经》云："一切怖畏，一切毒害，一切恶鬼、虎狼狮子，闻此咒时，口即闭塞，不能为害。"《疏》云："一切怖畏者，一、历十种行人，各各有怖畏也；二、作恶鬼虎狼者，例如《金光明》，初地至十地，皆有虎狼狮子之难。此中十人乃无事中虎狼，约烦恼法为虎狼也。"须知但云灭世间恶，使药师利益局在界内，其咎莫大。况"一切"之言，岂止少分！

己二　印向闻名。

复次曼殊室利，若有净信善男子、善女人等，乃至尽形不事余天，唯当一心归佛法僧，受持禁戒，若五戒、十戒、菩萨四百

戒、苾刍二百五十戒、苾刍尼五百戒。于所受中，或有毁犯，怖堕恶趣。若能专念彼佛名号，恭敬供养者，必定不受三恶趣生。或有女人，临当产时，受于极苦。若能至心称名礼赞、恭敬供养彼如来者，众苦皆除。所生之子，身分具足，形色端正，见者欢喜。利根聪明，安隐少病，无有非人夺其精气。

问：何谓菩萨四百戒？

答：《法藏》云："菩萨戒以十善为根本。言十善者：信等五根，无贪等三，及与惭愧合为十善。一一经十，合为百数。此各有四：一自持，二他持，三赞叹，四随喜。如是即成四百戒也。"（文）神谟、遁伦，皆述此说。

问：何谓苾刍尼五百戒？

答：《南山行事钞》云："问：律中僧列二百五十戒，《戒本》具之。尼则五百，此言虚实？答：两列定数，略指而言。诸部通言，不必依数。约境明相，乃有尘沙。律中尼有三百四十八戒，可得指此而为所防。准《智论》云：尼受戒法，略则五百，广说八万。"（文）

丁三　因阿难称赞三：初如来问，二阿难答，三如来称赞。今戊初。

尔时世尊告阿难言：如我称扬彼佛世尊药师琉璃光如来所有功德。此是诸佛甚深行处，难可解了。汝为信不？

问："诸佛甚深行处"，如何释耶？

答：《金光明经》序品初云："如来游于无量甚深法性诸佛行处。"并方等部，彼此义同。释迦所游，药师所住，二无差别，体性全一。故引大师彼《疏》释之。彼云:"微妙三谛,故言甚深。非是二乘、下地菩萨之所逮及,故言甚深也。又非别有一法,名为甚深。即事而真,无非实相,一色一香,莫非中道,皆中道故,即是甚深。诸佛行处者,正显佛智甚深;佛智甚深故,行处亦甚深;行处甚深故,佛智亦甚深。举函显盖,举盖显函,正在此也。"

戊二 阿难答二:初明持经不疑,二明持名难信。(若夫持经不疑,以何持名难信?若夫持名难信,以何持经不疑?何况迹示三果,非庸常人,岂有一信一不信耶!一纵一夺,砥砺后来耳。)

今己初。

阿难白言:大德世尊!我于如来所说契经,不生疑惑。所以者何?一切如来,身语意业,无不清净。世尊,此日月轮,可令堕落。妙高山王,可使倾动。诸佛所言,无有异也。

己二 明持名难信。

世尊,有诸众生,信根不具,闻说诸佛甚深行处,作是思惟:云何但念药师琉璃光如来一佛名号,便获尔所功德胜利?由此不信,返生诽谤。彼于长夜,失大利乐,堕诸恶趣,流转无穷。

戊三 如来称赞。(此中单举持名,蹑阿难答故也。)文五:初反斥,二正宗,三简非,四校叹,五结叹。

今己初。

佛告阿难:是诸有情,若闻世尊药师琉璃光如来名号,至心受持,不生疑惑,堕恶趣者,无有是处。

己二 正示。

阿难,此是诸佛甚深所行,难可信解。汝今能受,当知皆是

如来威力。

己三　简非。

阿难，一切声闻、独觉，及未登地诸菩萨等，皆悉不能如实信解，唯除一生所系菩萨。

问：何谓"唯除一生所系菩萨"？

答：秋篠云："一生所系菩萨者，即一生补处菩萨，如弥勒等也。道理通论，初地以上菩萨，各得无分别智，地地别证真如法界，于佛所成名称功德，随分信解。今言唯除一生所系者，据因位之中信极者而言，以此菩萨因中见性分明，故作此说。非谓一生以外，皆不信解也。"（文）案：此文本唐疏。

己四　校叹。

阿难，人身难得，于三宝中信敬尊重，亦难可得。得闻世尊药师琉璃光如来名号，复难于是。

己五　结叹。

阿难，彼药师琉璃光如来无量菩萨行，无量善巧方便，无量广大愿。我若一劫，若一劫余，而广说者，劫可速尽，彼佛行愿、善巧方便，无有尽也。

问：文云"无量广大愿"者，于前十二大愿外，更有无量广大愿耶？

答：非也。凡诸菩萨，皆发总别二愿。总则四弘，别则数异。若开出之，即是无量广大愿耳。

丙二　救脱明益三：初明救病患，二明攘灾难，三明转后报。

丁初明救病患二：初正向佛明，二答阿难问。

戊初正向佛明二：初正明，二结劝。

己初正明二：初正明苦相，二略出忏仪。（有生已来谁无病患，如薄拘罗虽无头痛，未离无明；止观十境，通称病患。蕅益所谓"众生良药无如病"，思之思之！）

今庚初。

尔时众中有一菩萨摩诃萨，名曰救脱。即从座起，偏袒右肩，右膝着地，曲躬合掌，而白佛言：大德世尊！像法转时，有诸众生，为种种患之所困厄，长病羸瘦，不能饮食。喉唇干燥，见诸方暗，死相现前，父母、亲属、朋友、知识，啼泣围绕。然彼自身卧在本处，见琰魔使，引其神识，至于琰魔法王之前。然诸有情有俱生神，随其所作，若罪若福，皆具书之，尽持授与琰魔法王。尔时彼王推问其人，算计所作，随其罪福而处断之。

问："见琰魔使，引其神识，至于琰魔法王之前。"古疏作何释耶？

答：秋篠云："若其患人，决定令死，则受鬼身，容可琰王别遣鬼为使，而引取之。如其未决定死，则未受鬼身，何有鬼身，有得引生人之识？不可别人之识在别鬼身中，若不在鬼使身中，识心既不孤游，云何可引得至琰魔王前？当知此是药师如来及经之威力，令得患人第六意识见分之上，起此三种行解相分：一为琰魔王，二为王使，三为己身，为自神识所依随使之行至琰王前。其实，神识未曾离身。若是本识随所舍处，则死成尸，不可说离身；若是六、七等识依本识故，而得现起；若离本识，无种子故，无由得生；是故八识俱无离身孤行之理。此盖如人梦中梦现见师僧，或复父母，遣使来唤，梦现见己身随使而行，远至师僧及父母前。当知师僧或复父母、使人、己身，皆是第六意识见分上现此三种相分，似有去来，实无去来。所以然者，以一切心及心所取境之时，非如灯明舒光照物，不同铁钳动作取物；但如明镜远照，影现镜中，如人在远，遥见日月，此亦如是。药师如来及经威力，令彼患人，见如此相，似有往来，实无往来。故《涅槃经》云：'若有闻是《大涅槃经》，言我不用发菩提心，诽谤正法。是人梦中，见罗刹像，心中怖惧。罗刹语云：咄！善男子！汝今若不发菩提心，当断汝命。是人惶怖觉已，即发无上菩提心。是人命终，若在三恶，及在人天，续复忆念菩提之心。以是义故，是《大涅槃》威神力故，能令未发心者，作菩提因。'"案：此文本唐疏。《义疏》云：此是唐靖迈《疏》意。今谓云云，兹略不录。

问："有俱生神，随其所作，若罪若福，皆具书之，尽持授与琰魔法王。"古疏作何释耶？

答：秋篠云："言俱生神者，若约实而言，神即识也。俱生神者，即阿赖耶识。以阿赖耶识，是受生之主，与身俱时而生，故名俱生。随诸有情所作罪福，皆熏在阿赖耶识中，故言'随其所作，乃至皆具书之'。或是琰魔王为令罪人无有妄拒，伏本所作故，化作俱生神，从生已来书其罪福。或是药师如来及经威力，现作俱生神，书其罪福。言'尽持授与琰魔法王'者，由阿赖耶识中，具有罪福种子为因缘，药师如来及经威力为增上缘，令罪福相分现于患人第六意识之上。令琰魔王他心智起，尽见患人罪福之相，义称'尽持授与'。或琰魔化作俱生神，或佛及经现俱生神，授与亦然。"案：此文本唐疏。《义疏》有别解，兹略不录。

庚二　略出忏仪。

时彼病人亲属知识，若能为彼归依世尊药师琉璃光如来，请诸众僧，转读此经，燃七层之灯，悬五色续命神幡。或有是处，彼识得还，如在梦中，明了自见。或经七日，或二十一日，或三十五日，或四十九日，彼识还时，如从梦觉，皆自忆知善不善业所得果报。由自证见业果报故，乃至命难，亦不造作诸恶之业。

问：灯七层，幡五色，有何义欤？

答：青丘有释。今谓灯有七层，应表七觉。《止观》云："灯，即慧也。"《辅行》云："慧灯圆照。"幡有五色，应表五阴。

问：灯幡之二，同是供具；如其表法，一是法门，一是正报，何为不齐？

答：五阴乃是四念处也，同是七科法门而已。

问："或有是处，彼识得还，如在梦中，明了自见。"曰"或"，曰"如"，是何义欤？

答：秋篠云："谓有实死，虽复修福，识不得还。或因修福故，彼向王使所引之识，得还身中。二理不同，故复称'或'。""如在"等者，秋篠云："此亦即是梦，以梦类梦，故称为'如'。"案：此文本唐疏。

己二　结劝。

是故净信善男子、善女人等，皆应受持药师琉璃光如来名

号。随力所能，恭敬供养。

戊二 答阿难问二：初阿难问，二救脱答。

今己初。

尔时阿难问救脱菩萨曰：善男子，应云何恭敬、供养彼世尊药师琉璃光如来？续命幡灯，复云何造？

己二 救脱答。

救脱菩萨言：大德，若有病人，欲脱病苦。当为其人，七日七夜受持八分斋戒。应以饮食，及馀资具，随力所办，供养苾刍僧，昼夜六时，礼拜供养彼世尊药师琉璃光如来，读诵此经四十九遍。燃四十九灯。造彼如来形像七躯，一一像前各置七灯，一一灯量，大如车轮，乃至四十九日，光明不绝。造五色彩幡，长四十九搩手。应放杂类众生，至四十九。可得过度危厄之难，不为诸横恶鬼所持。

问：云何供养苾刍僧耶？

答：《消灾轨》云："仍须请七僧。"今谓若随力，堪请七七僧弥善。

问：云何一一皆须四十九耶？

答：魏塘约《易经》大衍之数而释。今谓不尔。数用七者，如《成实论》广明。今皆四十九者，以复七故为数之极。例如中有不过七七。何假大衍以消今文？

问：何谓四十九搩手？

答：搩手长一尺。故晋、隋二本，及《七佛经》，皆云四十九尺。又准《七佛经》，应外造幡，故彼经云："造杂彩幡四十九首,并一长幡四十九尺。"案:考南山、灵芝撰述,佛搩手二尺,人搩手为一尺。今约人搩手言也。搩手者,谓以大拇指与中指张开,相去之间。尺约周尺,古今人考订周尺量,有种种异说,且据清冯云鹏《金石索》中所考者,一周尺等于清工部营造尺六寸四分强,其说较为近似。

问:"应放杂类众生,至四十九。"作何释欤?

答:秋篠引唐遁伦释云:"案:《正法念处经》云:'畜生有三十四亿种类。'此中言四十九者,应放水陆异类至四十九。"

问:生类无量,何放七七?

答:有所表故。境有齐限,心应平等。

问:文中屡列七等数字,亦皆有所表欤?

答:一一以七数者,应表七觉。智慧发生,故云"七日";烦恼灭尽,故云"七夜"。七觉生八正道,故云七日夜受八斋戒。觉觉各具七觉,故云"四十九遍"。佛之七觉,我之七觉,众生七觉,三无差别,故云"造像七躯"。觉觉各具七觉,故云"各置七灯"。

丁二　明攘灾难二:初正明攘难,二答阿难问。

戊初　正明攘难二:初帝王,二臣民。(从重至轻,次第言之耳。魏塘云:"天子四海为家,臣妾亿兆,一人有庆,兆民赖之;四方有罪,在予一人。故岁禩民疫,皆君休戚,所当急先求忏悔者也。且药师之药,先治此人者,一是责备贤者,二是一正君而天下定之道也。"今谓非谓先治帝王之意。如《戒经》云:"欲受国王位时,受转轮王位时,百官受位时,应先受菩萨戒。"非谓受菩萨戒,先被国王,次转轮王,次及百官。况责备贤者,一正国定,功在卿相,王何独贤？隋本但王不及臣民。以故而知先治之说，不通甚矣。）

己初 帝王。

复次阿难，若刹帝利灌顶王等，灾难起时，所谓人众疾疫难、他国侵逼难、自界叛逆难、星宿变怪难、日月薄蚀难、非时风雨难、过时不雨难。彼刹帝利灌顶王等，尔时应于一切有情，起慈悲心，赦诸系闭。依前所说供养之法，供养彼世尊药师琉璃光如来。由此善根，及彼如来本愿力故，令其国界即得安稳。风雨顺时，谷稼成熟。一切有情，无病欢乐。于其国中，无有暴恶药叉等神，恼有情者。一切恶相，皆即隐没。而刹帝利灌顶王等，寿命色力，无病自在，皆得增益。

问："依前所说供养之法"，何谓"依前"耶？

答：秋篠云："谓应依前七日七夜，自受持斋戒，乃至放杂类众生等。"案：此文本唐疏。

问：今列七难，与《仁王经》中七难有异同欤？

答：与《仁王》有异。若类同者云云。

案：今据《义疏》文，列表如下：

七难	《义疏》引文
人众疾疫难	《仁王护国品》云：不但获福，亦护众难，若疾病苦难。
他国侵逼难 / 自界叛逆难	《仁王受持品》云：四方贼来侵国，内外贼起。他国即外贼，自界即内贼。
星宿变怪难	彼云：二十八宿，乃至各各变现。
日月薄蚀难	彼云：日月失度，乃至二三四五重轮现。
非时风雨难 — 风难	彼云：大风吹杀，乃至火风，水风。
非时风雨难 — 雨难	彼云：大水漂没，乃至浮山流石。
过时不雨难	彼云：天地国土亢阳，乃至万姓灭尽。

彼又云：大火烧国等，今文无。

己二　臣民。

阿难，若帝后妃主、储君王子、大臣辅相、中宫彩女、百官黎庶，为病所苦，及馀厄难。亦应造立五色神幡，燃灯续明，放诸生命，散杂色华，烧众名香。病得除愈，众难解脱。

问：文云造幡燃灯等，与前二段文互有不同。何耶？

答：秋篠云："造幡燃灯，放生命等，具如前法。今此中有散杂色华，烧众名香，当知前二亦有；前二所有，此亦非无，绮互为文耳。"（文）今谓此中五法，皆是助行；必应称药师名，读诵此经，文不言者，助助于正。

戊二　答阿难问：二重问答。

己初　第一问答二：初问，二答。

今庚初。

尔时阿难问救脱菩萨言：善男子，云何已尽之命而可增益？

庚二　答。

救脱菩萨言：大德，汝岂不闻如来说有九横死耶？是故劝造续命幡灯，修诸福德。以修福故，尽其寿命，不经苦患。

问：何谓横死？

答：秋篠云："夫言横死者，皆不定之业，此业若有顺缘资助，则得延长；若无顺缘资助，及属违缘，则便短促。对彼顺缘，寿长无延；若无此缘，寿短横死故。是故我今劝造幡灯，修敬三宝等福德。以修福德等为资助顺益命缘故，遂使是人，尽彼先业所感寿命，终不中途更经枉横苦患也。"

己二　第二问答二：初问，二答。

今庚初。

阿难问言：九横云何？

庚二　答二：初释，二结。

今辛初。

救脱菩萨言：若诸有情，得病虽轻，然无医药及看病者；设复遇医，授以非药，实不应死而便横死。又信世间邪魔外道妖孽之师，妄说祸福。便生恐动，心不自正，卜问觅祸。杀种种众生，解奏神明，呼诸魍魉，请乞福祐。欲冀延年，终不能得。愚痴迷惑，信邪倒见。遂令横死，入于地狱，无有出期。是名初横。二者，横被王法之所诛戮。三者，畋猎嬉戏，耽淫嗜酒，放逸无度，横为非人夺其精气。四者，横为火焚。五者，横为水溺。六者，横为种种恶兽所啖。七者，横堕山崖。八者，横为毒药、厌祷、咒诅、起尸鬼等之所中害。九者，饥渴所困，不得饮食，而便横死。

问：九横之文，古疏作何释耶？

答：初横中，秋篠云："无医药及看病者，以无资缘故而便致死。设复遇医等，以遇违缘故而便致死。"第二横中，秋篠云："佛法之宗，无有因缘终不得果。因，谓名言熏习种子。缘，有二种：一以先业缘，二由现发缘。此人今被王法诛戮，虽有名言种子为正因，及有先业为缘因，而无现在缘，如来随顺世俗，名为横死，以无现缘故。"又云："此人寿命是不定业，亦是杀生增上果；若遇顺缘修福等资助，故不受王戮，得寿命长。若不修福，攘昔杀缘，则被王戮，不得长寿，故得横死。"云云。案：秋篠释第二横已下，乃至第九横，文义相似，今不具录。唯撮要列表如下：

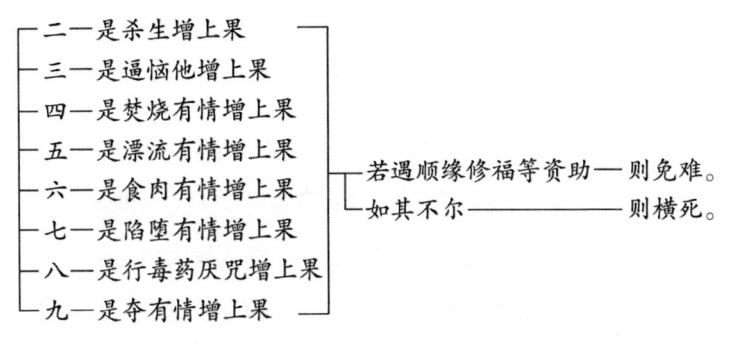

```
┌ 二一是杀生增上果
├ 三一是逼恼他增上果
├ 四一是焚烧有情增上果
├ 五一是漂流有情增上果 ┐ 若遇顺缘修福等资助——则免难。
├ 六一是食肉有情增上果 ┘ 如其不尔—————————则横死。
├ 七一是陷堕有情增上果
├ 八一是行毒药厌咒增上果
└ 九一是夺有情增上果
```

案：上文皆本唐疏。

问：何谓觅祸？

答：即下文"杀种种众生"等是。秋篠云："何但横死而已，后由愚痴，信邪倒见，杀众生故，乃入地狱，无有出期，岂不哀哉！"

辛二　结。

是为如来略说横死，有此九种。其馀复有无量诸横，难可具说。

丁三　明转后报。

复次阿难，彼琰魔王，主领世间名籍之记。若诸有情，不孝五逆，破辱三宝，坏君臣法，毁于信戒。琰魔法王，随罪轻重，考而罚之。是故我今劝诸有情，燃灯造幡，放生修福。令度苦厄，不遭众难。

问：青丘科此文为结，然欤？

答：今谓昧"复次"字，非结上文。

问：此与上文何异？

答：上约病人，今约逆罪，故知非结。

丙三 药叉发誓二：初正明誓，二佛印劝。

今丁初。

尔时众中有十二药叉大将，俱在会坐。所谓宫毗罗大将、伐折罗大将、迷企罗大将、安底罗大将、頞你罗大将、珊底罗大将、因达罗大将、波夷罗大将、摩虎罗大将、真达罗大将、招杜罗大将、毗羯罗大将。此十二药叉大将，一一各有七千药叉以为眷属。同时举声白佛言：世尊，我等今者蒙佛威力，得闻世尊药师琉璃光如来名号，不复更有恶趣之怖。我等相率，皆同一心，乃至尽形，归佛法僧。誓当荷负一切有情，为作义利，饶益安乐。随于何等村城国邑，空闲林中，若有流布此经，或复受持药师琉璃光如来名号，恭敬供养者，我等眷属，卫护是人。皆使解脱一切苦难，诸有愿求，悉令满足。或有疾厄，求度脱者，亦应读诵此经，以五色缕，结我名字，得如愿已，然后解结。

问："以五色缕，结我名字；得如愿已，然后解结。"其仪轨如何？

答：秋篠引遁伦云："西域僧口传言，以布缕结神名字也。谓若人临厄难时，应请七僧，即请道场，令读此经四十九遍。尔时施主，为藏结缕，作新匣，长七寸，广二寸。作匣竟，施主捧匣进七僧前，至心三礼，胡跪叉手，誓愿所求。尔时，七僧一时发愿读经，一僧各读七卷，七七四十九遍竟。每一卷节，各其神名处，息读经。时施主进七僧前，以缕次第结其神名。后五神名者，七僧一时等唱，一一神名，而施主如前例结。结竟而取缕入匣闭户，然后送七僧。待其难息，若得求已；更请七僧，如前先结十二神名字，次第还解也。"案：《疏》云"每一卷节各其神名处，以缕结"者，读经七卷，即随结前七神名。又云"后五神名"者，即其馀也。又云"七僧一时等唱神名"者，前已读经竟，此唯唱五神名耳。

丁二　佛印劝。

尔时世尊赞诸药叉大将言：善哉善哉！大药叉将，汝等念报世尊药师琉璃光如来恩德者，常应如是利益安乐一切有情。

乙二　佛说题名奉持。

尔时阿难白佛言：世尊，当何名此法门？我等云何奉持？

佛告阿难：此法门名《说药师琉璃光如来本愿功德》，亦名《说十二神将饶益有情结愿神咒》，亦名《拔除一切业障》，应如是持。

问：亦名"结愿神咒"，何以今译本中无咒耶？

答：有二义：一、神将白佛乃是神咒。虽《大品经》无一真言，帝释白佛："般若波罗蜜，是大明咒，无上明咒，无等等咒。"佛印可之。龙树释云："谓咒术能随贪欲瞋恚自在作恶，是般若咒能灭禅定、佛道、涅槃诸著，何况贪恚粗病；是故名为大明咒，无上咒，无等等咒。"岂以无一真言而为疑耶！故隋本云"自誓"，《七佛经》云"护持"耳。二、列神将名自是神咒。如《陀罗尼集经》"法印咒"也。

乙三　大众闻说奉行。

◆ 万事都从缺陷好

时薄伽梵说是语已,诸菩萨摩诃萨,及大声闻、国王、大臣、婆罗门、居士、天、龙、药叉、健达缚、阿素洛、揭路荼、紧捺洛、莫呼洛伽、人非人等,一切大众,闻佛所说,皆大欢喜,信受奉行。

《药师经析疑》终

后记

是经唐疏,今多遗佚。弘一大师暮年,据中日古德著述,编著《析疑》一卷。末附数语,以系例言,今移卷首。大师躬自署签,下注:"辛巳十月二十一日始录稿"。唯方缮数行,应泉城之请弘法而辍,旋即迁化。遗稿珍藏箧笥,知者实绵。

按《义疏》,日僧实观撰,共三卷。文中冠"案"字者,大师所阐释也。辛巳为一九四一年,大师年六十又二,时居温陵莆林禅苑之尊瞻堂,盖示寂之前一年也。越二十年,乃克校录。谨缀数语,用志因缘。

甲辰仲冬,录者谨识。

06 深入经藏 智慧如海

《华严经》读诵研习入门次第

读诵、研习，宜并行之。今依文便，分为二章。每章之中，先略后广。学者根器不同，好乐殊致，应自量力，各适其宜可耳。龙集辛未（1931）首夏沙门亡言述。

第一章 读诵

若好乐简略者，宜读唐贞元译《华严经·普贤行愿品》末卷（即是别行一卷，金陵版最善，共一册）。唐清凉国师曰："今此一经，即彼《四十卷》中第四十也，而为《华严》关键，修行枢机，文约义丰，功高德广，能简能易，唯远唯深，可赞可传，可行可宝。"故西域相传云：《普贤行愿赞》为略《华严经》，《大方广佛华严经》为广《普贤行愿赞》。

或兼读唐译《华严经·净行品》。清徐文霨居士曰："当以《净行》一品为入手，以《行愿》末卷为归宿。"又曰："《净行》一品，念念不舍众生。夫至念念不舍众生，则我执不破而自破。纵未能真实利益众生，而是人心量则已超出同类之上。胜异方便，无以逾此。"

以上二种，宜奉为日课。此外，若欲读他品者，如下所记数品之中，或一或多，随力读之：《菩萨问明品》《贤首品》《初发心功德品》《十行品》《十回向品·初回向章》《十忍品》《如来出现品》。（以上皆唐译）

若欲读全经者，宜读唐译（扬州砖桥法藏寺版最善，共二十册）。徐居士曰："读全经至第五十九卷《离世间品》毕，宜接读贞元译《普贤行愿品》四十卷，共九十九卷，较为完全。盖《入法界品》，晋译十七卷，唐译二十一卷，皆非全文。贞元译本，乃为具足。不独末卷'十大愿王'为必读之文，即如第三十八卷《文殊答善财修真供养》一章，足与末卷《广修供养文》互相发明，同为要中之要。而晋、唐二译皆阙也（贞元译《普贤行愿品》亦法藏寺版，并十册）。"

若有馀力者，宜兼读晋译（金陵版共十六册）。徐居士曰："晋译亦宜熟读。盖贤首以前诸祖师引述《华严》，皆用晋译。若不熟读，则莫知所指。"

第二章　研习

若好乐简略者，宜先阅《华严感应缘起传》（扬州版共一册）。

若欲参阅他种者,宜阅《华严悬谈》第七"部类品会"、第八"传译感通"二章(金陵版共八册,此二章载于卷二十五)。

全经大旨,《悬谈》第七"品会"抄文,已述其概。若更欲详知者,宜阅《华严吞海集》(金陵版共一册)。并宜略阅唐译全经一遍,乃可贯通。

若欲知《普贤行愿品》末卷大旨者,宜阅《普贤行愿品》第四十卷《疏》节录(附刊于下记之《华严纲要》后)。又读他品时,宜读《华严纲要》此品释文(北京版共三十二册)。

若更欲穷研者,宜依《大藏辑要·目录提要·华严部》所列者随力阅之(《提要》载于《天津居士林林刊》,又转载于绍兴《大云杂志》)。更益以此宗诸祖撰述等,兹不具录(徐居士近辑《续大藏辑要·目录提要》,"华严部"详载之)。

《华严合论》最后阅之。徐居士曰:"所以劝学者研究《华严》,先《疏》后《论》者,以《疏》是疏体,解得一分即获一分之益,解得十分便获十分之益。终身穷之,而勿能尽。纵使全不能解,亦可受熏成种,有益而无损。《论》是论体,利根上智之士,读之有大利益。而初心学人,于各种经教既未深究,于《疏》《钞》又未寓目,则于《论》旨未易领会。但就《论》文颟顸笼统读去,恐难免空腹高心之病。莲池大师谓:'统明大意,则方山专美于前;极深探赜,强微尽玄,则方山得清凉而始为大备。'斯实千古定论,方山复起,不易斯言。"

随笔四则

曩于读书之暇，喜撷拾海内大德嘉言，手自抄录，以时披诵，积稿盈，时复遗去，顷以胜缘获诵弘一法师近年在闽所书，所书小柬墨妙数种，抄写誊录后，于随笔中呈现，断简零篇，有如流沙坠简，因为转誊，以实吾庵之随笔。慧云

一

余近居日光岩方便掩关，诸缁素属为演讲。窃念余于佛法中最深信者，惟净土法门。于当代善知识中最佩仰者，惟印光老法师。今举嘉言录中数则，略释之。愿离娑婆云云，三九页；既有真信云云，四二页；一切行门云云，四九页。诸君暇时，乞常阅嘉言录，每次仅阅一二段，不必多。宜反覆研味其义，不可草草也。演音

二

昨日出外，见闻者三事：

一、余买价值一元馀之橡皮鞋一双，店员仅索价七角。

二、在马路中，闻有人吹口琴，其曲为日本国歌。

三、归途凄风寒雨。

胜进居士慧览
正月二十九日演音

三

菩萨发意求菩提，非是无因无有缘，于佛法僧生净信，以是而生广大心。不求五欲及王位，富饶自乐大名称，但为永灭众生苦，利益世间而发心。常欲利乐诸众生，庄严国土供养佛，受持正法修诸智，证菩提故而发心。深心信解常清净，恭敬尊重一切佛，于法及僧亦如是，至诚供养而发心。深信于佛及佛法，亦信佛子所行道，及信无上大菩提，菩萨以是初发心。

岁次癸酉正月八日，移居妙释禅寺。是夜余梦身为少年，偕儒师行。闻后有人朗吟《华严》偈句，审知其为《贤首品》文。音节激楚，感人甚深。未能舍去，与儒师返。见十数人席地聚坐，中有一人操理丝弦，一长髯老人即是歌者。座前置纸，大字一行，若写《华严经》名。余乃知彼以歌而说法者，深敬仰之。遂欲入座,因问听众:可有隙地容余等否?彼谓两端悉是虚席。余即脱履,方欲参座,而梦醒矣!回忆《华严贤首品偈》,似为"发心行相五颂"。因于是夜,篝灯书之。愿尽未来际,读诵受持,如说修行焉。

演音
普润法师供养后五日并记

四

己巳十月重游思明,书奉闽南佛学院同学诸仁者。

悲 智

有悲无智,是曰凡夫。
悲智具足,乃名菩萨。
我观仁等,悲心深切。
当更精进,勤求智慧。

智慧之基,曰戒曰定。
如是三学,次第应修。
先持净戒,并习禅定。
乃得真实,甚深智慧。
依此智慧,主能利生。

◆ 万事都从缺陷好

犹如莲华,不着于水。

断诸分别,舍诸执着。

如实观察,一切诸法。

心意柔软,言音净妙。

以无碍眼,等视众生。

具修一切,难行苦行。

是为成就,菩萨之道。

我与仁等,多生同行。

今得集会,生大欢喜。

不揆肤受,辄述所见。

倘契幽怀,愿垂悬察。

大华严寺沙门慧幢撰

《般若波罗蜜多心经》讲录

自今日始,讲三日,先说此次讲经之方法。《心经》虽仅二百馀字,摄全部佛法。讲非数日、一二月,至少须一年。今讲三日,岂能尽。仅说简略大意,及用通俗的浅显讲法。(无深文奥义,不释名相,一解大科。)

效果:

一、令粗解法者及未学法者,皆稍得利益。

二、又对常人(已信佛法)仅谓《心经》为空者,加以纠正。

三、又对常人(未信佛法)谓佛法为消极者,加以辨正。

(先经题,后经文。)

◆ 万事都从缺陷好

经题：般若波罗蜜多心经

前七字为别题，后一字为总题。

般若——梵语也，译为智慧。

```
┌ 常人之小智小慧 ┐
├ 学者之俗智俗慧 ┤— 非
├ 二乘之空智空慧 ┘
└ 照见五蕴皆空，能除一切苦，真实不虚之大智大慧。
```

┌ 小智慧　小聪明、小巧，亦云有智慧，与佛法相远。
├ 俗智慧　研学问，上等人甚好，亦云有智慧，但与
│　　　　佛法无涉。
└ 空智慧　小乘人。

波罗蜜多，译为到彼岸。（就一事之圆满成功言）

若以渡河为喻：

动身处…………此岸

欲到处…………彼岸

以舟渡河竟………到彼岸

约法言之：

此岸………轮回生死　须依般若舟，乃能渡到彼岸，
　　↓　　　　　　↓
彼岸………圆满佛果　而离苦得乐。

心，有数释。一释心乃比喻之辞，即是般若波罗蜜多之心。

（心为一身之必要，此经为般若之精要。）

引证
- 《大般若经》云：余经犹如枝叶，般若犹如树根。
- 又云：不学般若波罗蜜多，证得无上正等菩提，无有是处。
- 又云：般若波罗蜜多能生诸佛，是诸佛母。

案《般若部》，于佛法中甚为重要。佛说法四十九年，说般若者二十二年。而所说《大般若经》六百卷，亦为《藏经》中最大之部。《心经》虽二百馀字，能包六百卷《大般若》义，毫无遗漏，故曰"心"也。

经，梵语"修多罗"，此翻"契经"。"契"为契理契机。"经"谓贯穿摄化。

经者，织物之直线也。与横线之纬对。

此外尚有种种解释。

此经有数译（七译）。今常诵者，为唐三藏法师玄奘所译。

已略释经题竟。于讲正文之前，先应注意者。

研习《心经》者最应注意不可著空见。因常人闻说空义，误以为著空之见。此乃大误，且极危险。经云：宁起有见如须弥山，不起空见如芥子许。因起有见者，著有而修善业，犹报在人天。若著空见者，拨无因果则直趣泥犁。故断不可著空见也。

若再进而言之，空见既不可著，有见亦非尽善。应（一）不著有，（二）亦不著空，乃为宜也。

（一）若著有者，执人我皆实有。既分人我，则有彼此。不能大公无私，不能有无我之伟大精神，故不可著有。须忘人我，乃能成就利生之大事业。

(二)若著空，如前所说拨无因果且不谈。即二乘人仅得空慧而著偏空者，亦不能作利生事业也。

故佛经云 ── 真空（非偏空，偏空不真。） ── 常人以为空有相反，
          └ 妙有（非实有，实有不妙。） ── 今乃相合。

真空者，即有之空，虽不妨假说有人我，但不执著其相。

妙有者，即空之有，虽不执著其相，亦不妨假说有人我。

如是终日度生，实无所度。虽无所度，而又决非弃舍不为。若解此意，则常人所谓利益众生者，能力薄弱、范围小、时不久、不彻底。若欲能力不薄弱，范围大者，须学佛法。了解真空妙有之理，精进修行，如此乃能完成利生之大事业也。

或疑《心经》少说有，多说空者，因常人多著于有，对症下药，故多说空。虽说空，乃即有之空，是真空也。若见此真空，即真空不空。因有此空，将来做利生事业乃成十分圆满。

合前(三)非消极者，是积极，当可了然。世人之积极，不过积极于暂时，佛法乃永久。

般若法门具有"空"与"不空"二义，"以无所得故"已前之经文，皆从般若之"空"一方面说。依此空义，于常人所执著之妄见，打破消灭一扫而空，使破坏至于彻底。"菩提萨埵"已下，是从般若"不空"方面说，复依此不空义，而炽然上求佛法，下化众生，以完成其圆满之建设。

亦犹世间行事，先将不良之习惯等一一推翻，然后良好建设乃得实现也。

世有谓佛法唯是消极者,皆由不知佛法之全系统,及其精神所在,故有此误解也。

今讲正文,讲时分科。今唯略举大科,不细分。

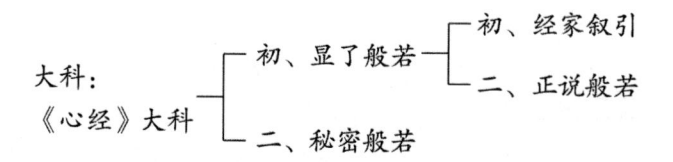

大科:
《心经》大科 ┌ 初、显了般若 ┌ 初、经家叙引
              │   └ 二、正说般若
              └ 二、秘密般若

由序:再就说法之由序言,此译本不详。按宋施护译本,先云:世尊在灵鹫山中,入三摩提。(三昧,译言正定等。)舍利子白观自在菩萨言。若有欲修学甚深般若法门者,当云何修学。而观自在菩萨遂说此经云云。

正文: 观自在菩萨。

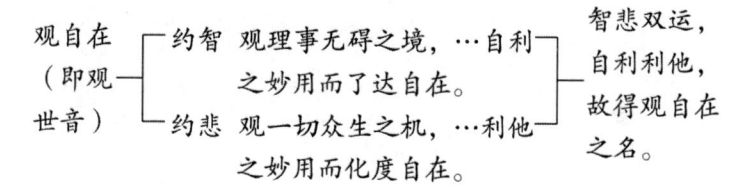

观自在 ┌ 约智 — 观理事无碍之境,…自利之妙用而了达自在。┐ 智悲双运,
(即观 │   │ 自利利他,
世音) └ 约悲 — 观一切众生之机,…利他之妙用而化度自在。┘ 故得观自在之名。

菩萨,"菩提萨埵"之省文,是梵语。

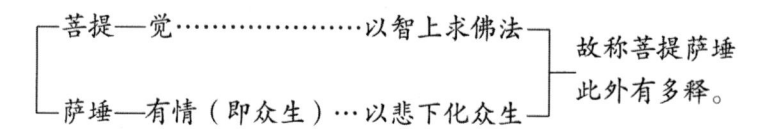

┌ 菩提——觉……………以智上求佛法 ┐ 故称菩提萨埵
└ 萨埵——有情(即众生)…以悲下化众生 ┘ 此外有多释。

行深般若波罗蜜多时。

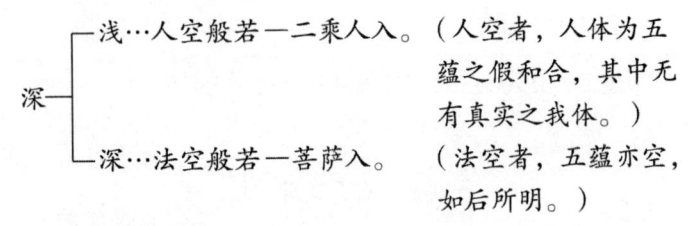

深 ┬ 浅…人空般若—二乘人入。（人空者，人体为五蕴之假和合，其中无有真实之我体。）
　 └ 深…法空般若—菩萨入。（法空者，五蕴亦空，如后所明。）

照见五蕴皆空。

"五蕴"，即旧译之"五阴"也。世间万法无尽。欲研高深哲理及正当人生观，应先于万法有整个之认识，有统一之概念。佛法既含有高深之哲理及正当人生观，应知亦尔。

此五蕴，即佛教用以总括世间万法者。故仅研五蕴，与研究一切万法无异。

"蕴"者，蕴藏积聚也。"五蕴"亦称为"五法聚"，亦即"五类"之义。乃将一切精神、物质之法，归纳于此五类中也。

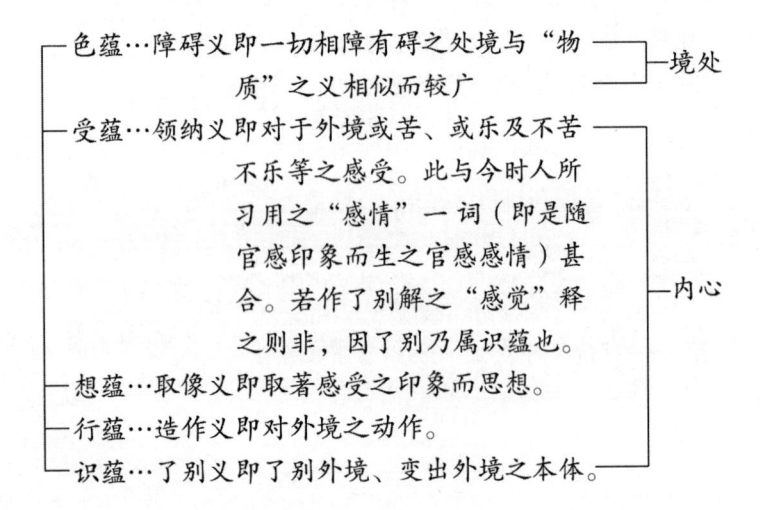

┬ 色蕴…障碍义即一切相障有碍之处境与"物质"之义相似而较广 ┐ 境处
├ 受蕴…领纳义即对于外境或苦、或乐及不苦不乐等之感受。此与今时人所习用之"感情"一词（即是随官感印象而生之官感感情）甚合。若作了别解之"感觉"释之则非，因了别乃属识蕴也。
├ 想蕴…取像义即取著感受之印象而思想。
├ 行蕴…造作义即对外境之动作。　　　　　　　　　　　　　　　┘ 内心
└ 识蕴…了别义即了别外境、变出外境之本体。

```
┌─由外境色………而感著种种受    轮转        色
├─由种种受………而引起种种想    生死      ╱   ╲
├─由种种想………而发起种种行            识     受
├─由种种行………而薰习内心之识  循环      ╲   ╱
└─由内心之识………而变成外境之色 不绝       行—想
```

空，此空之真理及境界，须行深般若时，乃能亲见实证。

今且就可能之范围略说。

五蕴中最难了解其为空者，即色蕴。因有物质，有阻碍，似非空也。凡夫迷之，认为实有，起诸分别。其实乃空。且举二义：

（一）无常　若色真实不虚者，应常恒不变，但外境之色蕴，乃息息变动。山河大地因有沧海桑田之感，即我自身，今年去年，今月上月，今日昨日，所谓"我"者亦不相同。即我鼻中出入息，此一息我，非前一息我。后一息我，非此一息我。因于此一息中，我身已起无数变化。最显者，我全身之血，因此一呼吸遂变其性质成分、位置及工作也。若进言之，匪惟一息有此变化，即刹那刹那中亦悉尔也。既常常变化，故知是空。

（二）所见不同　若色真实不空者，应何时何人所见悉同。但我等外境之色蕴，乃依时依人而异。

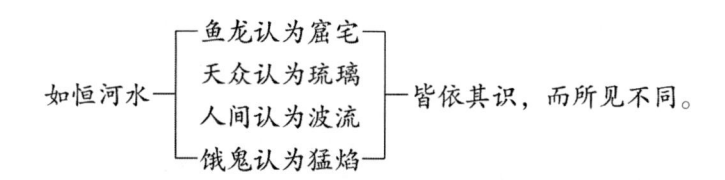

```
           ┌─鱼龙认为窟宅─┐
如恒河水   ├─天众认为琉璃─┤
           ├─人间认为波流─├─皆依其识，而所见不同。
           └─饿鬼认为猛焰─┘
```

故外境之色，唯是我识妄认，非有真实。

有如喜时，觉天地皆春。忧时，觉景物愁惨。于同一境中，一喜一忧，所见各异。

既所见不同，故知是空。

上略举二义，未能详尽。

既知色空，其他无物质无阻碍之受想行识，谓为是空，可无疑矣。"照见"者，非肉眼所见，明见也。

度一切苦厄。

苦，生死苦果。

厄，烦恼苦因。能厄缚众生。

此二皆由五蕴不空而起。由妄认五蕴不空，即生贪嗔痴等烦恼。由有烦恼，即种苦因，由种苦因，即有苦果。

度，若照见五蕴皆空，自能解脱一切苦厄。解脱者，超出也。

舍利子等

以上为结经家叙引。以下乃正说般若。皆观自在菩萨所说，故先呼舍利子名。

舍利子。

是佛之大弟子。舍利此云百舌鸟，其母辩才聪利，以此鸟为名。

舍利子又依母为名，故名舍利子。以上皆依《法华玄赞》释。

色不异空，空不异色。色即是空，空即是色。

即前云五蕴皆空之真理，以"五蕴"与"空"对观，显明空义。

能知"色不异空",无声色货利可贪,无五欲尘劳可恋,即出凡夫境界。能知"空不异色",不入二乘涅槃,而化度众生,即出二乘境界,如是乃菩萨之行也。

故应于"不异"与"即是"二义详研,不得仅观"空"之一边,乃善学般若者也。

不异——粗浅色与空互较不异。仍是二事。

即是——深密色与空相即。空依色,色依空,非空外色,非色外空。乃是一事。

受想行识,亦复如是。

　　┌ 受想行识不异空,空不异受想行识。
　　└ 受想行识即是空,空即是受想行识。

依上所云"不异"、"即是"二者观之,五蕴乃根本空,彻底空。

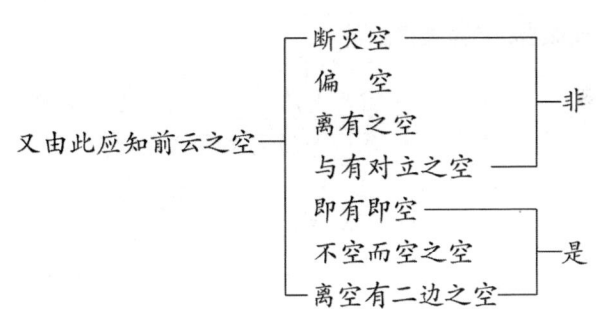

又由此应知前云之空 ┬ ┌ 断灭空 ─┐
　　　　　　　　　　│ │ 偏　空 　│ 非
　　　　　　　　　　│ │ 离有之空 │
　　　　　　　　　　│ └ 与有对立之空 ┘
　　　　　　　　　　│ ┌ 即有即空 ─┐
　　　　　　　　　　│ │ 不空而空之空 │ 是
　　　　　　　　　　└ └ 离空有二边之空 ┘

舍利子,是诸法空相。

诸法,前言"五蕴",此言"诸法",无有异也。

空相,此"相"字宜注意,上段说诸法空性,此处说诸法空相。所谓"空"者,非是"但空",是诸法之"有"上所显之"空",

◆ 万事都从缺陷好

是离空、有二边之"空"。最宜注意。

不生不灭，不垢不净，不增不减。

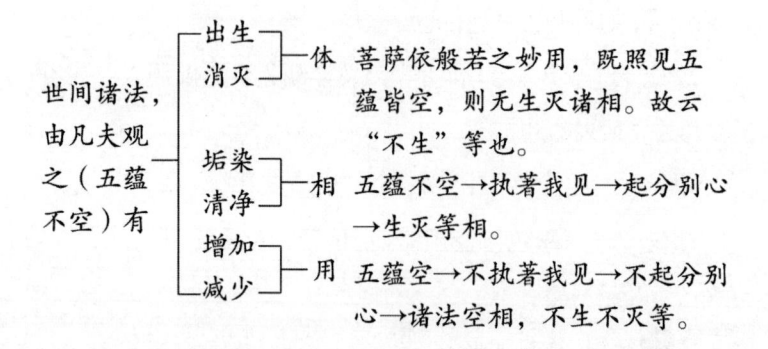

世间诸法，由凡夫观之（五蕴不空）有 ┬ 出生 消灭 ─ 体 菩萨依般若之妙用，既照见五蕴皆空，则无生灭诸相。故云"不生"等也。
├ 垢染 清净 ─ 相 五蕴不空→执著我见→起分别心→生灭等相。
└ 增加 减少 ─ 用 五蕴空→不执著我见→不起分别心→诸法空相，不生不灭等。

由此可知生死即涅槃，烦恼即菩提，众生即佛，而不厌离生死，怖畏烦恼，舍弃众生。乃能证不生等境界。如此乃是菩萨，乃是般若，乃是自在。

是故空中无色，无受想行识。无眼耳鼻舌身意，无色声香味触法。无眼界，乃至无意识界。

以下广说五蕴皆空之义 ┬ （一）空凡夫法——（经文）是故空中无色……乃至无意识界。
├ （二）空二乘法——（经文）无无明……无苦集灭道。
└ （三）空大乘法——（经文）无智亦无得，以无所得故。

分为三段：

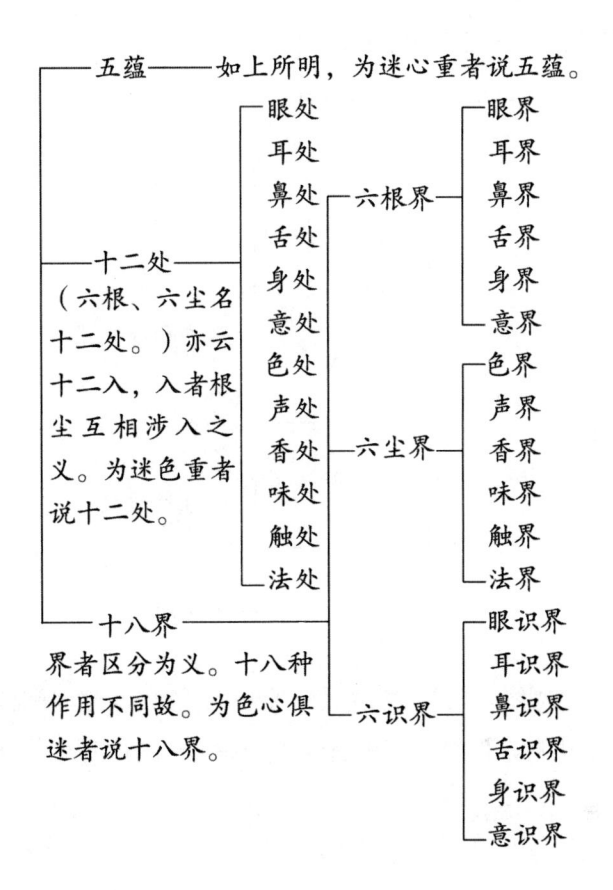

```
                ┌─ 五蕴 ──── 如上所明，为迷心重者说五蕴。
                │          ┌ 眼处        ┌ 眼界
                │          │ 耳处        │ 耳界
                │          │ 鼻处  ┌六根界┤ 鼻界
                │          │ 舌处  │     │ 舌界
                ├─ 十二处 ─┤ 身处  │     │ 身界
                │ （六根、六│ 意处  │     └ 意界
                │ 尘名十二 │ 色处        ┌ 色界
                │ 处。）亦云│ 声处        │ 声界
                │ 十二入，入│ 香处  ┌六尘界┤ 香界
                │ 者根尘互 │ 味处  │     │ 味界
                │ 相涉入之 │ 触处  │     │ 触界
                │ 义。为迷色│ 法处        └ 法界
                │ 重者说十二│
                │ 处。      │              ┌ 眼识界
                │                         │ 耳识界
                └─ 十八界 ──────     ┌六识界┤ 鼻识界
                  界者区分为义。十八种    │     │ 舌识界
                  作用不同故。为色心俱    │     │ 身识界
                  迷者说十八界。               └ 意识界
```

虽分三科，皆总括一切法而说。因学者根器不同，而开合有异耳。

```
                     ┌ 是故空中无色，无受想行识。
蕴处界三科经文 ──────┤ 无眼耳鼻舌身意，无色声香味触法。
                     └ 无眼界乃至无意识界。
```

无无明，亦无无明尽，乃至无老死，亦无老死尽。无苦集灭道。

此乃空二乘法，上四句约缘觉言，下一句约声闻言。

◆ 万事都从缺陷好

缘觉者,常观十二因缘而悟道。

声闻者,(闻佛声教)观四谛而悟道。

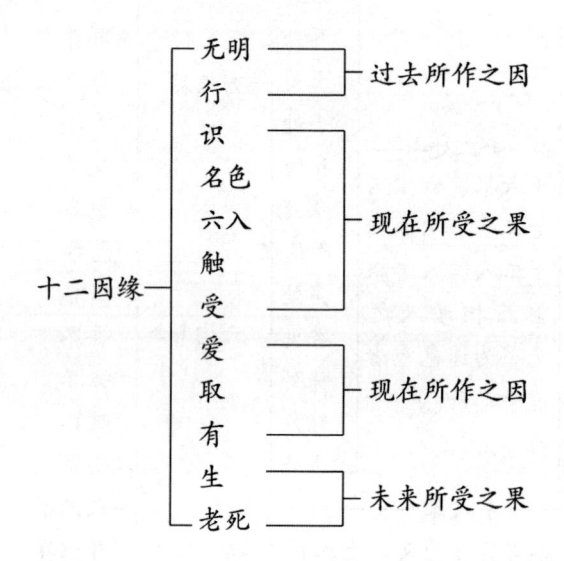

十二因缘
- 无明 ┐
- 行 ┘ → 过去所作之因
- 识 ┐
- 名色 │
- 六入 ├ → 现在所受之果
- 触 │
- 受 ┘
- 爱 ┐
- 取 ├ → 现在所作之因
- 有 ┘
- 生 ┐
- 老死 ┘ → 未来所受之果

此十二因缘,乃说人生之生死苦果之起源及次序。藉流转、还灭二门以显示世间及出世间法。流转者,"无明"乃至"老死"之世间法。还灭者,"无明尽"乃至"老死尽"之出世间法。

若行般若者,世间法空,故经云:无无明,乃至无老死。出世间法亦空,故经云:无无明尽,乃至无老死尽。

四谛(谛者真)
- 苦谛　生死报……世间苦果
- 集谛　烦恼业……世间苦因
- 灭谛　涅槃果……出世间乐果
- 道谛　菩提道……出世间乐因

亦分二门,前二流转,后二还灭。若行般若者,世间及出世间法皆空,故经云:无苦集灭道。

无智亦无得,以无所得故。

此乃空大乘法。

大乘菩萨求种种智，以期证得佛果。故超出声闻缘觉之境界。但所谓"智"，所谓"得"，皆不应执著。所谓"智"者，用以破迷。迷时说有智，悟时即不待言，故云"无智"。所谓"得"者，乃对未得而言。既得之后，便知此事本来具足，在凡不减，在圣不增，亦无所谓得，故云"无得"。"以无所得故"一句，证其空之所以。

以上经文中，"无"字甚多，亦应与前"空"字解释相同。乃即有之无，非寻常有无之无也。若常人观之，以为无所得，则实有一无所得在，即有一无所得可得。非真无所得也。若真无所得或亦即是有所得。观下文所云佛与菩萨所得可知。

菩提萨埵（乃至）三藐三菩提。

菩提萨埵等　说菩萨乘依般若而得之益。

三世诸佛等　说佛乘依般若而得之益。

菩提萨埵，依般若波罗蜜多故，心无挂碍。无挂碍故，无有恐怖，远离颠倒梦想，究竟涅槃。

菩提萨埵，即"菩萨"之具文。

三世诸佛，依般若波罗蜜多故，得阿耨多罗三藐三菩提。

阿耨多罗者，无上也。

三藐三菩提者，正等正觉也。

故知般若波罗蜜多，是大神咒，是大明咒，是无上咒，是无等等咒，能除一切苦，真实不虚。

咒者，秘密不可思议，功能殊胜。此经是经，而今又称为咒者，极言其神效之速也。

是大神咒者，称其能破烦恼，神妙难测。

是大明咒者，称其能破无明，照灭痴闇。

是无上咒者，称其令因行满，至理无加。

是无等等咒者，称其令果德圆，妙觉无等。

真实不虚者，约般若体。

能除一切苦者，约般若用。

故说般若波罗蜜多咒。即说咒曰：揭谛揭谛，波罗揭谛，波罗僧揭谛，菩提萨婆诃。

以上说显了般若竟，此说秘密般若。

般若之妙义妙用，前已说竟。尚有难于言说思想者，故续说之。

咒文依例不释。但当诵持，自获利益。

戊寅（1938年）3月讲于温陵大开元寺

佛说《无常经》叙

庚申之夏，余居钱塘玉泉龛舍，习《根本说一切有部律》，有"诵三启无常经"（亦名《佛说无常经》）之事数则。《根本萨婆多部律摄》卷七云："佛言：'若苾刍来及五时者，应与利分。云何为五：一打犍椎时，二诵三启《无常经》时，三礼制底时，四行筹时，五作白时。'"其馀数则，分注下文。又阅义净《南海寄归内法传》，载"诵三启无常经"之仪至详[①]。因以知，是经为佛世诸大弟子所习诵者；或以是为日课焉。经译于唐，其时流传未广，诵者盖罕[②]。宋元以来，始无道及之者。

余惧其湮没不传，致书善友丁居士，劝请流通。居士赞喜，属为之叙。窃谓是经流通于世，其利最普，愿略述之。经中数说老、病、死三种法，不可爱、不光泽、不可念、不称意。诵是经者，痛念无常，精进向道，其利一。正经文字，不逾三百，益以偈颂，仅千数十。文约义丰，便于持诵，其利二。佛许苾刍，惟诵是经，作吟咏声[3]。妙法稀有，梵音清远，闻者喜乐[4]，其利三。此土葬仪诵经未有成轨；佛世之制，宜诵是经，毗奈耶藏[5]，本经附文，及《内法传》[6]，皆详言之，其利四。斩草伐木，大师所诃。筑室之需，是不获已。依律所载，宜诵是经；并说十善。不废营作，毋伤仁慈[7]，其利五。是经附文，临终方决，最为切要。修净业者，所宜详览。若兼诵经，获益弥广。了知苦、空、无常、无我；方诸安养乐国，风鼓乐器，水注华间，所演法音，同斯微妙，其利六。生逢末法，去圣时遥；佛世芳规，末由承奉。幸有遗经，可资诵讽，每当日落黄昏，暮色苍茫，吭声哀吟，讽是经偈。逝多林山，窣堵波畔，流风遗俗，仿佛遇之，其利七。是经之要，略具于斯。惟愿流通，普及含识。见者闻者，欢喜受持，共悟无常，同生极乐，广度众生，齐成佛道云尔。

是岁七月初二日大慈弘一沙门演音，撰于新城贝多山中。时将筑室掩关，鸠工伐木。先夕诵《无常经》，是日草此序文，求消罪业。

注解：

①《南海寄归内法传》云："神州之地，自古相传，但知礼佛题名，多不称扬赞德。何者？闻名但听其名，罔识智之高下。赞叹具陈其德，乃体德之宏深。即如西方，制底畔睇，及常途礼敬，每于晡（午后3点至5点）后或曛黄（黄昏）时，大众出门，绕塔三匝。香华具设，并悉蹲踞。令其能者，作哀雅声，明彻雄朗，赞大师德，或十颂，或二十颂。次第还入寺中，至常集处。既共坐定，令一经师，升师子座，

读诵少经。其师子座，在上座头。量处度宜，亦不高大。所诵之经多诵三启。乃是尊者马鸣之所集置。初可十颂许，取经意而赞叹三尊。次述正经，是佛亲说。读诵既了，更陈十馀颂，论回向发愿。节段三开，故云三启。经了之时，大众皆云苏婆师多。苏，即是妙。婆师多，是语；意欲赞经是微妙语。或云娑婆度，义曰善哉。经师方下，上座先起，礼师子座。修敬既讫，次礼圣僧座，还居本处。第二上座，准前理二处已，次礼上座，方局自位而坐。第三上座，准次同然，迄乎众末。若其众大，过三五人，馀皆一时望众起礼，随情而去。斯法乃是东方圣耽摩立底国僧徒轨式。"

②日本沙门最澄《显戒论》，开示大唐贡名出家不欺府官明据五十一，转有当院行者赵元及，年三十五，贯京兆府云阳县龙云乡修德里，父贞观为户身无籍，诵《无常经》一卷等。

③《根本说一切有部毗奈耶杂事》卷第四云："佛言苾刍，不应作吟咏声，诵诸经法，及以读经。请教白事，皆不应作。然有二事，依吟咏声：一谓赞大师德，二谓诵三启经；馀皆不合。"

④《根本说一切有部毗奈耶杂事》卷第四云："是时善和苾刍，作吟讽声，赞诵经法。其音清亮，上彻梵天。时有无数众生，闻其声音，悉皆种植解脱分善根，乃至傍生禀识之类，闻彼声者，无不摄耳，听其妙音。后于异时，憍萨罗胜光大王，乘白莲华象，与诸从者，于后夜时，有事出城，须诣馀处。善和苾刍，于逝多林内，高声诵经。于时象王，闻音爱乐，属耳而听，不肯前行。御者即便推钩振足，象终不动。王告御者曰：可令象行！答言：大王！尽力驱前，不肯移足。未知此象意欲何之？王曰：放随意去！彼即纵钩，便之给园，于寺门外，摄

耳听声。善和苾刍,诵经既了;便说四颂,而发愿言:天阿苏罗药叉等,乃至随所住处常安乐。时彼象王,闻斯颂已;知其经毕,即便摇耳举足而行,任彼驰驱,随钩而去。"

⑤《根本说一切有部毗奈耶杂事》卷第十八云:"佛言:苾刍身死,应为供养!苾刍不知云何供养。佛言:应可焚烧。具寿邬波离请世尊曰:如佛所说,于此身中,有八万户虫,如何得烧?佛言:此诸虫类,人生随生,若死随死;此无有过。身有疮者,观察无虫,方可烧殡。欲烧殡时,无柴可得。佛言:可弃河中,若无河者,穿地埋之。夏中地湿,多有虫蚁?佛言:于丛薄深处,令其北首,右胁而卧,以草稕支头。若草若叶,覆其身上。送丧苾刍,可令能者,诵《三启无常经》;并说伽他,为其咒愿。"《根本萨婆多部律摄》卷十二云:"苾刍身死,应检其尸。若无虫者,以火焚烧。无暇烧者,应弃水中,或埋于地。若有虫及天雨,应共舆弃空野林中,北首而卧,竹草支头,以叶覆身,面向西望。当于殡处,诵《无常经》;复令能者,说咒愿颂。丧事既讫,宜还本处。其捉尸者,连衣浴身,若不触者,应洗足。"《根本说一切有部毗奈耶》卷第四十三云:"出尊者尸,香汤洗浴,置宝舆中。奏众伎乐,幢幡满路,香烟遍空。王及大臣,倾城士女,从佛及僧,送诸城外。至一空处,积众香木,灌洒香油,以火焚之,诵无常经毕;取舍利罗置金瓶内,于四衢路侧,建窣堵波。种种香华,及众音乐,庄严供养,昔未曾有。"

⑥《南海寄归内法传》云:"然依佛教,苾刍亡者,观知决死,当日舁向烧处,寻即以火焚之。当烧之时,亲友咸萃,在一边坐。或结草为坐;或聚土作台,或置砖石,以充坐物。令一能者,诵无常经,半

纸、一纸,勿令疲久。然后各念无常,还归住处。"

⑦《根本说一切有部毗奈耶》卷第二十七云:"佛告阿难陀,营作苾刍,所有行法,我今说之。凡授事人,为营作故,将伐树时,于七八日前,在彼树下,作曼荼罗(坛场),布列香华,设诸祭食,诵三启经。耆宿(年高有德者之称)苾刍,应作特欹拏咒愿,说十善道,赞叹善业;复应告语:若于此树,旧住天神,应向余处,别求居止。此树今为佛法僧宝,有所营作。过七八日已,应斩伐之。若伐树时,有异相现者,应为赞叹施舍功德,说悭贪过。若仍现异相者,即不应伐。若无别相者,应可伐之。"又《根本萨婆多部律摄》卷第九所载者,与此略同。

附一:《佛说无常经》

大唐三藏法师义净奉制译

稽首归依无上士,常起弘誓大悲心。
为济有情生死流,令得涅槃安隐处。
大舍防非忍无倦,一心方便正慧力。
自利利他悉圆满,故号调御天人师。
稽首归依妙法藏,三四二五理圆明。
七八能开四谛门,修者咸到无为岸。
法云法雨润群生,能除热恼蠲众病。
难化之徒使调顺,随机引导非强力。

稽首归依真圣众,八辈上人能离染。
金刚智杵破邪山,永断无始相缠缚。
始从鹿苑至双林,随佛一代弘真教。
各称本缘行化已,灰身灭智寂无生。
稽首总敬三宝尊,是谓正因能普济。
生死迷愚镇沉溺,咸令出离至菩提。
　生者皆归死,容颜尽变衰。
　强力病所侵,无能免斯者。
　假使妙高山,劫尽皆坏散。
　大海深无底,亦复皆枯竭。
　大地及日月,时至皆归尽。
　未曾有一事,不被无常吞。
　上至非想处,下至转轮王。
　七宝镇随身,千子常围绕。
　如其寿命尽,须臾不暂停。
　还漂死海中,随缘受众苦。
　循环三界内,犹如汲井轮。
　亦如蚕作茧,吐丝还自缠。
　无上诸世尊,独觉声闻众。
　尚舍无常身,何况于凡夫。
　父母及妻子,兄弟并眷属。
　目观生死隔,云何不愁叹。
　是故劝诸人,谛听真实法。

共舍无常处,当行不死门。

佛法如甘露,除热得清凉。

一心应善听,能灭诸烦恼。

如是我闻:

一时薄伽梵在室罗伐城逝多林给孤独园。尔时佛告诸苾刍:"有三种法,于诸世间是不可爱,是不光泽,是不可念,是不称意。何者为三?谓老、病、死。汝诸苾刍,此老病死于诸世间实不可爱,实不光泽,实不可念,实不称意。若老、病、死世间无者,如来、应、正等觉不出于世,为诸众生说所证法及调伏事。是故应知此老、病、死于诸世间是不可爱,是不光泽,是不可念,是不称意。由此三事,如来、应、正等觉出现于世,为诸众生说所证法及调伏事。"

尔时世尊重说颂曰:

外事庄彩咸归坏,内身衰变亦同然。

唯有胜法不灭亡,诸有智人应善察。

此老病死皆共嫌,形仪丑恶极可厌。

少年容貌暂时住,不久咸悉见枯羸。

假使寿命满百年,终归不免无常逼。

老病死苦常随逐, 恒与众生作无利。

尔时世尊说是经已,诸苾刍众、天、龙、药叉、揵闼婆、阿苏罗等,皆大欢喜,信受奉行。

常求诸欲境,不行于善事。

云何保形命,不见死来侵?

◆ 万事都从缺陷好

命根气欲尽,支节悉分离。
众苦与死俱,此时徒叹恨。
两目俱翻上,死刀随业下。
意想并惇惶,无能相救济。
长喘连胸急,短气喉中干。
死王催伺命,亲属徒相守。
诸识皆昏昧,行入险城中。
亲知咸弃舍,任彼绳牵去。
将至琰魔王,随业而受报。
胜因生善道,恶业堕泥犁。
明眼无过慧,黑暗不过痴。
病不越怨家,大怖无过死。
有生皆必死,造罪苦切身。
当勤策三业,恒修于福智。
眷属皆舍去,财货任他将。
但持自善根,险道充粮食。
譬如路傍树,暂息非久停。
车马及妻儿,不久皆如是。
譬如群宿鸟,夜聚旦随飞。
死去别亲知,乖离亦如是。
唯有佛菩提,是真归仗处。
依经我略说,智者善应思。
天阿苏罗药叉等,来听法者应至心。

拥护佛法使长存,各各勤行世尊教。
诸有听徒来至此,或在地上或居空。
常于人世起慈心,昼夜自身依法住。
愿诸世界常安隐,无边福智益群生。
所有罪业并消除,远离众苦归圆寂。
恒用戒香涂莹体,常持定服以资身。
菩提妙华遍庄严,随所住处常安乐。

附二:《临终方诀》

若苾刍,苾刍尼,若邬波索迦、邬波斯迦,若见有人将欲命终,身心苦痛。应起慈心,拔济饶益。教使香汤澡浴清净,着新净衣,安详而坐,正念思惟。若病之人自无力者,馀人扶坐。又不能坐,但令病者右胁着地,合掌至心,面向西方。当病者前,取一净处,唯用牛粪香泥涂地,随心大小。方角为坛,以华布地,烧众名香,四角燃证。于其坛内悬一彩像,令彼病人心心相续,观其相好了了分明,使发菩提心。复为广说三界难居,三涂苦难非所生处。唯佛菩提是真归仗。以归依故,必生十方诸佛刹土,与菩萨居,受微妙乐。问病者言:"汝今乐生何佛土也?"病者答言:"我意乐生某佛世界。"时说法人,当随病者心之所欲,而为宣说佛土因缘、十六观等,犹如西方无量寿国,一一具说,令病者心乐生佛土,为说法已,复教谛观,随何方国,佛身相好。观相好已,复教请佛及诸菩萨,而作是言:"稽首如来、应、正等觉,并诸菩萨摩诃萨,愿哀愍我,拔济饶益。我今奉请为灭众罪。复将弟子随佛菩萨生佛国土。"第二第三亦如是说。既教请已,复令病人称彼佛名。十念成就,与受三归,广大忏悔。忏悔毕已,复为病人受菩萨戒。若病人困不能言者,馀人代受及忏悔等。除不至心,然亦罪灭得菩萨戒。既受戒已,扶彼病人北首而卧、面向西方,开目闭目谛想于佛三十二相、八十随形好,乃至十方诸佛亦复如是。又为其说四谛因果、十二因缘无明老死、苦空等观。若临命终,看病馀人但为称佛,声声莫绝。然称佛名,随病者心称其名号,勿称馀佛,恐病者心而生疑惑。然彼病人命渐欲终,即见化佛及菩萨众,持妙香花来迎行者。行者见时便生欢喜,身不苦痛、心不散乱,正见心生如入禅定,寻即命终,必不退堕地狱、傍生、饿鬼之苦。乘前教法,犹如壮士屈伸臂顷即生佛前。若在家邬波索迦、邬波斯迦等,若命终后,当取亡者新好衣服及以随身受用之物,可分三分,为其亡者将施佛陀、达磨、僧伽。由斯亡者业障转尽,获胜功德福利之益。不应与其死尸着好衣等将以送之。何以故?无利益故。若出家苾刍、苾刍尼及求寂等,所有衣物及非衣物,如诸律教,馀同白衣。若送亡人至其殡所,可安下风,置令侧卧,右胁着地,面向日光。于其上风,当敷高坐,种种庄严。请一苾刍能读经者升于法座,为其亡者读《无常经》。孝子止哀勿复啼哭,及以馀人,皆悉至心为彼亡者烧香散花,供养高座、微妙经典及散苾刍,然后安坐,合掌恭敬一心听经。苾刍徐徐应为遍读。若闻经者,各各自观己身无常,不久磨灭,念离世间,入三摩地。读此经已,复更散花烧香供养。又请蕊刍随诵何咒,咒无虫水满三七遍,洒亡者上。复更咒净黄土满三七遍,散亡者身。然后随意,或安窣堵波中,或以火焚,或尸陀林乃至土下。以此功德因缘力故,令彼亡人,百千万亿俱胝那庾多劫,十恶、四重、五无间业、谤大乘经一切业报等障,一时消灭。于诸佛前获大功德,起智断惑,得六神通及三明智,进入初地。游历十方,供养诸佛,听受正法,渐渐修集无边福慧。毕当证得无上菩提,转正法轮度无央众,趣大圆寂成最正觉。

◆ 万事都从缺陷好

《八大人觉经》释要

《八大人觉经》文

后汉沙门安世高译

为佛弟子,常于昼夜,至心诵念八大人觉。

第一觉悟,世间无常,国土危脆。四大苦空,五阴无我。生灭变异,虚伪无主。心是恶源,形为罪薮。如是观察,渐离生死。

第二觉知,多欲为苦。生死疲劳,从贪欲起。少欲无为,身心自在。

第三觉知,心无厌足,唯得多求,增长罪恶。菩萨不尔,常念知足,安贫守道,唯慧是业。

第四觉知,懈怠坠落。常行精进,破烦恼恶。摧伏四魔,出阴界狱。

第五觉悟,愚痴生死。菩萨常念广学多闻,增长智慧，成就辩才，教化一切，悉以大乐。

第六觉知，贫苦多怨，横结恶缘。菩萨布施，等念怨亲，不念旧恶，不憎恶人。

第七觉悟，五欲过患。虽为俗人，不染世乐。常念三衣、瓦钵、法器，志愿出家，守道清白，梵行高远，慈悲一切。

第八觉知，生死炽然，苦恼无量。发大乘心，普济一切。愿代众生受无量苦，令诸众生毕竟大乐。

如此八事，乃是诸佛菩萨大人之所觉悟。精进行道，慈悲修慧，乘法身船，至涅槃岸。复还生死，度脱众生，以前八事，开导一切。令诸众生，觉生死苦，舍离五欲，修心圣道。若佛弟子，诵此八事，于念念中，灭无量罪。进趣菩提，速登正觉。永断生死，常住快乐。

释要

佛（释迦）说八（八种）大人（诸佛菩萨）觉（觉悟、觉知）经（梵语"修多罗"之译意）

诸佛、诸大菩萨，昔已觉悟此八种事，而依此修行，乃渐证入佛菩萨位也。

此经全文分为三章：前一行总标，后六行结叹，中间之文即别列。于别列中，再分为八节。

先讲第一章总标

为佛弟子（出家或在家已皈依佛者），常于昼夜，至心诵念，

◆ 万事都从缺陷好

八大人觉。

以下第二章别列八节。第一节为主要，最宜注意，故须详释之。

别列八节，各别标名。

第一节　无常无我觉

今先释"无常无我"四字。以此四字分括经文如下：

- 无常（即经云："世间无常，国土危脆。"）"无常"者，时时变化。此义易知，无须详释。
- 无我（即经云："四大苦空，五阴无我。生灭变异，虚伪无主。"）此义难解，详释如下。

总论世间一切万法，不出"色""心"。

- 色　经云："四大"，又"五阴"中之"色阴"，皆属于此。有形质有阻碍，无知觉之用者，谓之"色"。
- 心　反之而无形质阻碍，有知觉之用者，谓之"心"。经云"五阴"中之"受"、"想"、"行"、"识"四阴，皆属于此。

前引经文"四大""五阴"之名，今预释其义如下：

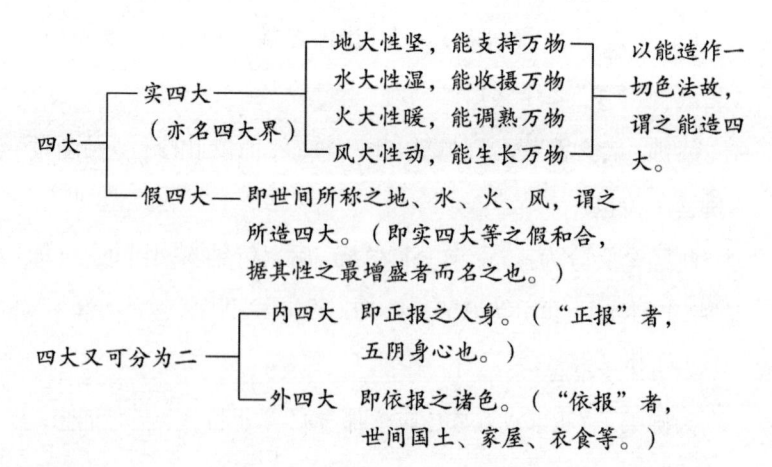

四大
- 实四大（亦名四大界）
  - 地大性坚，能支持万物
  - 水大性湿，能收摄万物
  - 火大性暖，能调熟万物
  - 风大性动，能生长万物

  以能造作一切色法故，谓之能造四大。
- 假四大　即世间所称之地、水、火、风，谓之所造四大。（即实四大等之假和合，据其性之最增盛者而名之也。）

四大又可分为二
- 内四大　即正报之人身。（"正报"者，五阴身心也。）
- 外四大　即依报之诸色。（"依报"者，世间国土、家屋、衣食等。）

"四大"之解释甚繁,今且略述如此。

五阴 "阴"者,盖覆也,音、义与"荫"同。由此五法盖覆真性,不能显现,故名曰"阴"。

新译为"五蕴"。"蕴"者,积聚也。诸法和合,略为一聚,故称为"蕴"。

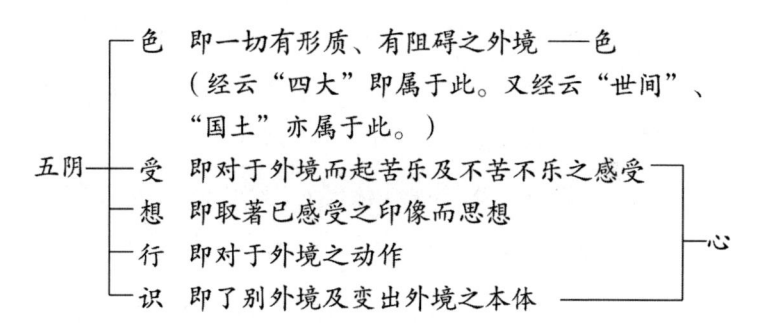

五阴
- 色 即一切有形质、有阻碍之外境 —— 色（经云"四大"即属于此。又经云"世间"、"国土"亦属于此。）
- 受 即对于外境而起苦乐及不苦不乐之感受 ┐
- 想 即取著已感受之印像而思想   ├ 心
- 行 即对于外境之动作   │
- 识 即了别外境及变出外境之本体   ┘

经文"无我"之义,今预释如下。

"我"者,有常一之体,及主宰之用,乃可谓之为"我"。

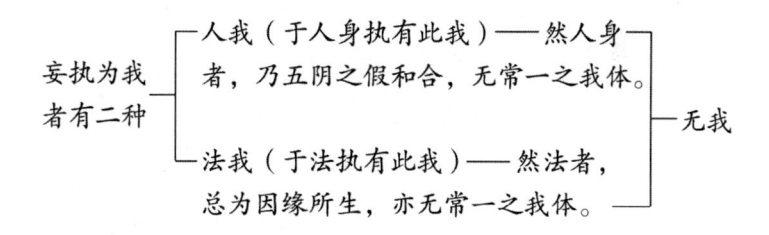

妄执为我者有二种
- 人我（于人身执有此我）—— 然人身者,乃五阴之假和合,无常一之我体。
- 法我（于法执有此我）—— 然法者,总为因缘所生,亦无常一之我体。
—— 无我

已上释此节科文"无常无我"义竟。

已下正释经文。

第一觉悟（已下八节,或作"觉悟",或作"觉知",乃译文互用也）

世间无常等二句

四大苦空等六句（"四大"可以并入"五阴"，因"四大"即属于"五阴"中之"色阴"故。于经文可作"五阴苦空、无我"等，而连续观之）

苦　佛谓世间有八苦：生、老、病、死、爱别离、怨憎会、求不得、五阴炽盛。此第八五阴炽盛苦，为一切诸苦之本。即吾人现前之起心动念，及动作云为，皆是未来得苦之因也。因果牵连，相续不断，永无解脱，故云"苦"也。

空　诸法皆假合而成，各无实体，故云"空"也。

无我　见前解。

生灭　五阴色心，从无始来，以因缘合散力故，念念生灭，相续无穷，有如流水，亦如灯焰。

变异　刹那刹那，变迁转异。

虚伪　虚者不实，伪者非真。

无主　既非常一之体，岂有主宰之用。

心是恶源，形为罪薮　上句约心而言，下句兼身、心而言。经文唯云"形"者，略也。

心是恶源　既执五阴假合之身心，妄谓是我。宝此我故，即因此而心起贪、瞋、痴三毒之烦恼。

　　　　贪　贪一切名利之事，欲以荣之。
　　　　瞋　瞋一切违情之境，恐损害之。
　　　　痴　愚痴之情，非理计较。

形为罪薮　既由心起三毒烦恼。即依身、口、意造种种有漏之染业，而受种种苦乐之果报。

```
┌ 恶  业  因三毒猛盛而造————— 报在四恶道
├ 善  业  因贪富贵等之乐而造— 报在人道及六欲天等
└ 不动业 因贪禅定之乐而造—— 报在色、无色天等
```

以上所述，由烦恼而造业，由业而感报。于其感报所受之五阴身心，还执为我，仍起贪、瞋、痴三毒而造业而受报。如是世世生生，轮转不绝，所谓人生之黑幕，不过如此而已。

已下续讲后二句。此二句，教人修观获益也。

如是观察，渐离生死 既已觉悟上文所示之理，即依是而修"无我"等观，则身心之妄执渐轻，自可渐离生死矣。

生死者，随业轮转于六道也。

或问：若离生死，岂非弃舍众生，自求安乐乎？答：非也。观经末之文可知。

已上第一节讲毕。

听众或应于前所云"空""无我"等而怀疑问。谓既一切皆空，则不须认真做事。何以今见学佛法者，于保护国土、利益众生等事，犹十分努力，认真苦干耶？

今于此略解释之。佛法所以云"空""无我"者，意在破除常人所执之小我，将其多生以来自私自利之卑劣丑陋之恶习惯彻底消灭。然后以真实光明之态度，于世间一切之事，皆认真实行。勇猛精进，决无倦怠，虽丧身命，亦不顾惜。

故佛经之体裁，大半皆先说空理，然后再广列应行之事。

此经亦然。第二节至第八节，皆示所应行之事，绝非以空为究竟也。古人云："上智知空而进德，下愚知空而废业。"即此义也。若执空以为究竟，则佛法所绝不许，斥为"著空魔"，斥为"堕顽空"。由此空见而拨无因果，即造极恶之重业矣。是事关系甚大，故略为解释，以息群疑。

第二节　常修少欲觉（已下七节，每节中皆可分为示过、止行两段）

生死疲劳　轮回六道不绝也。

无为　即是无我之理。能修少欲，则可以悟无为而身心得自在矣。

第三节　知足守道觉

唯慧是业　"慧"者，如第一节所示。非世俗之智慧也。

第四节　当行精进觉

烦恼　四魔阴界"烦恼"者，见思二惑。"四魔"者，一烦恼魔、二五阴魔、三死魔、四天魔。"阴"者五阴。"界"者十八界。其义甚繁，不能详释。约大意而言，此指精进用功时，渐次所脱离之种种障碍也。

第五节　多闻智慧觉

愚痴生死　因愚痴而流转轮回。

广学多闻　正约佛法而言。若已通佛法者，亦可兼学世俗学问，以为弘扬佛法之工具。

智慧　如第一节所示。

辩才　善巧说法之才能也。已得智慧者乃有之。与世俗之口才大异。

大乐　指成佛而言，即是佛果所具之德也。非世俗之乐。

第六节　布施平等觉

旧恶　约已改过者言。佛谓能改过者是谓智人。

恶人　约未改过者言。其人即无一毫之善可取，亦应观其佛性而赞叹之。不应起瞋心。

第七节　出家梵行觉

五欲　财、色、饮食、名、睡眠。

三衣　五衣、七衣、大衣。

守道　等三句上二句自行，下一句化他。

守道清白　趣向菩提，不杂名利心。

梵行高远　唯求佛果，不起二乘心。

第八节　大心普济觉

大乐　如前释。

第三章结叹又分为四节。

第一节　结成名义

如此八事，（乃至）之所觉悟。

第二节　结成自觉功德

精进行道，（乃至）至涅槃岸。

法身船　指所悟性德。

涅槃岸　指修德所显。"涅槃"者，此云"真解脱"，解脱世间一切缠缚而已。若云消极，若云死灭，则大误矣。

第三节 结成觉他功德

复还生死,(乃至)修心圣道。

复还生死,度脱众生　前经云"渐离生死",又云"出阴界狱"等。或疑是为弃舍众生,自求安乐。今阅此文,应知不尔。依佛法之常途次第,先能自觉,乃可觉他。上节之文,已明究竟解脱生死,自觉圆满。故此节文,即明复还生死,而觉他也。若不能彻底真实自觉,而能彻底真实觉他者,无有是处。

第四节 结成诵念功德（即前文云"至心诵念八大人觉"也）

若佛弟子,(乃至)常住快乐。

快乐　与前"大乐"同。

已上略释全经竟。

跋

衰老日甚,体倦神昏。勉强录此,芜杂无次,讹误不免。此稿未可刊布流传,唯由友人收存以留纪念可耳。壬午八月十三日书竟并记,弘一。

壬午（1942年）9月22日撰录

24日讲于泉州温陵养老院

07 发菩提心 一向专念

净土法门大意

今日在本寺演讲,适值念佛会期。故为说修净土宗者应注意的几项。

修净土宗者,第一须发大菩提心。《无量寿经》中所说"三辈往生"者,皆须发无上菩提之心。《观无量寿佛经》亦云,欲生彼国者,应发菩提心。

由是观之,唯求自利者,不能往生。因与佛心不相应,佛以大悲心为体故。

常人谓净土宗唯是送死法门(临终乃有用)。岂知净土宗以大菩提心为主。常应抱积极之大悲心,发救济众生之宏愿。

修净土宗者,应常常发代众生受苦心。愿以一肩负担一切众生,代其受苦。所谓一切众生者,非限一县一省,乃至全世界。若依佛经说,如此世界之形,更有不可说不可说许多之世界,有如此之多故。凡此一切世界之众生,所造种种恶业,应受种种之苦,我愿以一人一肩之力完全负担。决不畏其多苦，请旁人分任。因最初发誓愿，决定愿以一人之力救护一切故。

譬如日，不以世界多故，多日出现。但一日出，悉能普照一切众生。今以一人之力，负担一切众生，亦如是。

以上但云以一人能救一切，是横说。若就竖说，所经之时间，非一日数日数月数年。乃经不可说不可说久远年代，尽于未来，决不厌倦。因我愿于三恶道中，以身为抵押品，赎出一切恶道众生。众生之罪未尽，我决不离恶道，誓愿代其受苦。故虽经过极长久之时间，亦决不起一念悔心，一念怯心，一念厌心。我应生十分大欢喜心，以一身承当此利生之事业也。已上讲应发大菩提心竟。

至于读诵大乘，亦是《观经》所说。修净土法门者，固应诵《阿弥陀经》，常念佛名。然亦可以读诵《普贤行愿品》，回向往生。因经中最胜者《华严经》。《华严经》之大旨，不出《普贤行愿品》第四十卷之外。此经中说，诵此普贤愿王者，能获种种利益，临命终时，此愿不离，引导往生极乐世界，乃至成佛。故修净土法门者，常读诵此《普贤行愿品》，最为适宜也。

至于作慈善事业，乃是人类所应为者。专修念佛之人，往往废弃世缘，懒作慈善事业，实有未可。因现生能作种种慈善事业，亦可为生西之资粮也。

◆ 万事都从缺陷好

就以上所说：｛第一劝大家应发大菩提心。否则他人将谓净土法门是｛小乘/消极的/厌世的/送死的｝/复劝常读《行愿品》，可以助发增长大菩提心。/至于作慈善事业尤要。｝若发心者，自无此讥评。

因既为佛徒，即应努力作利益社会种种之事业，乃能令他人了解佛教是救世的、积极的，不起误会。

关于净土宗修持法，于诸书皆详载，无俟赘陈。故唯述应注意者数事，以备诸君参考。

壬申（1932年）10月在厦门妙释寺讲

佛教之简易修持法

我到永春的因缘,最初发起,在三年之前。性愿老法师常常劝我到此地来,又常提起普济寺是如何如何的好。

两年以前的春天,我在南普陀讲律圆满以后,妙慧师便到厦门请我到此地来。那时因为学律的人要随行的太多,而普济寺中设备未广,不能够收容,不得已而中止。是为第一次欲来未果。

是年的冬天,有位善兴师,他持着永春诸善友一张请帖,到厦门万石岩去,要接我来永春。那时因为已先应了泉州草庵之请,故不能来永春。是为第二次欲来未果。

去年的冬天,妙慧师再到草庵来接。本想随请前来,不意过泉州时,又承诸善友挽留,不得已而延期至今春。是为第三次欲来未果。

直至今年半个月以前,妙慧师又到泉州劝请,是

◆ 万事都从缺陷好

为第四次。因大众既然有如此的盛意，故不得不来。其时在泉州各地讲经，很是忙碌，因此又延搁了半个多月。今得来到贵处，和诸位善友相见，我心中非常地欢喜。自三年前就想到此地来，屡次受了事情所阻，现在得来，满其多年的夙愿，更可说是十分地欢喜了。

今天承诸位善友请我演讲。我以为谈玄说妙，虽然极为高尚，但于现在行持终觉了不相涉。所以今天我所讲的，且就常人现在即能实行的，约略说之。

因为专尚谈玄说妙，譬如那饥饿的人，来研究食谱，虽山珍海错之名，纵横满纸，如何能够充饥？倒不如现在得到几种普通的食品，即可入口。得充一饱，才于实事有济。

以下所讲的，分为三段。

一、深信因果

因果之法，虽为佛法入门的初步，但是非常的重要，无论何人皆须深信。何谓因果？"因"者好比种子，下在田中，将来可以长成为果实。"果"者譬如果实，自种子发芽，渐渐地开花结果。

我们一生所作所为，有善有恶，将来报应不出下列：

桃李种　长成为桃李——作善报善

荆棘种　长成为荆棘——作恶报恶

所以我们要避凶得吉，消灾得福，必须要厚植善因，努力改过迁善，将来才能够获得吉祥福德之好果。如果常作恶因，而要想免除凶祸灾难，哪里能够得到呢？

所以第一要劝大众深信因果，了知善恶报应，一丝一毫也不会差的。

二、发菩提心

"菩提"二字是印度的梵语,翻译为"觉",也就是成佛的意思。"发"者,是发起。故发菩提心者,便是发起成佛的心。为什么要成佛呢?为利益一切众生。须如何修持乃能成佛呢?须广修一切善行。以上所说的,要广修一切善行,利益一切众生,但须如何才能够彻底呢?须不着我相。所以发菩提心的人,应发以下之三种心:

（一）大智心：不着我相　　此心虽非凡夫所能发,亦应随分观察。

（二）大愿心：广修善行

（三）大悲心：救众生苦

又发菩提心者,须发以下所记之四弘誓愿:

（一）众生无边誓愿度：菩提心以大悲为体,所以先说度生。

（二）烦恼无尽誓愿断：愿一切众生,皆能断无尽之烦恼。

（三）法门无量誓愿学：愿一切众生,皆能学无量之法门。

（四）佛道无上誓愿成：愿一切众生,皆能成无上之佛道。

或疑"烦恼"以下之三愿,皆为我而发,如何说是"愿一切众生"?这里有两种解释：一就浅来说,我也就是众生中的一人,现在所说的众生,我也在其内。再进一步言,真发菩提心的,必须彻悟法性平等,决不见我与众生有什么差别,如是才能够真实和菩提心相应。所以现在发愿,说"愿一切众生",有何妨耶!

三、专修净土

既然已经发了菩提心,就应该努力地修持。但是佛所说的法门很多,深浅难易,种种不同。若修持的法门与根器不相契合的,用力多而收效少。倘与根器相契合的,用力少而收效多。在这末法之时,大多数众生的根器,和哪一种法门最相契合呢?说起来只有净土宗。因为泛泛修其他法门的,在这五浊恶世,无佛应现之时,很是困难。如果专修净土法门,则依佛大慈大悲之力,往生极乐世界,见佛闻法,速证菩提,比较容易得多。所以龙树菩萨曾说,前为难行道,后为易行道,前如陆路步行,后如水道乘船。

关于净土法门的书籍,可以首先阅览者,《初机净业指南》《印光法师嘉言录》《印光法师文钞》等。依此就可略知净土法门的门径。

近几个月以来,我在泉州各地方讲经,身体和精神都非常的疲劳。这次到贵处来,匆促演讲,不及预备,所以讲说的未能详尽。希望大众原谅。

己卯(1939年)4月16日在永春桃源殿讲 李芳远记

劝念佛菩萨求生西方

近印光法师尝云:"飞机、炸弹、大炮常常有,当此时应精进念佛菩萨名号。不应死者,可消灾免难。若定业不可转,应被难命终者,即可因此生西方。"

以上法师之言,今略申说其意。

念佛(阿弥陀佛),常人唯知生西,但现生亦有利益。古德尝依经论之义,谓念佛有十大利益。念观世音名号,常人皆知现生获益。故念佛菩萨可避飞机、炸弹、大炮,亦决定无疑。

常人见飞机来,唯知惧。空怕,何益?入地洞、上山亦无益。唯有诚心念佛菩萨(有益)。

于十分危险时,念佛菩萨必恳切,容易获感应。若欲免难,唯有勤念佛菩萨。

危险时须念,平日亦须念。因平日勤念,危险时更得力。

业有二种,以上且约不定业言。倘定业不可转,必须被难命终者，虽为弹炮所伤、亦决定生西。

常人唯知善终（即因病）乃生西，但为弹炮所伤亦可生西。因念佛菩萨诚，佛菩萨必来接引，无痛苦生西。

须知生西后，无苦但乐。衣食自然，居处美丽，常见佛菩萨闻法，乃最好之事。故被伤生西，可谓因祸得福。

无论何人，皆应求生西方。即现在不应死者，暂免灾难，亦不能永久安乐。

娑婆苦，今生尚轻，前几生更苦。此次苦尚轻，以后更苦。故欲十分安全，不可专顾目前暂时，必须放开远大眼光，求生西方也。

若约通途教义言，应观我身、人身、山河大地等皆虚妄不实，飞机、炸弹、大炮等亦当然空无所有。如常人所诵之《心经》《金刚经》等皆明此义。《心经》云："照见五蕴皆空，度一切苦厄。"《金刚经》云："一切有为法，如梦幻泡影，如露亦如电，应作如是观。"

若再详言，应分为空、假、中三观，复有次第、一心之别。但吾人仅可解其义，若依此修观则至困难，即勉强修之，遇境亦不得力。故印光法师劝人专修净土法门也。因此法门易解，人人皆可实行。

故劝诸君须深信净土法门。又须于印光法师前所说者，深信不疑，安心念佛菩萨名号，不必忧惧也。

此次与日本抗战，他处皆多少受损害，唯泉州安然。此是诸君念佛诵经之力，故能免一时之危险。但后患方长，不可安心，必须精进念佛菩萨，俾今生命终时，决定生西。乃是十分安全之道也。

略说劝念佛菩萨求生西方，至要至要！

戊寅（1938年）12月作于泉州开元寺

人生之最后

岁次壬申十二月，厦门妙释寺念佛会请余讲演，录写此稿。于时了识律师卧病不起，日夜愁苦。见此讲稿，悲欣交集，遂放下身心，屏弃医药，努力念佛。并扶病起，礼《大悲忏》，吭声唱诵，长跽（长跪）经时，勇猛精进，超胜常人。见者闻者，靡不为之惊喜赞叹，谓感动之力有如是剧且大耶。余因念此稿虽仅数纸，而皆撮录古今嘉言及自所经验，乐简略者或有所取。乃为治定，付刊流布焉。弘一演音记。

第一章 绪言

古诗云："我见他人死，我心热如火，不是热他人，看看轮到我。"人生最后一段大事，岂可须臾忘耶！今为讲述，次分六章，如下所列。

第二章 病重时

当病重时，应将一切家事及自己身体悉皆放下。专意念佛，一心希冀往生西方。能如是者，如寿已尽,决定往生。如寿未尽,虽求往生而病反能速愈,因心至专诚,故能灭除宿世恶业也。倘不如是放下一切专意念佛者,如寿已尽,决定不能往生,因自己专求病愈不求往生,无由往生故。如寿未尽,因其一心希望病愈,妄生忧怖,不唯不能速愈,反更增加病苦耳。

病未重时,亦可服药,但仍须精进念佛,勿作服药愈病之想。病既重时,可以不服药也。余昔卧病石室,有劝延医服药者,说偈谢云:"阿弥陀佛,无上医王,舍此不求,是谓痴狂。一句弥陀,阿伽陀药,舍此不服,是谓大错。"因平日既信净土法门,谆谆为人讲说。今自患病,何反舍此而求医药,可不谓为痴狂大错耶!

若病重时,痛苦甚剧者,切勿惊惶。因此病苦,乃宿世业障。或亦是转未来三途恶道之苦,于今生轻受,以速了偿也。

自己所有衣服诸物,宜于病重之时,即施他人。若依《地藏菩萨本愿经·如来赞叹品》所言供养经像等,则弥善矣。

若病重时,神识犹清,应请善知识为之说法,尽力安慰。举病者今生所修善业,一一详言而赞叹之,令病者心生欢喜,无有疑虑。自知命终之后,承斯善业,决定生西。

第三章 临终时

临终之际,切勿询问遗嘱,亦勿闲谈杂话。恐彼牵动爱情,贪恋世间,有碍往生耳。若欲留遗嘱者,应于康健时书写,付人保藏。

倘自言欲沐浴更衣者,则可顺其所欲而试为之。若言不欲,或噤口不能言者，皆不须强为。因常人命终之前，身体不免痛苦。倘强为移动沐浴更衣，则痛苦将更加剧。世有发愿生西之人，临终为眷属等移动扰乱，破坏其正念，遂致不能往生者，甚多甚多。又有临终可生善道，乃为他人误触，遂起瞋心，而牵入恶道者，如经所载阿耆达王死堕蛇身，岂不可畏。

临终时，或坐或卧，皆随其意，未宜勉强。若自觉气力衰弱者，尽可卧床，勿求好看勉力坐起。卧时，本应面西右胁侧卧。若因身体痛苦，改为仰卧，或面东左胁侧卧者，亦任其自然，不可强制。

大众助念佛时，应请阿弥陀佛接引像，供于病人卧室，令彼瞩视。

助念之人，多少不拘。人多者，宜轮班念，相续不断。或念六字，或念四字，或快或慢，皆须预问病人，随其平日习惯及好乐者念之，病人乃能相随默念。今见助念者皆随己意，不问病人，既已违其平日习惯及好乐，何能相随默念？余愿自今以后，凡任助念者，于此一事切宜留意。

又寻常助念者，皆用引磬、小木鱼。以余经验言之，神经衰弱者，病时甚畏引磬及小木鱼声，因其声尖锐，刺激神经，反令心神不宁。若依余意，应免除引磬、小木鱼，仅用音声助念，最为妥当。或改为大钟、大磬、大木鱼，其声宏壮，闻者能起肃敬之念，实胜于引磬、小木鱼也。但人之所好，各有不同。此事必须预先向病人详细问明，随其所好而试行之。或有未宜，尽可随时改变，万勿固执。

第四章 命终后一日

既已命终,最切要者,不可急忙移动。虽身染便秽,亦勿即为洗涤。必须经过八小时后,乃能浴身更衣。常人皆不注意此事,而最要紧。唯望广劝同人,依此谨慎行之。

命终前后,家人万不可哭。哭有何益?能尽力帮助念佛,乃于亡者有实益耳。若必欲哭者,须俟命终八小时后。

顶门温暖之说,虽有所据,然亦不可固执。但能平日信愿真切,临终正念分明者,即可证其往生。

命终之后,念佛已毕,即锁房门。深防他人入内,误触亡者。必须经过八小时后,乃能浴身更衣。(前文已言,今再谆嘱,切记切记。)因八小时内若移动者,亡人虽不能言,亦觉痛苦。

八小时后着衣,若手足关节硬,不能转动者,应以热水淋洗。用布搅热水,围于臂肘膝弯。不久即可活动,有如生人。

殓衣宜用旧物,不用新者。其新衣应布施他人,能令亡者获福。

不宜用好棺木,亦不宜做大坟。此等奢侈事,皆不利于亡人。

第五章 荐亡等事

七七日内,欲延僧众荐亡,以念佛为主。若诵经、拜忏、焰口、水陆等事,虽有不可思议功德,然现今僧众视为具文,敷衍了事,不能如法,罕有实益。《印光法师文钞》中屡斥诫之,谓其唯属场面,徒作虚套。若专念佛,则人人能念,最为切实,能获莫大之利矣。

如请僧众念佛时,家族亦应随念。但女众宜在自室或布帐之内,免生讥议。

凡念佛等一切功德,皆宜回向普及法界众生,则其功德乃能广大,而亡者所获利益亦更因之增长。

开吊时,宜用素斋,万勿用荤,致杀害生命,大不利于亡人。

出丧仪文,切勿铺张。毋图生者好看,应为亡者惜福也。

七七以后,亦应常行追荐,以尽孝思。莲池大师谓:"年中常须追荐先亡。不得谓已得解脱,遂不举行耳。"

第六章 劝请发起临终助念会

此事最为切要。应于城乡各地,多多设立。《饬终津梁》中有详细章程,宜检阅之。

第七章 结语

残年将尽,不久即是腊月三十日,为一年最后。若未将钱财预备稳妥,则债主纷来,如何抵挡?吾人临命终时,乃是一生之腊月三十日,为人生最后。若未将往生资粮预备稳妥,必致手忙脚乱呼爷叫娘,多生恶业一齐现前,如何摆脱?临终虽恃他人助念,诸事如法。但自己亦须平日修持,乃可临终自在。奉劝诸仁者,总要及早预备才好。

壬申(1932年)12月讲于厦门妙释寺

劝人听钟念佛文

按：本文原载1926年《净业月刊》第九期，署名为"永嘉某师"。又载《世界居士林林刊》第十七期，署名"论月"。"永嘉某师"和"论月"都是弘一大师的别名。该文发表之前，在温州时写信给印光大师鉴定，获得了认可。所以，本文后面有《复永嘉论月律师函》的引文。

近有人新发明听钟念佛之法，至为奇妙。今略述其方法如下，修净业者，幸试用之；并希以是广为传播焉。

凡座钟、挂钟行动之时，若细听之，作"丁当丁当"之响（"丁"字响重，"当"字响轻）。即依此"丁当丁当"四字，设想作"阿弥陀佛"四字。或念六字佛者，以第一"丁"字为"南无"，第一"当"字为"阿弥"，第二"丁"字为"陀"，第二"当"字为"佛"。亦止用"丁当丁当"四字而成之也。

又倘以其转太速，而欲迟缓者。可加一倍，用"丁当丁当丁当丁当"八字，假想作"阿弥陀佛"四字，即是每一"丁当"为一字也。或念六字佛者，以第一"丁当"为"南无"，第二"丁当"为"阿弥"，第三"丁当"为"陀"，第四"丁当"为"佛"也。

绘图如下：

	四字佛	六字佛
普通念法	丁 当 丁 当 ｜ ｜ ｜ ｜ 阿 弥 陀 佛	丁 当 丁 当 ⌒ ｜ ｜ ⌒ 南无 阿 弥 陀佛
迟缓念法	丁当 丁当 丁当 丁当 ⌒ ⌒ ⌒ ⌒ 阿 弥 陀 佛	丁当 丁当 丁当 丁当 ｜ ｜ ｜ ｜ 南无 阿 弥 陀 佛

所用之钟，宜择"丁当丁当"速度调匀者用之。又欲其音响轻微者，可以布类覆于其上。（如昼间欲其响大者，将布撤去。夜间欲其音响轻者，将布覆上。）

初学念佛者，若不持念珠记数，最易懈怠间断。若以此钟时常随身，倘有间断，一闻钟响，即可警觉也。又在家念佛者，居室附近，不免喧闹，若摄心念佛，殊为不易。今以此钟置于身旁，用耳专听钟响，其他喧闹之声，自可不至扰乱其耳也。又听钟工夫能纯熟者，则"丁当丁当"之响，即是"阿弥陀佛"之声。钟响佛声，无二无别。钟响则佛声常现矣。

普陀印光法师《覆永嘉论月律师函》云："凡夫之心，不能无依，而娑婆耳根最利。听自念佛之音亦亲切。但初机未熟，久或昏沉，故听钟念之，最为有益也。"

丁卯（1927年）春于杭州吴山常寂光寺讲

万寿岩念佛堂开堂演词

今日万寿禅寺念佛堂开堂,余得参末席,深为荣幸。近十数年来,闽南佛法日益隆盛,但念佛堂尚未建立,悉皆引为憾事。今由本寺住持本妙法师发愿创建,开闽南风气之先。大众欢喜,叹为希有。本妙法师英年好学,亲近兴慈法主讲席已历多载,于天台教义及净土法门悉能贯通。故今本其所学,建念佛堂弘扬净土。可谓法门之龙象,僧中之芬陀矣。

今念佛堂既已成立。而欲如法进行,维持永久,尚赖护法诸居士有以匡辅而助理之。

考江浙念佛堂规则,约分二端:一为长年念佛,二为临时念佛。

长年念佛者,斋主供设延生或荐亡牌位,堂中住僧数人乃至数十人,每日念佛数次。

临时念佛者,斋主或因寿诞、或因保病、或因荐亡,临时念佛一日,乃至多日,此即是水陆经忏之变相。

以上二端中，长年念佛尚易实行。因规模大小可以随时变通，勉力支持犹可为也。若临时念佛，实行至为困难。因旧日习惯，唯尚做水陆、诵经、拜忏、放焰口等。今遽废此习惯，改为念佛，非易事也。

印光老法师《文钞》中，屡言念佛胜于水陆经忏等。今略引之：

《与徐蔚如书》云："至于七中，及一切时、一切事，俱宜以念佛为主。何但丧期。以现今僧多懒惰，诵经则不会者多。而又其快如流，会而不熟亦不能随念。纵有数十人，念者无几。唯念佛则除非不发心，决无不能念之弊。又纵不肯念，一句佛号入耳经心，亦自利益不浅，此余决不提倡作余道场之所以也。"

又《复黄涵之书》，数通中，皆言及此。文云："至于保病荐亡，今人率以诵经、拜忏、做水陆为事。余与知友言，皆令念佛。以念佛利益，多于诵经、拜忏、做水陆多多矣。何以故？诵经则不识字者不能诵；即识字而快如流水，稍钝之口舌亦不能诵；懒人虽能亦不肯诵，则成有名无实矣。拜忏、做水陆，亦可例推。念佛则无一人不能念者，即懒人不肯念，而大家一口同音念，彼不塞其耳，则一句佛号固已历历明明灌于心中，虽不念与念亦无异也。如染香人，身有香气，非特欲香，有不期然而然者。为亲眷保安荐亡者，皆不可不知。"

又云："至于作佛事，不必念经、拜忏、做水陆，以此等事，皆属场面。宜专一念佛，俾令郎等亦始终随之而念。女眷则各于自室念之，不宜附于僧位之末。如是则不但尊夫人、令眷，实获其益，即念佛之僧，并一切见闻，无不获益也。凡作佛事，主人若肯临坛，则僧自发真实心。倘主人以此为具文，则僧亦以此为具文矣。"

又云："做佛事一事，余前已详言之，祈勿徇俗，徒作虚套。若念四十九天佛，较诵经之利益多多矣。"

又《复周孟由昆弟书》云："做佛事，只可念佛，勿做别佛事，并令全家通皆恳切念佛，则于汝母、于汝等诸眷属，及亲戚朋友，皆有实益。"

又云："请僧念七七佛甚好。念时，汝兄弟必须有人随之同念。"

统观以上印光老法师之言，于念佛则尽力提倡，于做水陆、诵经、拜忏、放焰口等，则云"决不提倡"。又云"念佛利益，多于诵经、拜忏、做水陆多多矣"。又云"诵经、拜忏、做水陆，有名无实"。又云"念经、拜忏、做水陆等事，皆属场面"。又云"徒作虚套"。老法师悲心深切，再三告诫。智者闻之，详为审察，当知何去何从矣。

厦门、泉州诸居士，归依印光老法师者甚众。唯望懔遵师训，努力劝导诸亲友等，自今以后，决定废止拜忏、诵经、做水陆等，一概改为念佛。若能如此实行，不唯闽南各寺念佛堂可以维持永久，而闽南诸邑人士信仰净土法门者日众，往生西方者日多，则皆现前诸居士劝导之功德也。幸各勉旃！

甲戌（1934年）8月于厦门万寿岩念佛堂开堂演讲

略述印光大师之盛德

大师为近代之高僧，众所钦仰。其一生之盛德，非短时间所能叙述。今先略述大师之生平，次略举盛德四端，仅能于大师种种盛德中，粗陈其少分而已。

一、略述大师之生平

大师为陕西人。幼读儒书，二十一岁出家，三十三岁居普陀山，历二十年，人鲜知者。至民国元年（1912），师五十二岁时，始有人以师文隐名登入上海《佛学丛报》者。民国六年（1917），师五十七岁，乃有人刊其信稿一小册。至民国七年（1918），师五十八岁，即余出家之年，是年春，乃刊《文钞》一册，世遂稍有知师名者。以后续刊《文钞》二册，又增为四册，于是知名者渐众。有通信问法者，有亲至普陀参礼者。民国十九年（1930），师七十岁，移居苏州报国寺。此后十年，为弘法最盛之时期。民国二十六年（1937），战事起，乃移灵岩山，遂兴念佛之大道场。

二十九年（1940）十一月初四日生西。生平不求名誉，他人有作文赞扬师德者，辄痛斥之。不贪蓄财物，他人供养钱财者至多，师以印佛书流通，或救济灾难等。一生不畜剃度弟子，而全国僧众多钦服其教化。一生不任寺中住持、监院等职，而全国寺院多蒙其护法，各处寺房或寺产，有受人占夺者，师必为尽力设法以保全之。故综观师之一生而言，在师自己，决不求名利恭敬，而于实际上，能令一切众生皆受莫大之利益。

二、略举盛德之四端

大师盛德至多，今且举常人之力所能随学者四端，略说述之。因师之种种盛德，多非吾人所可及，今所举之四端，皆是至简至易，无论何人，皆可依此而学也。

甲、习劳

大师一生，最喜自作劳动之事。余于民国十三年（1924）曾到普陀山，其时师年六十四岁，余见师一人独居，事事躬自操作，别无侍者等为之帮助。直至去年，师年八十岁，每日仍自己扫地、拭几、擦油灯、洗衣服。师既如此习劳，为常人作模范，故见人有懒惰懈怠者，多诚劝之。

乙、惜福

大师一生，于惜福一事最为注意。衣食住等，皆极简单粗劣，力斥精美。民国十三年（1924），余至普陀山，居七日，每日自晨至夕，皆在师房内观察师一切行为。师每日晨食仅粥一大碗，无菜。师自云："初至普陀时，晨食有咸菜，因北方人吃不惯，故改为仅食白粥，已三十馀年矣。"食毕，以舌舐碗，至极净为止。

复以开水注入碗中,涤荡其馀汁,即以之漱口,旋即咽下,唯恐轻弃残馀之饭粒也。至午食时,饭一碗,大众菜一碗。师食之,饭、菜皆尽。先以舌舐碗,又注入开水涤荡以漱口,与晨食无异。师自行如是,而劝人亦极严厉。见有客人食后,碗内剩饭粒者,必大呵曰:"汝有多么大的福气,竟如此糟蹋!"此事常常有,余屡闻友人言之。又有客人以冷茶泼弃痰桶中者,师亦呵诫之。以上且举饮食而言。其他惜福之事,亦均类此也。

丙、注重因果

大师一生最注重因果,尝语人云:"因果之法,为救国救民之急务。必令人人皆知现在有如此因,将来即有如此果,善有善报,恶有恶报。欲挽救世道人心,必须于此入手。"大师无论见何等人,皆以此理痛切言之。

丁、专心念佛

大师虽精通种种佛法,而自行劝人,则专依念佛法门。师之在家弟子,多有曾受高等教育及留学欧美者。而师决不与彼等高谈佛法之哲理,唯一一劝其专心念佛。彼弟子辈闻师言者,亦皆一一信受奉行,决不敢轻视念佛法门而妄生疑议。此盖大师盛德感化有以致之也。

以上所述,因时间短促,未能详尽,然即此亦可略见大师盛德之一斑。若欲详知,有上海出版之《印光大师永思集》,泉州各寺当有存者,可以借阅。今日所讲者止此。

辛巳(1941年)夏在泉州檀林福林寺结夏期间所讲

为性常法师掩关笔示法则

古人掩关（闭关）皆为专修禅定或念佛，若研究三藏则不限定掩关也。仁者此次掩关，实为难得之机会。应于每日时间，以三分之二专念佛诵经（或默阅，但不可生分别心），以三分之一时间温习《戒本》《羯磨》及习世间文字。因机会难可再得，不于此时专心念佛，以后恐无此胜缘。至于研究等事，在掩关时虽无甚成绩，俟将来出关后，尽可缓缓研究也。

念佛一事，万不可看得容易。平日学教之人，若令息心念佛，实第一困难之事。但亦不得不勉强而行也。此事至要至要，万不可轻忽！诵经之事可以如常。又每日须拜佛若干拜，既有功德，亦可运动身体也。念佛时亦宜数数经行，因关中运动太少，食物不宜消化，故宜礼拜经行也。念佛之事，一人甚难行，宜与义俊法师协定课程，二人同时行之。可以互相策励，不致懈怠中止也。

课程大致如下：

早粥前念佛，出声或默念随意。

早粥后稍休息。礼佛诵经。九时至十一时研究。

午饭后休息。二时至四时研究（研究时间，每日以四小时为限，不可多）。四时半起礼佛诵经。

黄昏后专念佛。晚间可以不点灯，唯佛前供琉璃灯可耳。

三年之中，可与义俊法师讲《戒本》及《表记》《羯磨》六遍。每半年讲一遍。自己既能温习，亦能令他人得益。昔南山律祖，尚听律十二遍，未尝厌倦。何况吾等钝根之人耶？《戒本》《羯磨》能十分明了，且记忆不忘，将来出关之后，再学《行事钞》等非难事矣。

世俗文字略学《四书》及历史等。《学生字典》宜学全部，但若鲜暇，不妨缺略。因此等事，出关之后仍可学习也。若念佛等，出关之后，恐难继续，唯在关中，能专心也。

又在闭关时，宜注意者如下：

不可闲谈，不晤客人，不通信。（有十分要事，写一纸条交与护关者。）

凡一切事，尽可俟出关后再料理也。时机难得，光阴可贵，念之！念之！

余既无道德，又乏学问。今见仁者以诚恳之意，谆谆请求，故略据拙见拉杂书此，以备采择。

性常关主慧察。

乙亥（1935年）4月1日作于泉州开元寺　演音书

◆ 万事都从缺陷好

苦乐对览表

宋 慈云忏主说二土修行难易十种，今以苦乐对之，列表如下：

婆娑世界	极乐世界
一、有不常值佛苦	一、受花开见佛常得亲近之乐
二、有不闻说法苦	二、受水鸟树林皆宣妙法之乐
三、有恶友牵缠苦	三、受诸上善人俱会一处之乐
四、有群魔恼乱苦	四、受诸佛护念远离魔事之乐
五、有轮回不息苦	五、受横截生死永脱轮回之乐
六、有难免三涂苦	六、受远离恶道名且不闻之乐
七、有尘缘障道苦	七、受受用自在不须经营之乐
八、有寿命短促苦	八、受与佛同寿更无限量之乐
九、有修行退失苦	九、受入正定聚永无退转之乐

十、有佛道难成苦	十、受一生行满所作成办之乐

《阿弥陀经》云："无有众苦，但受诸乐。"众苦者，谓三苦、八苦、无量诸苦。三苦统论三界，八苦唯约人间。今以八苦与极乐世界之乐对之，列表如下：

一、生苦，居于胎狱之中	一、爱莲花化生之乐
二、老苦，现其衰朽之相	二、受相好具足之乐
三、病苦，诸根痛患	三、受安宁自在之乐
四、死苦，四大分离	四、受寿命无疆之乐
五、爱别离苦，欲合偏离	五、受海会相聚之乐
六、冤憎会苦，欲避偏逢	六、受上善俱会之乐
七、求不得苦，欲得偏失	七、受所欲如意之乐
八、五蕴炽盛苦，烦恼之火昼夜炽燃	八、受观照蕴空之乐

华民二十七年（1938年），岁次戊寅7月13日，余剃染出家二十周年。是日诸善友集聚尊元经楼，为余诵经忏罪。余于是日始讲《阿弥陀经》一卷，回向众生，同证菩提。并书《苦乐对览表》二纸，呈奉经楼，以为纪念焉。

沙门一音　漳州尊元经楼

08 弘法日记

◆ 万事都从缺陷好

行脚散记

癸酉十一月十一日,居草庵。十五日讫二十日,讲《梵网经戒本》。十二月一日讫三日,讲《药师经》,回向故瑞意法师(二月二日复念佛回向)。除夕夜,讲蕅益大师"普说"二则。甲戌元旦讫十四日,讲《四分律羯磨》初、二篇。十九日、二十日讲《羯磨》。二十一日为蕅益大师涅槃日,设供并讲大师遗作《祭颛愚大师文》《德林座右铭》二首。二十二日夜与大众行蒙山施食,回向鬼众及草庵已故诸蜜蜂等。二月三日之厦门南普陀寺,开讲《四分律行事钞资持记》。为书弘律愿誓句,并记二月余行事,赠芳远居士,以为遗念焉。沙门演音,时年五十又五。

惠安弘法日记

乙亥四月，传贯学弟请余入惠安弘法。始居净山半载，又须奔走乡村。虽未能大宏佛化，而亦随分随力，小有成就。适将掩室日光岩，词源居士以素帖属书。词源惠人，因择录《旅惠日记》付之，聊以为纪念耳。岁次玄枵，月旅姑洗（1935年阴历3月），南山律苑沙门一音。

后二十四年乙亥四月十一日夕，自泉州南门外，乘古帆船航海。

十二日晨，到崇武，改乘小舟，风逆浪大，午前十时抵净峰寺。

十六日，往崇武，居普莲堂。

十七日、十八日、十九日，讲三皈五戒、观音菩萨灵感及净土法门等。

十九日下午，返净山。

二十一日为亡母冥诞，开讲《华严经·普贤行愿品》，五月一日讲竟。

初三日为灵峰蕅益大师圣诞，午后讲大师事迹。

六月七日，始讲《四分律戒本疏行宗记》。（二十一日，第二册讲竟。）

七月三十日，为地藏菩萨圣诞，午后讲《九华山示迹大意》。

八月五日为亡父讳日，开讲《普贤行愿品偈颂》，七日讲竟。听者甚众，大半为耶教徒也。

二十三日，性愿老法师到净峰，二十五日请讲《佛法大要》。

二十七日，请师往崇武晴霞寺，代余讲《法华经·普门品》。二十九日讲讫。每日听众百人左右。

十月将去净峰，留题云："乙亥四月，余居净峰，植菊盈畦。秋晚将归去，犹复含蕊未吐。口占一绝，聊以志别：我到为植种，我行花未开。岂无佳色在？留待后人来。"

二十二日，去净峰，到惠安城，遇诸居士留宿。

二十三日上午，到科峰寺讲演，并为五人证受皈依。下午到泉州。

十一月十九日，复到惠安城，寓黄善人宅。

二十日，到科峰寺讲演，并为十人证受皈依。

二十一日上午，为一人证受皈依。下午乘马，行二十里，到许山头东堡，寓许连木童子宅。

二十二日，在瑞集岩讲演。

二十三日、二十四日,在许童子宅讲演,并为二十人证受皈依及五戒。

二十五日上午,到后尾,寓刘清辉居士菜堂,下午讲演。

二十六日上午,到胡乡,寓胡碧莲居士菜堂,下午开讲《阿弥陀经》。

二十八日讲经竟,为十七人证受皈依及五戒。

二十九日上午,到谢贝,寓黄成德居士菜堂,三十日讲演。

十二月初一日上午,到惠安城,寓李氏别墅,今为某小学校。

初二日,到如是堂讲演,听众近百人。

初三日,到泉州,卧病草庵。

乙亥(1935年)11月书赠曹词源居士

◆万事都从缺陷好

壬丙南闽弘法略志

余以宿缘,三游南闽。始于戊辰,次为己巳,逮及壬申,是最后矣。迄今丙子,首尾五载,辄不自揆,常预讲筵。尔将掩室,因录《弘法略志》,都为一卷,以奉契诚居士。匪曰伐德,亦志吾过,思忏悔耳。去岁弘法惠安,尝记其事,别赠词源贤首。彼所载者,是册悉阙略也。岁集玄枵夏首,南山律苑沙门一音。

壬申十月,在厦门妙释寺念佛会期,讲《净土法门大意》。

十二月,同上,讲《人生之最后》。

癸酉正月十二日,同上,讲《余之改过实验谈》。

正月二十一日始,在妙释寺,开讲《四分律含注戒本》及《戒相表记》。至二十五日,初、二篇讲讫。

三月九日,在万寿岩,讲《随机羯磨》,至五月八日,上卷讲讫。

四月七日，在万寿岩，讲《地藏菩萨灵感》。

八日，讲《授三皈依大意》。

五月十五日，在泉州大开元寺，讲《放生与杀生之果报》。

闰五月五日，同上，讲《敬三宝》。

六日，同上，讲《佩玉编》共数次。

七月十一日，在承天寺，讲《常随佛学》。

同日，在大开元寺，讲《读诵华严经文之灵感》。

七月下旬，同上，讲《梵网戒本》。七日讫。

八月十一日，同上，讲《普贤行愿品大意》。三日讫。

八月二十四日，同上，续讲《四分律含注戒本》及《随机羯磨》。十月初三日讫。

十一月十五日，在草庵，讲《梵网戒本》。三日讫。

十二月一日，讲《药师经》。三日讫。为故瑞意法师回向菩提。

除夕夜，同上，讲蕅益大师"普说"二则。

甲戌元旦，在草庵，开讲《随机羯磨》初、二篇。十四日讲讫。

十九日、二十日，补讲。

二十一日为蕅益大师涅槃日，讲大师遗作二首。

三月十八日，在南普陀寺，讲《行事钞·大盗戒》。四月六日讲讫。

七月，讲《一梦漫言》。半月余讲讫。

十一月，万寿岩开创念佛堂，讲说三日。

◆ 万事都从缺陷好

除夕夜,在万寿岩念佛堂讲说。

乙亥元旦,在万寿岩,开讲《阿弥陀经》。七日讫。

二月,在泉州温陵养老院讲说。

二月,在开元慈儿院讲说。

二月,在大开元寺念佛会讲说。

三月,在大开元寺,讲《一梦漫言》。半月讫。

十月,在承天寺戒坛,讲《律学要略》三日。

十一月,同上,讲参学。

除夕,在草庵病榻讲说。

丙子闰三月一日,在南普陀寺,开讲《四分律含注戒本》初、二篇。半月讲讫。

五月,在鼓浪日光岩,讲《净土法门大意》。

丙子(1936年)初夏书赠蔡契诚居士

泉州弘法记

戊寅（1938）旧历正月元旦始，至初十日止，在草庵，讲《华严·普贤行愿品》。

二十日，到泉州，住承天寺月台别院。

二十六日，在大开元寺，讲《念佛能免灾难》。

二月初一日始，至初十日止，在承天寺，讲《华严·普贤行愿品》。

十二日，在开元慈儿院，讲释迦牟尼佛在因地中为法舍身事。

十三日，在妇人养老院，讲净土法门。

十四日，在温陵男养老院，讲《劳动与念佛》。

十六日，在崇福寺，讲《三归五戒浅义》。复在救济院，劝念观世音菩萨名号，为院众近百人授三归依。

十七日始，至二十日止，在大开元寺，讲《心经大意》。

二十三日，在朵莲寺，讲《药师如来本愿功德经大意》。

二十六日，在昭昧国学专校，讲《佛教之源流及宗派》。复有他校二处请讲演，未能往。

三月初一日始，至初三日止，在清尘堂，讲《华严大意》。

初五日，往惠安。

初八日，值念佛会，为讲修净土宗者应注意之数事。

初九日，讲《十宗略义》。

初十日，讲《华严五教大意》。学校请演讲，未往。

十一日，归泉州。

二十一日，往厦门，应鼓浪屿了闲社法会请，演讲三日。复往漳州弘法。

十月下旬，在清尘堂，讲《药师如来法门》一次。此讲稿已印行两次。

十一月初旬，在承天寺，讲《金刚经大意》一次。法院曾院长请讲。

十一月下旬，在承天寺，讲《最后之□□》一次。已印行为养正院学僧讲。

十二月一日始，至正月廿四日，闭关谢客。

己卯正月元旦始，在月台别院，即关房内，讲《药师经》共十日。

因阅省府令，将使僧众服兵役事。于正月廿五日在寺演讲一次，安慰僧众，倘此事实行时，愿为力争，并绝食以要求，令大众毋惧。虽往永春，亦仍负责。

二月五日始,在月台别院,讲《裴相发菩提心文》共三日。

二月十日始,在承天寺,讲《药师经》共七日。

二月十九日,在朵莲寺,讲《读诵华严经之灵感事迹》一次。

二月二十日,在光明寺,即世斋堂,讲《持诵药师咒之方法》一次。不久可以印行。

二月二十一日,在同莲寺,讲《净土法门之殊胜》一次。

二月二十二日,在温陵养老院,讲《地藏菩萨之灵感事迹》。